U0686223

李蕾 著

如
月星辰

是女儿心中的日月 | 也是划时代的星辰

NI RU RIYUE XINGCHEN

团结出版社

UNITY PRESS

图书在版编目（CIP）数据

你如日月星辰 / 李蕾著 .-- 北京：团结出版社，
2025.6. -- ISBN978-7-5234-1798-0

Ⅰ .I267

中国国家版本馆 CIP 数据核字第 2025QZ6637 号

出　　版：团结出版社
　　　　　（北京市东城区东皇城根南街 84 号　　邮编：100006）
电　　话：（010）65228880　　65244790
网　　址：http://www.tjpress.com
E-m a i l：65244790@163.com
经　　销：全国新华书店
印　　刷：长沙市精宏印务有限公司
装　　订：长沙市精宏印务有限公司

开　　本：170 毫米 × 240 毫米　　　　1/16
印　　张：21
字　　数：340 千
版　　次：2025 年 6 月第 1 版
印　　次：2025 年 6 月第 1 次印刷

I S B N：978-7-5234-1798-0
定　　价：98.00 元

永恒如日月星辰的

李赤群先生

序
感恩日月星辰的照耀

我常常仰望苍穹，凝视那日月星辰。它们高悬天际，日复一日、年复一年地倾洒光辉，或炽热明亮，或清冷温柔，默默见证着世间的沧海桑田、悲欢离合与跌宕轮回。于我而言，它们不单单是宇宙间的壮丽景观，更是一种长久的陪伴与无声的慰藉，恰似父亲的爱，无形却蕴含力量，无声却饱含深情。

我深信，在浩瀚无垠的宇宙星河中，总有一些星辰以其独特的光芒，照亮我们前行的道路，温暖我们孤独的灵魂。李蕾所著的《你如日月星辰》，便是这样一本散发着璀璨光芒的书。它不只是一场跨越时空的情感对话与交流，更是一曲感恩亲情与父爱的赞歌。

在这部浸润着爱与思念的作品里，李蕾以女儿特有的细腻笔触与真挚情感，徐徐展开一幅关于父亲赤群先生的人生长卷。她将父亲一生中的点点滴滴、至善大爱，如同珍珠般——拾起、串联，呈现在我们眼前。父亲的音容笑貌、情怀精神、人格风范，以及那份深沉的眷恋，在文字间流淌，仿若一位从容淡定的智者，从时间深处走来，与我们分享其智慧人生。

正是从这些饱含深情的字里行间，我得以全面认识一位如日月星辰般闪耀光芒的父亲。他的形象立体、丰满且极具质感，澎湃如潮汐。

痛惜与追忆：一颗星辰的陨落

赤群先生英年早逝，无疑是人生的一大憾事。他正值壮年，本应有更多时光去创造、奉献，去享受生活的美好，却在六十岁时溘然长逝。这对家人、亲友乃至整个社会而言，都是一种难以弥补的损失。

但他宛如一颗流星，尽管划过天际的时间短暂，却留下了耀眼的光芒，以自己的行动诠释了大爱与付出。他的离去让我们深感痛惜，而这份遗憾，也警醒我们要更加珍惜仅有一次的生命。

人生成就：日月星辰般的光辉

赤群先生的一生，是奋斗的一生，也是奉献的一生。他在工作中勤勉尽责，在生活里默默耕耘。他的成就，不仅体现在事业上，更体现在对家庭的尽责、对亲友的关爱之中。

他如太阳般温暖，似月亮般温柔，像星辰般明亮。工作中，他凭借严谨的态度与卓越的能力，赢得了同事的尊敬；生活里，他以宽厚的胸怀与无私的爱，收获了家人的依赖。他恰似日月星辰，在人间留下永恒的光芒。

热爱生活：生命如星辰般璀璨

赤群先生热爱生活，珍视每一个与家人共处的时刻。在他眼中，生活中的每一个细节都值得品味，每一个瞬间都值得珍藏。他用实际行动告诉家人：生命的意义在于热爱，在于珍惜。

他以这份热爱感染着身边的每一个人。无论是家人还是朋友，都能感受到他身上积极向上的力量。他以自己的方式诠释生命的价值，让周围的人明白：生命如同日月星辰般夺目。

身为父亲：如日月星辰般奉献

他的爱，仿若日月星辰的照耀，温暖而持久，照亮了李蕾成长的道路，也照亮了整个家庭的天空。即便岁月流转，父亲已然离去，可他的精神、他的教诲，却永远铭刻在李蕾心中，成为她人生中最为宝贵的财富。

温暖他人：如星辰般照亮人间

赤群先生的一生都在默默奉献，用行动诠释着大爱。他对家人无私的爱，对亲友真挚的情谊，在书中得到了完美呈现。

他如同星辰，用自身的光芒温暖着身边的人。他的爱似阳光般温暖，如月光般柔和。他的精神永远激励着家人，在人生道路上勇敢前行。

这部饱含深情的回忆散文，让我看到了故事主人公的博大无垠。作者以细腻笔触，深情回顾父亲赤群先生的一生，不仅记录了他在不同历史时期的奋斗历程，更展现了他在家庭中的温暖形象。透过李蕾的视角，我们得以窥见一位父亲的形象：他既是女儿心中的日月，也是时代的星辰。

书中的文字充满温情与力量，展现了赤群先生在奋斗岁月中的坚韧不拔，以及他对家人的无私关爱。李蕾以真挚情感，讲述父亲如何用行动诠释责任与担当，如何在平凡中书写不平凡的人生。她用细腻笔触，为我们呈现一段又一段感人至深的故事。我想，她的文字宛如一首优美诗篇，一定会在读者心中激起层层涟漪。

这本书不只是一本别具特色的回忆录，更是一本人生教科书。它教会我们如何去爱、如何去感恩、如何去拥抱生活。

李蕾的写作历时半年，其间承受着失父之痛，又正值孕育小宝宝，可谓含着泪水、怀着希望完成了这部重要作品。她的努力、坚持与深情，值得我们由衷敬佩与称赞。

这本书是一座情感的桥梁，连接着过去与现在、亲情与未来。它让我们明白，无论时光如何变迁，亲情永远是我们生命中最坚韧的纽带；无论我们身处何方，父亲的爱永远是我们心中最温暖的港湾。相信每一位读者翻开这本书时，都能感受到这份浓浓的亲情，都能从中汲取力量，珍惜身边的人，珍视当下的生活。

掩卷之余，我不禁反思这如日月星辰般存在的人生，它既带来光明，也投下阴影，既让人感知温暖，也会遭遇寒流。但只要我们心中怀有感恩之心，生命就会充满希望与力量。

作为赤群先生生前情同手足的挚友与兄弟，我曾亲见赤群先生顽强拼搏与伟大奋斗的一生。我目睹李蕾侄女在父母的呵护下一路茁壮成长，在父亲的持续扶持下成家立业，也曾为她痛失父亲而扼腕叹息，担忧她能否承受这般沉重的打击。

今天，当我反复阅读这本重要作品，在深受感动、欣慰与教益的同时，心头的疑问也迎刃而解。赤群先生已化作永恒的日月星辰，其光芒正恒久地照耀着女儿、亲友和读者。他虽已离去，却又仿佛归来，将如日月星辰般永驻我们心灵深处。而赤群先生的女儿，在接受日月星辰的照耀后，正擦干眼泪、抚平伤痛，在亲友的帮助下陪伴好母亲和爷爷奶奶，与丈夫共同迎来优秀儿子的诞生，开启人生新的征程。在奋进的人生征程上，她拿起笔，写下这本厚厚的回忆散文，缅怀逝去的父亲，也为儿子的幸福诞生献礼。

我深知李蕾是把写作过程，当作与腹中儿子对话的良机，讲述先辈的故事，这既体现了她对人生传承的独特理解，更彰显了她对生活的珍惜与感恩。泰戈尔诗云："生活以痛吻我，我要报之以歌。"在日月星辰面前，李蕾展现出何等超然的胸怀与气质，令我心生无尽钦佩！记得此书初创时，赤群先生刚离去不满一月，我邀李蕾在浏阳河畔的小餐厅用餐，她以极为坚定的口吻告诉我一个决定：她要写一本书，讲述父亲的故事，歌颂父亲的美德！很快，20多万字的初稿便完成了，更让我惊叹的是，她的文字如此优美，思维如此缜密！众多出版界和文学界的朋友纷纷评价：我们不仅认识了一位中国好女儿，还发现了一位潜在的中国好作家！我仍记得她宣布要为父亲写书时，我对她的回应与承诺：写作是你的任务，出版是我的责任。现在，在大家的关心、关注与热切支持下，我和李蕾侄女的任务与责任得以实现，我倍感开心，也坚信，赤群先生的在天之灵，定会因此得到极大慰藉！

应李蕾的诚挚邀请，我写下这篇文字。在序言的结尾，我想与大家分享我从书中获得的重要感悟。那便是：我们要终生学会感恩、表达感恩。感恩父母的养育，感恩亲人的关爱，感恩人生的收获，感恩命运的馈赠。正如赤群先生的精神一样，让感恩之光在我们心中永远闪耀。我们要像他那样如日月星辰，用光照亮生命的真谛。让我们一同感恩日月星辰的照耀，珍惜身边的每一个人，用心去感受人生中的美好。正如李蕾在书中所言："父亲的一生对责任坚守，对理想追求。他的光芒就像日月星辰，永远照耀在我的心间。"这种精神将永远激励着我们，在人生道路上坚定乐观、心怀感恩地前行！

感恩日月星辰的照耀，对作者和读者而言，都是一门必修的人生功课。对此，我深信不疑并努力践行。

贺永强

2025年3月27日于北京

（贺永强系本书主人公李赤群先生生前挚友，著名诗人、学者，出版有18部文学、经济学专著。现为湖南大学教授、博士生导师，中国产业园研究院院长。）

穿越时空拥抱你

在每一个女儿的心灵深处，父亲都宛如一座巍峨耸立的高山，是那无所不能的英雄。于我而言，父亲李赤群更是如此，任何华丽的辞藻，在试图描绘他在我心中的形象时，都显得苍白无力。他完美而耀眼，恰似夜空中最璀璨的星辰，世间所有美好的词汇堆砌起来，都难以尽述他的伟大与温暖。

只要一想起父亲，无数过往的瞬间便如潮水般涌上心头。那些画面像幻灯片在脑海中不断切换、交织，最终缓缓定格在眼前。他的笑容，总是那般温暖，眼眸中闪烁着柔和的光芒，满含着无声却深沉的关怀与鼓励。每一次与父亲目光交汇，我都能感受到一种难以言表的安宁，那一刻，整个世界仿佛都变得静谧而美好。

在家中，父亲恰似一位温润如玉的君子，有着宽广的胸怀和深厚的涵养。他的包容和耐心超乎常人，几乎从未见他有过愠色。平日里，他言辞温和，语气平缓，一举一动都散发着儒雅与淡定的气息。对待亲人，他无微不至，事事都为他人着想，哪怕最细微的事情，也能体现出他深深的关切与温情。

而在工作领域，父亲则化身为豪气干云、勇往直前的勇士。他心怀家国情怀，时刻心系社会。他的脚步踏遍了不同工作岗位，每一步都迈得坚实有力，每一段工作经历都充满进取精神与坚守的毅力。几十年来，他始终坚守初心，在自己的岗位上默默奉献、不断创新，取得了令人赞叹的成就。对国家和社会的奉献，如同他心中永不熄灭的火焰，照亮并指引着他一路前行。

然而，命运却在去年无情地转折。一场突如其来的变故，将我与父亲的生活轨迹彻底斩断。那一刻，我仿佛被命运的狂涛巨浪狠狠击中，心中的阳光瞬间消逝，只留下无尽的沉痛与不甘。那一夜，时光仿佛凝固，我被迫在黑暗的深渊中摸索，拼命寻找着曾经属于我们父女的那一丝光明。

某天，我在奶奶家翻看旧照片时，偶然间看到了父亲小时候的照片。那是一张父亲坐在澡盆里的照片，照片中的他满脸笑意，眼睛笑得像弯弯的月牙，胖乎乎的小脸上洋溢着天真无邪的快乐。就在那一瞬间，我仿佛穿越了时光的长河，亲眼见证了父亲从一个天真烂漫的孩童，一步步成长为意气风发的青年，再到沉稳坚定的中年人。这种时光的流转，带给我的震撼难以言喻，也让我更加深刻地明白，父亲的伟大，源自他那份始终未曾改变的初心与执着。

1963年，父亲出生在湖南省宁乡县灰汤镇，这里人杰地灵，与伟人故居韶山和花明楼毗邻，还因高温温泉闻名遐迩。父亲的祖上是书香世家，五代内出过两个清朝五品官员，有老人曾预言60年后家族会有成员再度崭露头角，而这恰好与父亲从政的时间点吻合。

我爷爷是地主出身，早年家境尚可，接受了良好教育，高考前响应国家号召入伍，在部队荣获三等功，退伍后成为一名人民教师。奶奶也是人民教师，担任学校校长，工作出色，将小家打理得井井有条，在四个儿子心中威信极高。父亲作为家中长子，下面还有三个弟弟，因父母无暇照顾，他自幼由太婆抚养，直到小学四年级才得以归家。这段经历让他内心情感细腻，对家庭有着深厚的眷恋。

父亲从小聪颖好学，成绩出类拔萃，小学四年级便跳级上初中。1979年高考，他分数达到重点本科录取线，却因工作人员失误与第一志愿失之交臂，最终被湖南中医药大学中医医疗专业录取。即便如此，在那个千军万马过独木桥的年代，他仍是恢复高考后十里八乡的首个大学生。

大学时光开启了父亲人生的新征程。他功底扎实，以年级最高分入学，思维敏捷、记忆力超群，功课考前临时抱佛脚便能应对，逃课成了常事。他性格豪爽开朗，很快结识了一群志同道合的朋友，常相约茶馆，谈天说地，从哲学到武侠再到文学，无所不聊。他还热爱足球，在球场上驰骋，球技也颇为不错，同时学会了打桌球和跳舞，大学生活丰富多彩。

大学毕业后，父亲被分配到宁乡县中医院工作，作为重点培养对象，不久便被安排到人民医院学习。在那里，他邂逅了一生的伴侣——我的母亲。母亲年轻时漂亮时髦，聪慧过人，毕业于南华大学医学院，工作后迅速成为专业佼佼者。父亲对她展开热烈追求，两人顺利走到一起。母亲自幼由外婆照顾，与父母感情不算亲厚，组建家庭后，她格外珍惜这份温暖，全身心投入家庭，毫无保留地支持父亲，几十年如一日。而父亲也理解、爱护、包容着妈妈，二人相濡以沫，初心未改。

父亲才干突出，很早就走上了领导岗位，在岁月中他愈发明确自己的内心，身处官场，却不追逐权势名利，一心只想为社会多做有益之事。二十七岁时，他作为医院院长带领干部职工迅速冲破困局，开启了辉煌新篇章；三十二岁时，意气风发的父亲先后当选宁乡县政协副主席、副县长；三十七岁时，他顺利通过厅局级干部的公开遴选。千禧年后，父亲在湖南药监工作二十余载，分管过各个不同工作领域，在药品、食品、医疗器械、化妆品和药监系统建设方面均做出了可圈可点的成绩，后来他在主政湖南药监期间，深化"放管服"改革，助推全省医药产业实现了高质量发展。

父亲在工作中没有领导架子，对下属友善且乐于提携；生活里，他对朋友关怀备至。他一生与人为善，慷慨仗义，广结善缘，朋友众多，虽不热衷交际应酬，但在岁月沉淀中，拥有了一批真心相待、守望相助的知己。

而作为人父，他无比称职，满足了我对完美父亲的所有想象。虽然工作繁重，但父亲始终把经营好家庭和守护家人放在心上，他向上托举着我，给予我一切美好明媚，却无需偿还报答。随着我渐渐长大，对父亲的理解与感恩与日俱增，我是他的头号拥趸，崇拜着他的智慧魄力，赞叹着他的家国情怀，欣赏着他在为人处世中时常闪现的人性光辉和高贵品质。我们心意相通，双向奔赴，很多事情无需言语，便能心领神会。父亲曾说，他奋斗的意义就是我；而我努力工作、追求上进，也是为了他。

父亲的生命虽然短暂，却无比充实且辉煌。他用一生完美诠释了家国情怀、兄弟情深、父爱如山，书写了属于他自己的传奇篇章。在他的一生中，始终肩负着时代赋予的重任，脚步从未停歇，始终坚定不移地奋斗在自己的岗位上。我深知，自己从父亲那里继承了那份沉甸甸的责任与担当，承载着他的梦想与殷切期许。

正是这份父爱的强大力量，促使我在这段艰难的日子里重新拿起笔，开始创作这本书。它不仅仅是对父亲的一份崇高敬意，更是我内心深处那无尽的爱与感激的深情表达。我仔细翻阅着父亲的照片，追寻着他曾经走过的足迹，回顾他的整个人生历程，渐渐体悟到他那深沉而内敛的爱意。这本书，承载着我对父亲所有的情感与记忆，更寄托着我对未来的希望与勇往直前的勇气。

这些文字，或许无法完全展现父亲的伟大之处，但它们承载着我难以言尽的情感与深深的怀念。父亲的一生，就像我生命中一座永恒的灯塔，照亮并指引着我前行的每一步。无论时光如何流转变迁，父亲的精神与爱，将永远在我心中熠熠生辉，成为我不断前进的无穷动力。

李蕾

2024 年 12 月

C 目录
CONTENTS

第二章　长子及长兄

第三章　温情的丈夫

男儿壮志酬家国　下篇

上篇
亿万星辰犹不及

第一章

最好的父亲

我的小时候

一

曾听闻："幸福的童年可以治愈人的一生。"彼时懵懂，未晓其中真意。直至岁月流转，年岁渐长，方在生活的磨砺中，慢慢领悟那字里行间的深沉内涵。

我，是在爱的怀抱中茁壮成长的孩子。父亲母亲倾其所有的爱，如涓涓细流，润泽着我的生命，似坚实羽翼，庇护着我的成长。在这般爱的滋养下，我的内心满溢着光明、能量与友爱。而这些美好的特质，如同磁石一般，吸引着同样温暖美好的人和事纷至沓来，让我的前半生顺遂无忧，尽享幸福。

然而，命运的无常犹如晴天霹雳，父亲的突然离去，瞬间成为我世界里一场摧枯拉朽的毁灭性灾难。多年来，我们朝夕相伴，父女之情在岁月的沉淀中愈发醇厚，深厚得难以言喻。父亲于我而言，是生命中无可替代的存在，其分量重逾千金，是我心底最柔软处的珍贵宝藏，是我灵魂深处的温暖港湾。

那一天，命运的黑手无情地伸出，猝不及防地将他从我身边夺走。那一刻，仿佛有一把利刃，精准而迅猛地刺向我的心脏。胸腔中，痛楚如汹涌的潮水般喷薄而出，身体的每一个细胞都在这剧痛中好似被撕裂、被碾碎，耳边只剩下震耳欲聋的轰鸣。

我呆立在原地，仿若被抽去了灵魂，忘记了哭泣，只是不可置信地凝视着眼前这荒诞至极的现实。父亲静静地躺在那里，神色平静，宛如平日在家中安然入睡的模样，可无论我如何声嘶力竭地呼喊，他却再也不会给予我回应。我颤抖着伸出手，轻轻触碰他的手，满心的疼惜与心碎交织。刹那间，周围的一切，建筑、人群、万物，皆如梦幻泡影般消散，整个世界陷入了死寂，只剩下我被无尽的孤独与绝望吞噬。

巨大的痛苦如浓稠的黑暗，将我拽入暗无天日的深渊。有时，我感觉自己的心绪已然停止，可眼前的世界却依旧清晰得可怕；有时，我明知自己还苟延残喘地活着，却如行尸走肉般，对生活再无半点念想。每至夜晚，我便一次又一次地在梦中与父亲重逢，每一次，都在梦中哭得肝肠寸断。而在每个白昼，我仿佛被改造成了一具没有情感的机器人，不知道哪一个机关会在不经意间被触动。机关未开启时，麻木与绝望如影随形；机关一旦开启，抗拒与崩溃便如决堤的洪水，将我淹没。

就在我几乎要被黑暗彻底吞噬之际，父亲的爱，宛如一道璀璨的光，穿透重重阴霾，照亮了这个灰暗的世界。我仿佛听见他在我耳边奋力呼喊，那熟悉的声音充满力量，强有力地将我从深渊中托起。过去36年的时光里，父亲对我的无私付出，那些生活中的点滴呵护，如电影般在我脑海中一一闪现。他的爱与期望，早已深深扎根于我的心底，生根发芽，茁壮成长。无数美好的回忆汇聚在一起，如同温暖的怀抱，将我紧紧环绕，源源不断地给予我力量与勇气，支撑着我在这痛苦的深渊中艰难前行。

二

童年的记忆已如蒙尘的旧相册，模糊难辨起始，亦难用条理将其串联。然而，诸多片段却如夜空中璀璨的星，在不经意间闪烁，带来幸福的暖流，而这一切，皆与父亲紧密相连。

儿时，我们家居于县城。父母皆是医者，父亲任职于中医院，母亲则在人民医院。起初，他们各自在单位分得一间狭小的屋子。待我呱呱坠地，我们便搬进了中医院的家属楼，这里，成为了我对"家"最早的记忆承载地。

家属楼隐匿于中医院的深处。自医院大门而入，穿过住院楼，便能看到一条长长的连廊。连廊两侧，是一间间办公室，行政、财务等部门皆在此办公。沿着连廊下坡，豁然出现一个大院子，院中设有简易的水泥地篮球场。再往深处走去，便是几栋家属楼，居住着中医院的职工们。

在往昔那悠悠岁月里，家属楼虽仅有六层，低矮朴素，屋内设施也极为简陋，远不及如今的高楼那般气派，却满溢着真实与温暖。

在那栋小楼里，时常回荡着一个小女孩清脆的呼喊："要爸爸背，要爸爸背！"父亲一边背着女儿攀爬楼梯，一边轻声询问："要爸爸背到什么时候呀？"小女孩紧紧搂着父亲的脖子，带着稚气，欢快地回应："十八岁！"

那一声声稚嫩的请求，一次次温暖的背负，成为了童年最珍贵的画面。在父亲宽厚的背上，我感受到了无尽的安全感，仿佛整个世界都变得安稳而美好。

三

我时常在楼下的院子里嬉闹玩耍。院子的一端，挺立着两棵高大且枝繁叶茂的树，每至特定时节，它们便会绽放出大朵大朵洁白的花。那些花儿在枝头随风摇曳，姿态优美，煞是好看。空气中悠悠弥漫着馥郁的花香，不经意间，一缕香气飘来，瞬间让人心旷神怡，沉醉其中。

我总会将被风吹落在地的花儿拾起，满心欢喜地带回家。彼时，我会用圆珠笔在那又厚又大的花瓣上写字，年纪尚小的我，竟也有着几分浪漫的意趣。那时我所识之字并不多，无非是歪歪扭扭地写上"爸爸""妈妈"或是自己的名字。待长大之后，我也邂逅过相似的树木，后来才知晓它名为白玉兰。

院子的另一侧，有一家中药房。其模样在记忆中已渐渐模糊，只记得每次路过，那浓郁的中药味便扑鼻而来，于是我总会赶忙捂住鼻子，匆匆跑过。后来，我养了两只小兔子，未曾想，中药渣竟成了它们的食物。自此，我每天都要前往中药房，取两袋剩余的药渣。去的次数多了，竟也觉得中草药的气味并非那般刺鼻，反倒有了一丝别样的香气。

在我的记忆里，除了花香与草药香，还有那令人垂涎欲滴的食物香气。从中医院大门出来，往右前行二三十米，有一条小巷。小巷两侧，密密麻麻地挤满了各色小摊贩，有售卖新鲜蔬菜的，有吆喝着卖肉的，更有不少卖小吃的。从清晨到傍晚人们下班时分，这条小巷始终熙熙攘攘，热闹非凡。

清晨的巷子口，有售卖葱油粑粑、糖油粑粑以及汤粉、刮凉粉的摊贩，

1989年，父亲带着我在单位家属楼屋顶玩耍

我的早餐大多在此解决。我常常站在小摊前，目不转睛地看着摊主熟练地将调好的面糊均匀地铺在一个圆形铁勺上，随后把铁勺轻轻放入滚烫的油锅中。转瞬之间，面糊便迅速膨胀，缓缓浮了起来。不多时，热气腾腾、香气四溢的葱油粑粑便新鲜出锅了。

父亲下班后，常来此处买菜。我小时候特别爱吃卤猪尾巴和卤鸭腿，每次跟着父亲去菜市场，他总会买给我。那时的我，一手美滋滋地啃着猪尾巴，一手紧紧拿着卤鸭腿，满心欢喜地跟在父亲身后，蹦蹦跳跳地一起回家。

四

在我的印象中，童年是一幅五彩斑斓的画卷，每一笔都绘满了纯真与欢乐。小时候，我对童话故事痴迷不已。最初，识字不多的我，每晚睡前都像个小尾巴，紧紧缠着爸妈，央求他们给我念童话故事。那一个个奇妙的故事，就像夜空中闪烁的星星，伴我甜甜入睡。

等我踏入校园，学会了识字，便一头扎进了童话的海洋。那些花花绿绿的童话书，成了我最亲密的伙伴。周末的时光，我常常抱着书，沉浸在奇幻的世界里，一读就是一整天。小桌上堆满了各式各样的童话书，它们色彩斑斓，仿佛构建了一个小小的童话王国，漂亮极了。

许多个周末，父亲总会牵着我的手，我们慢悠悠地穿过长廊，来到院子门口。外面便是宽阔的大马路，往右步行十分钟，便能看到一个分岔路口，向左拐后再走上短短五分钟，便能抵达我们的目的地——新华书店。那醒目的招牌上，红底白字的"新华书店"格外耀眼。一到书店，我便如饥似渴地奔向童话故事区域，在一本本精美的书籍中挑选。而父亲，则会在哲学和时事类书籍的书架间徘徊。每次我们都能挑选到几本心仪的书，那时没有手机，没有信息爆炸的纷扰，手中捧着散发着油墨香气的新书，满心都是满足与快乐。和父亲一起逛新华书店的时光，如同珍贵的宝石，一直珍藏在我记忆的深处。

有一天，父亲神秘兮兮地抱回两个大纸箱，说是给我的礼物。我兴奋得像只小兔子，迫不及待地拆开纸箱，哇，竟是一整套《郑渊洁童话全集》，足足33本！这些书摞起来，差不多有我这个小人儿那么高。父亲说，这是他特意托朋友从北京买来寄给我的。那一刻，我高兴得手舞足蹈。此后，我常常废寝忘食地坐在地板上，如痴如醉地阅读皮皮鲁和鲁西西的故事。我常常幻想，自己家的衣柜里是不是也藏着一个神秘通道，能通往奇妙的童话世界。这套书为我的童年带来了无尽的美好与欢乐，至今仍完好无损地躺在我的书柜中，见证着那段纯真岁月。

父亲在家闲暇时，我最喜欢给他扎辫子。我拿着五颜六色的橡皮筋，在他头上左边扎一个，右边扎一个，玩得不亦乐乎。父亲总是一脸宠溺，从不气恼，他静静地坐在沙发上，一边看着电视，一边任由我摆弄他的头发，画面温馨极了。

过年，是我最期盼、最开心的日子。每至年节，家里的阳台上便摆满了大大小小、各式各样的烟花，几乎占据了大半个阳台。除夕之夜，父亲会把所有烟花搬到院子里，然后小心翼翼地逐个点燃。刹那间，夜空被点亮，烟花如同一颗颗璀璨的流星，相互追逐、交相辉映，将夜空装点得浪漫而绚丽。家属楼里的人们纷纷走出家门，齐聚在院子里，一同欣赏这场盛大的烟花盛宴，欢声笑语回荡在整个院子。

●○ 1990年，父亲和我在院子里玩耍，他眼神中充满了疼爱

后来，我见过许多盛大的烟花表演。每年12月31日，泰晤士河畔都会举办规模宏大的伦敦跨年烟花秀，整座城市的人都聚集在伦敦眼附近，共同迎接新年的钟声。在长沙的湘江河畔，周末橘子洲头也会燃放烟花，那时车水马龙，人群拥挤得水泄不通。然而，无论那些烟花多么绚烂夺目，在我心中，都比不上儿时在家属楼院子里看到的那一场烟花，那是童年独有的美好，无可替代。

五

那时的一年四季，犹如一幅幅绚丽多彩的画卷，每一季都格外值得期待，成为我心中最珍贵的回忆。

冬天下雪，那是童年里最梦幻的时刻。父亲总是会在寒冷的早晨送我上学。从家里出来，横过马路，有条静谧的小巷，沿着它往里走上十多分钟，便能抵达学校。快到学校时，有个陡坡，一到下雪天，路面结冰就会变得很滑，这也是父亲坚持送我的原因。

我依稀记得有个雪天，小小的我被厚厚的棉衣棉裤包裹得严严实实，跟父亲手牵手一起迈向学校。小巷的早晨人烟稀少，只有巷口卖葱油饼的大娘还在热情叫卖。路面落满了前夜的积雪，踩上去"咯吱咯吱"作响。右边是一排矮屋，家家户户的屋顶都被纯净的白色所覆盖，门前的屋檐还垂吊着一个个亮晶晶的冰凌，在微弱的晨光中闪烁着光芒，老旧的房子在雪的装扮下，看起来比平日增色不少。

父亲跟我深一脚浅一脚地走着，雪地里留下一大一小两行并排的脚印，仿佛是我们父女走过的独特印记。我们没有打伞，天空中还有雪花在悠然飞舞，路边的树上银装素裹，宛如童话中的世界，偶尔有枝丫被积雪压断，"啪嗒"一声掉落下来，打破了清晨的宁静。

到了陡坡那，果然落满了积雪，有些地方还结了冰，宛如一个纯白的天然滑梯。在我的强烈要求下，父亲小心翼翼地护着我，一路从坡上滑下，雪地里回荡着我们父女欢快的笑声，那笑声在寂静的早晨传得很远很远。这样往返了几次，尽情享受着这难得的欢乐时光，当然，快乐的代价就是我上学迟到了。

夏天的酷暑时分，父亲经常买西瓜回来，那是夏日里最清凉的慰藉。一个西瓜切成两半，我抱着半边西瓜，用勺子大口大口地舀着吃，清甜的瓜汁顺着嘴角流下，瞬间驱散了夏日的炎热，好不自在。父亲有个圆滚滚的小肚子，我经常调皮地咚咚地拍着他的肚子，笑着说像西瓜，我边拍边笑，他也陪着我一起乐，那温馨的画面至今仍清晰地印在我的脑海中。

家里没有空调，酷暑难耐的夜晚，父亲便会带着我去楼顶的天台上纳凉。搬张竹板床躺在上面，父亲缓缓摇着大蒲扇，微风偶尔拂过，带来一丝难得的凉意。我们仰望着漫天的星光，父亲会指着星星给我讲述星座的故事，我在他温暖的怀里，伴着轻柔的蒲扇风，安稳地入眠。

六

在我的童年时光里，父母忙碌的身影是生活的底色。父亲母亲平日里工作极为繁忙，白天根本无暇照顾我。于是，每天清晨，我便被送到外公外婆家。母亲仅有一个姐姐，外公外婆常年与他们一家同住，顺便帮忙照顾我的表弟。也正因如此，表弟成了我童年岁月中最亲密无间的玩伴。

有了表弟的陪伴，白天的时光如白驹过隙般飞逝。在小朋友的世界里，似乎从不存在无聊的概念，每一天都像是一个装满惊喜的百宝箱，有数不清的新奇点子和无穷无尽的欢乐。我们一同沉浸在单机游戏的奇妙世界里，魂斗罗、坦克大战、忍者神龟，玩得不亦乐乎。有时，我们还会兴致勃勃地自编自导文艺晚会，在小小的一方天地里，尽情展现自己的"才艺"。或是去买录像带，回家后窝在一起看恐怖片，紧张刺激的情节让我们时而尖叫，时而又忍不住捂住眼睛，却又舍不得错过任何一个画面。更多的时候，我们会光顾楼下的零售店，那诱人的辣条和喷香的烤鸡翅，是童年里最难以忘怀的美味。

然而，每当夜幕降临，表弟进入甜美的梦乡后，等待父亲来接我的时间便变得无比漫长。我常常靠在床沿，困意阵阵袭来，可心中因为父亲的迟迟未到而生出的那股闷气，让我强撑着不愿入睡。我百无聊赖地摆弄着自己的双腿，一会儿盘成莲花状，一会儿又摆成象征着爱意的"心"型，一会儿再变换成俏皮的"P"字型。终于，父亲熟悉的声音传来，他一进门，便满是歉疚地向外公外婆解释："爸、妈，我今天来晚了。"那一刻，我心中所有的不快瞬间烟消云散，父亲的声音，就像黑暗中的一束光，让小小的我充满了安全感。无论等待多久，我都坚信，他一定会来接我回家。

那时，出租车在县城里极为罕见，主流的载客交通工具是三轮摩托车。这种车两块钱起步，大街小巷随处可见，因其发动机发出的"啪啪"声响，被大家形象地称作"啪啪车"。父亲多数时候会乘坐"啪啪车"来接我，偶尔也会骑自行车。但说实话，父亲的车技实在不敢恭维。我印象尤为深刻的是，有一次骑行到南门桥时，父亲骑的车突然左右剧烈摇晃起来，他急忙大声喊我："坐好啊，抓紧！"可话音刚落，自行车便失去平衡，我们双双摔倒在地。

后来，父亲学了开车，可技术依旧让人担忧。尤其是在夜晚，他很不适应对面来车的灯光，只能像蜗牛般缓慢前行。再加上父亲方向感不佳，很多路都不熟悉，久而久之，他便干脆放弃了自己开车的念头。

母亲经常要去科室值夜班，每当她不在家时，哄我睡觉的任务就落在了父亲肩上。那时家里没有暖气，也没有空调，冬天的被窝冷得像冰窖。我总是撒娇地让父亲先睡进去，等他把被窝焐热了，我再美滋滋地躺进去"享受成果"。我还记得自己穿着厚厚的衣服和裤子，父亲费力地扯着裤角，

○ 1993年，我们在家中合影留念

好不容易才帮我把外裤换下来，里面还套着臃肿的毛裤。看着自己那副滑稽的模样和父亲艰难的换衣动作，我忍不住哈哈大笑起来。

有一次，我在睡梦中迷迷糊糊听到父亲在大声呼喊："晶晶，晶晶！"我努力睁开眼睛，却发现自己好像不在床上，心里正纳闷，便下意识地答应着。只见父亲一把掀开床单，探出脑袋，惊讶又好笑地说："你怎么滚下来了？"他把我从床底下拖了出来，看着满身灰尘、一脸懵懂的我，他又好气又好笑。

父亲的声音，就这样成了我童年里最温暖的催眠曲。睡觉前，我总会缠着父亲讲故事。于是，他便拿起故事书，用那温柔的声音轻声念着："以前有一个小公主……"那轻柔的声音，如同潺潺的溪流，伴我渐渐进入甜美的梦乡。

七

在我的记忆深处，年轻时的父亲宛如一团炽热的火焰，热情洋溢，对世间万物都怀揣着浓厚的兴趣。

那时，我们家所在的楼道，仿佛成了父亲与朋友们欢乐相聚的信号站。由于大家都是单位里年纪相仿的同事，父亲与楼上楼下的邻居相处得极为融洽，其中还有一位是他大学时期的同窗好友。在那个手机尚未普及的年代，晚饭后的时光格外惬意。父亲会大大咧咧地打开家门，挺直腰板，站在门口，用他那极具穿透力的嗓音，中气十足地朝着楼道里呼喊他同学的名字。那声音，仿佛带着一种神奇的魔力，不一会儿，便能听到一阵急促的"蹬蹬蹬"脚步声传来，他的同学便风风火火地跑了下来。紧接着，两人便会找个舒适的角落，摆开棋局，一边下棋，一边天南海北地闲聊，欢声笑语在楼道里回荡。

1994年，父亲带我在烈士公园玩

若是碰上人多的时候，他们便会兴致勃勃地凑在一起打升级。那场面，热闹非凡，输了的人要接受钻桌子的"惩罚"。我呢，总是像个小机灵鬼一般，在一旁幸灾乐祸地围观。只见输的人在桌子底下钻来钻去，几十个来回下来，早已累得气喘吁吁、大汗淋漓，可大家却沉浸在这欢乐的氛围中，笑声此起彼伏。

县城的文化宫，有几间充满活力的台球室，那里也曾留下父亲青春的足迹。有时，父亲会约上三五好友，一同前往台球室。长大后的我，从未涉足过台球，也再没踏入过台球室，那段记忆便如蒙上了一层薄纱，渐渐模糊。然而，命运总是充满了奇妙的巧合。有一天，我无意间瞥见电视里正在播放的台球比赛，那一刻，时光仿佛瞬间倒流，父亲的身影在我脑海中陡然清晰起来。

记忆中的他，身形比中年时要清瘦许多，浑身散发着蓬勃的青春活力。他手持长长的球杆，姿态优雅，一边不紧不慢地用巧克粉擦拭着杆头，一边迈着沉稳的步伐，仔细地踱步观察着球的位置。随后，他缓缓俯下身去，眼睛紧紧盯着目标球，反复瞄准，眼神中透露出专注与坚定。随着"哐当"一声清脆的撞击声响起，白球如离弦之箭般飞速射出，与其他球激烈碰撞，瞬间，其他球在桌面上四散开来。每当有球顺利落袋，父亲便会像个孩子般，兴奋地欢呼庆祝，那灿烂的笑容，至今仍深深烙印在我的心间。但父亲并非痴迷于这项运动，他只是带着年轻人对新鲜事物的好奇与探索，打台球的次数屈指可数，甚至后来，便再也没有碰过球杆。这一点，与他去唱卡拉OK的经历颇为相似。

我依然清晰地记得父亲为数不多的唱歌场景。20世纪90年代，歌厅里流行唱卡拉OK，与如今KTV包房的私密环境截然不同，那时的歌厅充满了自由奔放的气息。大厅里仅有一个大屏幕，台下设有吧台和椅子，想一展歌喉的人可以直接点歌，不想唱歌的人则在吧台与朋友们谈天说地、打牌娱乐。尽管设备略显简陋，但整个厅内却人声鼎沸，欢声笑语不绝于耳。

我们家附近有一家颇受欢迎的歌舞厅，有段时间，父亲母亲常常与朋友们一同前往。那时的我，年纪尚小，对流行歌曲知之甚少，也听不懂歌词的含义，只是单纯地觉得大人们男女对唱的样子十分有趣。那是父亲唱歌最为活跃的时期，自我真正记事起，便再没机会与父亲一同去唱歌，也很少再听到他那动听的歌声。但父亲或许不知道，年幼的我早已将他那开朗阳光的模样深深地刻在了脑海里，他的歌声、他的笑声，都成为了我童年记忆中最珍贵的宝藏。尤其是他那时最爱唱的《涛声依旧》，"月落乌啼总是千年的风霜，涛声依旧不见当初的夜晚……"那熟悉的旋律，至今仍时常在我耳边回响。

数不清的礼物

一

父亲对仪式感的执着，如同一束束温暖的光，照亮了我成长的道路，让每一个特殊的时节都充满了惊喜与感动。

小时候，信息和物流不像如今这般发达，我们生活的小县城物资匮乏。然而，父亲因工作常出差外地，这便成了我和母亲幸福的源泉。每次他归来，总是带着当地的特产，那些平日里难得一见的稀罕物件，瞬间让平淡的家充满了新奇与欢乐。

记得有一回，父亲从海南出差回来，背着两麻袋腰果，还拎着许多芒果、火龙果和椰子。那是我第一次见到这些热带水果，满心都是好奇与欢喜。咬下一口火龙果，清甜的汁水在口中散开，那种美妙的滋味至今难忘。院子里的小伙伴们围过来，眼中满是羡慕，纷纷询问这是什么。我挺直了腰板，骄傲地大声说："这是我爸爸出差给我买的！"那一刻，父亲的爱让我感到无比自豪。

腰果实在太多，送了亲戚朋友一些后，家里依旧满满当当。那段时间，母亲变着法儿地用腰果做菜，或炒或炸，每一道都饱含着家的味道。小小的腰果，不仅丰富了我们的餐桌，更成为了那段温馨时光的见证。

后来，我渐渐长大，对巧克力产生了浓厚的兴趣。在国外读书时，我尝遍了各种口味的巧克力。但每当回味起那甜蜜的滋味，记忆总会回到小时候。那一次，父亲出差回家，满脸笑意地从包里掏出几个透明的正方形盒子递给我。盒子里，一颗颗金色的球形巧克力整齐排列，宛如珍贵的宝藏。我迫不及待地拆开一颗放入口中，丝滑的巧克力在舌尖融化，浓郁的香甜瞬间征服了我的味蕾。我一口气吃了四五颗，从此，巧克力的美味便深深烙印在我的脑海里，再也无法忘怀。

二

我也喜欢吃冰淇淋。

记得那个酷热难耐的夏天，父亲说要带我出去"批冰棒"。那时的我，尚不明白"批冰棒"实则是批发冰棒的意思，甚至对"批发"一词也毫无概念。只见父亲大手一挥，买了满满一大袋冰棒回来，将家里的冰箱塞得严严实实。里面有蛋筒、"火炬"、脆皮、脆宝、雪人和绿豆沙等，全是当时最流行的品种，可谓应有尽有。

自从在家实现了冰淇淋自由，每次打开冰箱，一股难以言喻的快乐便涌上心头。而我，总会优先挑选"火炬"来吃，它在一众冰棒中价格最贵，顶部裹满了香甜的巧克力，那滋味，光是想想就让人陶醉。

有一回课间休息，我在操场上不慎摔倒，下巴磕破，鲜血直流。老师见状，赶忙让我先回家。我懵懵懂懂地一路往回走，到了中医院门口，便跟看门的大爷说："我要找爸爸。"父亲当时是医院院长，大爷立刻打电话通知了他。父亲很快就匆匆赶来，看到我受伤，脸上满是心疼与焦急，二话不说，马上带我去门诊。医生检查后说需要缝针，这时我才回过神来，害怕得抱着父亲大哭。父亲轻轻拍着我，安慰道："不怕不怕，等下爸爸去买火炬给你吃。"神奇的是，我立马就止住了哭声。缝完针后，我如愿以偿地得到了一个"火炬"冰淇淋，那一刻，开心得仿佛完全忘记了伤口的疼痛。

初中时，我又对橙子情有独钟。有一次学校组织秋游，我打电话让父亲给我准备些零食。我就读的是寄宿学校，当晚，父亲就提着一个袋子来到宿舍。他一边打开袋子，一边说道："爸爸去平和堂给你买了进口橙子，你看看行不行？"我一看，袋子里全是橙子。我不禁有些疑惑地问道："全买的橙子呀？没有别的零食吗？"父亲见我不太满意，赶忙又掏出几张钱递给我，说道："你自己再去小卖部买点其他零食吧。"父亲走后，宿舍的同学们纷纷投来羡慕的目光。要知道，平和堂在那时可是长沙最高档的商场，父亲特意跑去那儿买零食，足见他对我的重视，更何况父亲平日里本就不爱逛商场。

除此之外，我似乎再没有特别爱吃的东西了。如今每次去餐馆点菜，别人问我想吃什么，我总是习惯性地回答："随便。"有时对方还会打趣地回应："可没有'随便'这道菜哦。"

其实，我也曾有过钟爱的菜肴。起初，我喜欢吃白灼基围虾，父亲知道后，每周都会买上三四次。后来，我又爱上了一家餐馆的清蒸鸡，父亲便每周都去打包一份回来。只是，这般频繁地吃，慢慢地我竟都吃腻了。

父亲是个物欲极低的人，尤其是在饮食方面。高档海鲜他从不感兴趣，日式料理里的生鱼片更是一口都不吃，偶尔陪我去吃西餐，也纯粹是为了满足我的喜好。他偏爱家常菜，尤其是苦瓜。每到夏日，几乎天天都会买苦瓜回家，有时清炒，有时和酸菜一起煲汤。小时候，我觉得苦瓜的味道实在难以接受，可在父亲的影响下，我竟也渐渐喜欢上了苦瓜那独特的滋味。

三

女孩子似乎都对毛绒玩具有着一种难以言喻的喜爱，我自然也不例外。如今，家里的客厅和衣帽间，到处都堆放着我小时候积攒下来的玩偶。在这众多玩偶之中，有一只毛绒玩具狗，它对我而言最为珍贵，不知不觉，它已经陪伴我走过了20多个春秋。

那天，父亲从北京出差归来。我像往常一样，窝在沙发上聚精会神地看着电视。不经意间抬头，我猛然发现父亲怀里抱着一个东西。仔细一瞧，竟是一只造型极为逼真的玩具狗。它身形小巧，身子稍长，腿却短短的，模样憨态可掬。浑身的毛发由棕色和白色交织而成，层次分明。那一对耳朵大得有些夸张，比它的脸还要大上一圈，像两片柔软的帘子，乖巧地垂在脑袋两侧。它的眼睛是深邃的暗茶色，仿佛藏着无尽的故事，配上那憨憨的表情，可爱得让人忍不住想要伸手抱抱。

我瞬间从沙发上跳了起来，眼睛里闪烁着兴奋的光芒，大声问道："爸爸，这是什么呀？"

父亲满脸笑意，走到我身边，把狗狗拿到我面前，温柔地说："这是爸爸在北京的王府井商场给你买的玩具，喜欢吗？"

我好奇地打量着这只狗狗，心里想着这么大一个，父亲是怎么带回来的呢？于是，我仰起头，疑惑地问："那这么大一只，你是怎么拿回来的呀？"

父亲轻轻摸了摸我的头，笑着说："爸爸就是这么一路抱回来的啦。"

那一刻，我满心欢喜，小心翼翼地把狗狗抱在怀里，仿佛抱住了全世界最珍贵的宝贝。

在后来的日子里，我逐渐接受了断舍离的观念，很多曾经陪伴过我的玩具，都被我忍痛舍弃。但这只玩具狗，每次看到它，我都能清晰地感受到父亲对我的疼爱，这种温暖的情感让我始终舍不得丢弃它，一直将它好好地收藏着。

时光匆匆，很多年过去了。有一天，我突然对这只狗狗的原型产生了好奇。于是，我顺着它身上的标签，在网上仔细地查找资料。原来，它是美国暇步士品牌的狗狗，原型是巴吉度猎犬。而这个品牌在1997年才进入中国市场，为了树立高端的品牌形象，最初只在一线城市的高端商场设有专柜。那一刻，我的脑海中不由自主地浮现出父亲当时逛商场的画面。他穿梭在琳琅满目的商品之间，认真地在玩具区挑选着给女儿的礼物。也许他看过了许多玩具，但最终，他的目光停留在了这只毛绒狗身上，一眼就认定了它，决定买下并跨越千里，将这份爱带回家。

我把这只玩具狗收在柜子里，日子一天天过去，长到我几乎都快将它遗忘在记忆的角落里。直到有一次，我和男朋友一起去逛宜家。在宜家的玩具区，我又看到了毛绒玩具狗，有两种款式，一种是明亮的黄色，一种是灰白混合的色调。那一刻，我心中涌起一股莫名的喜欢，仿佛有一种无形的力量驱使着我，我一手抱一只，毫不犹豫地把两个款式都买了下来。回到家，当我把两只新买的玩具狗收起来的时候，我的脑海中突然闪过小时候父亲送的那只毛绒狗狗。我赶紧跑到柜子前，把它翻了出来，看着它有些灰尘的模样，我决定给它好好清洗一番。洗完后的它，就像重获新生一般，还是那么崭新漂亮，丝毫没有因为岁月的流逝而显得过时。它的每一处细节，每一根毛发，都仿佛在诉说着过去的故事，甚至比我新买的玩具狗还更显洋气和品质，就跟父亲二十几年前递到我手中时一模一样。

四

每年生日，手机"叮咚"一声，我就知道，父亲的祝福来了。打开微信，果不其然，还是那熟悉的两行字："晶晶生日快乐！父亲爱你！"我好奇地翻了翻聊天记录，这才发现，过去五年，父亲的生日祝福竟一字未改。

我知道，父亲并非偷懒，只是他的爱，纯粹而恒定。在他心中，对我的万千期许，最终都凝练为这最简单却最深情的两句话：一句是希望我快乐，另一句是他爱我。

父亲对自己的生日向来随意，常常婉拒朋友的庆祝，只愿与家人简单相聚。可我的生日，在他心中却无比重要。或许是秉持"女儿要富养"的理念，又或许只是源于内心深处那份毫无保留的父爱，他总是想尽办法，给我最难忘的生日惊喜。

初一那年，我开始寄宿生活。生日那天，父亲母亲带着一个三层大蛋糕来到宿舍。那是我第一次见到如此壮观的蛋糕，同学们围过来，眼中满是羡慕。那一刻，我不仅收获了甜蜜，更感受到父母满满的爱。

十八岁成人礼，我在北京求学。父亲母亲特意从长沙赶来，为我和朋友们安排了一场丰盛的聚餐。他们的陪伴，让我在异地也能感受到家的温暖。

后来我出国留学，生日只能在视频里与父母共度。回国那年，父亲为了弥补那些缺席的生日，破天荒地邀请了众多亲朋好友。要知道，他平时最不喜欢热闹场合，可这次，他却为我打破了自己的原则。

工作后的生日，我大多与朋友相聚。但我始终记得，父亲母亲对这一天的重视。所以，我总会在中午陪他们吃顿生日饭，偶尔也会把家人和朋友聚在一起。原以为会冷场，没想到父亲和我的朋友们相谈甚欢，喝得不亦乐乎。

父亲对物质要求极低，从不主动逛街，也很少给自己买东西。但只要我需要，他就会毫不犹豫地陪我逛遍商场，精心挑选礼物。在我心中，最珍贵的礼物，是三十岁生日时父亲的亲笔信。信中，他将对我的爱与期望娓娓道来，让我泪流满面。那一刻，我明白，在父亲心中，再贵重的礼物，都比不上这份真挚的心意。

更早之前，父亲送过我一只玉兔摆件。他略带羞涩地说："爸爸也不知道该买什么，在外面逛了一下午，就选了这个。"我满心欢喜，把它放在床头，陪伴我度过无数个夜晚。那时的我，已近而立之年，可在父亲眼中，我永远是那个需要呵护的孩子。

思绪飘回儿时，一个清晨，我正准备上学，父亲母亲把我叫进卧室："晶晶，看看柜子里有什么？"我打开柜门，一只雪白的兔子毛绒玩具映入眼帘。它有着圆滚滚的眼睛，两只耳朵俏皮地竖着，穿着一条漂亮的玫红色裙子。"喜欢吗？这是爸爸妈妈送你的生日礼物。"我用力点头，抱着兔子一蹦一跳地去上学，满心都是欢喜。

那只毛绒兔子，在几次搬家后已不知所踪。但长大后，我又买了一只毛线编织的小兔公仔，它穿着浅蓝色的裙子，静静地躺在我的枕边，陪伴我度过许多个春秋。每当看到它，我就会想起父亲的爱，那份爱，如同初升的朝阳，温暖而永恒。

五

我也用心对待着一切跟父亲有关的日子。

十一二岁时，我就读寄宿学校。父亲生日那天，母亲到学校接我去吃饭。正值夏天，我满心郑重，特意回宿舍洗了个澡，换上父亲给我买的裙子。前往餐厅途中，我攥着学校发的几十块钱稿费，在路边商店为父亲挑选礼物。我精挑细选许久，才选到心仪之物。母亲见状，忍不住啧啧称赞："你这么小，就这么用心。"

那时的我，还折过一玻璃瓶的幸运星，五颜六色，满满当当。也曾笨拙地绣过十字绣枕套，上面有可爱的小熊图案，还绣着一行小字："爸爸，生日快乐。"

成年后，我不再送那些充满童稚的礼物，而是将关怀融入父亲生活的琐碎日常。小到擦眼镜的布、指甲钳、膏药、炒菜锅、剃须刀、牙刷、毛巾、沐浴露、保温杯；大到眼镜、围巾、衣服、鞋袜、皮带、钱包、背包、行李箱，我总是乐此不疲地将这些物品源源不断地买回家，送到父亲面前。

面对我的付出，父亲给予了满满的情绪价值。无论我买什么，他都乐呵呵地表示喜欢，还常说："崽啊，你又给父亲买这么多衣服，谢谢啦！"其实母亲也会给父亲买很多东西，但母亲几次感慨，说我观察入微，体贴至极，家里哪个角落缺了东西，我总能发现并及时补上。

2022年，父亲五十九岁生日。他反复说这次不过了，等退休后过六十岁生日。在湖南，做寿有"男做进，女做满"的讲究，即男士庆虚岁，女

○● 2022年，父亲在59岁生日宴上许愿

士庆实岁，比如男士六十大寿要在五十九岁时过。我虽对习俗了解不深，但坚持为父亲安排生日宴，在我心里，他的每一岁都值得用心对待。

我在家附近订了最好的酒店和最大的包厢，亲自采购气球、鲜花、生日灯、背景板等诸多装饰物，还请了五六个朋友帮忙，花了大半天时间亲手布置场地。生日那天，爷爷奶奶、叔叔婶婶、姨爸姨妈、弟弟妹妹都来了，还有父亲要好的同学朋友。大家欢聚一堂，其乐融融，对宴会布置赞不绝口。父亲也格外开心，还主动要求在背景板前合影。

我用手机拍下父亲吹生日蜡烛的视频。镜头里，他捧着一大束热烈的鲜花，笑着环顾四周，说出了他的愿望：希望我的夫人和女儿健康快乐！

六

2023年初，父亲被严重的失眠症缠上了，整个人都憔悴不堪。每天夜里，那寂静的氛围对他而言仿佛是一场酷刑。他尝试了各种各样的辅助药物，可效果微乎其微。清晨，当第一缕阳光艰难地透过窗帘缝隙，洒在他疲惫的脸上时，我都不敢直视他那双布满红血丝的眼睛，每次只是匆匆瞥一眼，生怕自己眼里的悲伤与担心被他察觉。

我看着父亲日益消瘦的脸庞，心里满是焦急。于是，我买了一张折叠床，满心想着把它搬进父亲母亲的卧室，摆在父亲的床边，这样晚上我就能像他守护儿时的我一样，陪伴和守护着他。可每当我站在卧室门口，手握着折叠床的一角，犹豫和纠结便如潮水般将我淹没。我不断地在心里权衡，要是我这么做了，父亲会不会觉得自己给我添了麻烦，从而加重他的心理负担呢？这种纠结反复拉扯着我，让我在卧室门口徘徊了一次又一次，最终，我还是怀着满心的无奈与不舍，放弃了这个念头。

我把自己枕边一直陪伴我的小兔子拿到了他的床头，努力让自己的声音听起来轻松愉快："爸爸，我把这个小兔子放在这里，晚上它可以陪你哦。"母亲像是看穿了我的心思，温柔地说道："小兔子在这里，就像我们的小晶晶在陪着你一样。"

父亲嘴角微微上扬，笑着对我点点头，轻声说："好呢！"

看着父亲那带着一丝疲惫却又努力回应我的笑容，我的心像被什么重重地撞了一下。

我又小心翼翼地拿出一个沉香手串，轻轻挂在小兔子身上，说道："爸爸，这个沉香手串也放在这里，可以安神的。我去南岳为你祈福过了。"

父亲眼中闪过一丝疑惑，问道："你什么时候去了南岳？"

我故作轻松地回答："上周几个同事约着一起去玩呢。"

其实，那次南岳之行，我是满心虔诚地只为他一人祈福，希望能驱散他身上的病痛，让他重新找回安稳的睡眠。

洗手做羹汤

一

小时候的回忆，就像散落的珠子，不经意间便能将那些片段连点成线，刹那间，诸多往事便一股脑地涌上心头。长大后，记忆虽说愈发清晰，却也变得繁杂琐碎。当某一天突然提起笔，想要记录些什么，竟感觉千头万绪，不知从何处开始说起。

于是，在一个闲适的下午，我百无聊赖地拿起手机，随意翻看着与父亲的聊天记录。因为平日里住在一起，父亲给我发的微信数量并不多，大多都是极为平常的日常询问。在不经意的滑动过程中，我猛然发现了一个规律：从2019年到2022年，他总是隔三岔五地在下午五点左右，给我发来内容一模一样的微信，每次都问："回家吃饭不？"那密密麻麻的近500条微信消息，满屏皆是，承载着父亲对我深沉而炽热的爱，那爱意如洪钟巨响，振聋发聩。

多数时候，我只是简单地回复两个字"不回"，甚至一周五个工作日可能都是这样千篇一律的答复。然而，父亲却从不将此放在心上，只要他确定当天晚餐自己没有其他安排，便会始终如一地、乐此不疲地询问我是否回家吃饭，满心想着要为我准备可口的饭菜。

当然，也存在另外的情况。有时我在家，可父亲却因事需要在外面就餐。这时，他就会特意打电话给我，仔细叮嘱我要自己安排好饮食。我每次都满不在乎地回应："放心吧，我都这么大个人了，还能饿着自己不成，肯定有饭吃。"

父亲微信问我
回家吃饭不

　　但父亲显然还是难以放心。许多次周末，他原本在朋友家玩得正欢，可一到晚上饭点，却又会特意匆匆折返回家，为我做好饭后，才又急忙赶过去。我不禁在想，他是不是忘记了我曾经在国外独自生活了好几年，在照顾自己吃喝这些方面，完全具备自理能力。可仔细想来，他并非是真的忘记，而是在他心中，不管女儿年岁如何增长，永远都是那个需要他精心呵护与照顾的孩子。即便我早已过了而立之年，在工作中也能独当一面，他却依旧时常操心着我吃饱穿暖这些看似最为简单，却又饱含温馨的生活小事。

　　在众多家庭里，母亲往往是承担做饭重任的主力，然而在我们家，情况却截然不同，父亲才是那个掌勺的人。每当我跟朋友们提及此事，他们都满脸惊讶，觉得难以置信。在他们的固有印象中，父亲身居要职，工作繁忙得如同陀螺一般，实在难以将他与厨房这个充满烟火气的地方联系在一起。

　　但在我的记忆深处，却满满都是他在厨房忙碌的身影：他喜欢慢悠悠地去楼下菜市场买菜，从洗菜、切菜到炒菜，所有环节一手包揽；夏天，厨房闷热无比，他在里面炒菜，汗水不停地从额头滚落，浸湿衣衫；冬天，他又总能恰到好处地端上热气腾腾、香气四溢的各种美味佳肴；有时，做完一桌子菜后，他会感到些许疲惫，便会在沙发上坐下，悠然地泡上一杯茶，稍作休憩；还有些时候，吃完饭，他顺手就开始收拾碗筷、擦拭桌子……

其实，父亲并非真的热衷于做饭。他性格中虽有着细致体贴的一面，但骨子里更多的是豪迈与潇洒。对于生活中的琐碎小事，他向来不太在意，甚至连电视如何打开、门锁电池怎样更换都全然不知。他也并不热衷于干家务，自己的眼镜镜片、皮鞋鞋面积攒了厚厚的灰尘，他也丝毫未曾察觉。而他之所以主动承担起家里做饭的重任，唯一的原因，便是他对我们深深的爱。

父亲的爱，犹如一张无形却又无比坚实的大网，全方位地笼罩着我。既能够在关键时刻为我遮风挡雨，抵御外界的狂风暴雨；又有着如春雨般细腻，藏在生活细节里，无声无息地滋润着我的心田。我是何其幸运，此生才能拥有这样一位近乎完美、无比优秀的父亲。

二

回想起父亲做饭的样子，那一幅幅画面，宛如被岁月镌刻的珍贵影像，深深刻在了我的脑海深处，历久弥新。每一个回忆的片段，都承载着他对我深沉的爱，让我深知，为了让我能好好吃饭，他究竟付出了多少不为人知的辛苦。如今，父亲虽已不能再陪我一同围坐饭桌，但他的爱从未消散。我会带着他的期许，好好吃饭，珍惜每一次与家人相聚用餐的时光，将这份温暖延续下去。

在往昔的日子里，下班后的父亲总是不辞辛劳，径直奔赴菜市场。那时，离我家最近的菜市场位于小区对面，可前往的路途却并不轻松。他需从立交桥下穿过，而后再步行一段路程，这般来回一趟，往往需要耗费大半个小时。湖南的天气，冬季湿冷刺骨，夏季酷热难耐，父亲在买菜的途中，不是被夏日的骄阳晒得大汗淋漓，衣衫湿透，就是在冬日的寒风中瑟瑟发抖，手脚冰凉。可即便如此，他却数十年如一日，风雨无阻，从未有过一丝抱怨，不嫌丝毫麻烦。后来，我们搬了新家，小区隔壁就有菜市场，父亲买菜这才便利了许多。

每次下班回家，踏入家门的那一刻，总能看到一幅充满烟火气、温馨和谐的场景。父亲悠然地坐在客厅的沙发上，电视里播放着当天的时事新闻，他的目光时不时落在屏幕上，手中端着面前的杯子，轻轻抿一口茶，神情惬意又放松。而母亲则坐在旁边的矮凳子上，身旁放着满满一篮青菜，她的双手熟练地择着菜，嘴里还絮絮叨叨地说着家长里短。

等我一迈进家门，父亲敏锐地察觉到我的归来，便立刻起身，脚步轻快地迈向厨房，开始忙碌地炒菜。厨房里，瞬间响起了锅碗瓢盆碰撞的声音，油在锅里滋滋作响，父亲熟练地挥舞着锅铲，将各种食材在锅中翻炒、融合。不一会儿，阵阵诱人的香气弥漫开来，热气腾腾的饭菜便摆满了一桌。

三

父亲是个极为朴实无华的人，在生活里，对一切都没有太多讲究。

平日里，他甚少开车，除了因公务活动需要用车外，但凡自己出门，首选便是打车。只有在天气恶劣到极点，狂风暴雨或是暴雪肆虐时，他才会偶尔开口，让我开车送他一程。他向来不热衷于逛街，衣服和鞋子这类生活用品，皆是由母亲和我负责采买。在他眼中，款式与品牌都无关紧要，不管我们买回家的是什么，他都欣然接受，还总是笑着说喜欢。

在饮食方面，父亲对山珍海味毫无兴趣，唯独钟情于家常小菜。有时外出参加应酬，那些高档宴席上摆满了珍馐美馔，可他却没怎么动筷。一回到家，他便径直走进厨房，亲自下厨炒上一个小菜，再盛上满满一碗米饭，吃得津津有味。他最钟爱的菜肴当属苦瓜。炎炎夏日，苦瓜几乎成了我们家每餐必备的菜品。有时是清炒苦瓜，火候拿捏得恰到好处，炒至刚刚断生，入口先是一丝清苦，而后便是那萦绕舌尖的淡淡清香。有时则是酸菜苦瓜汤，酸爽开胃，清热降火。在父亲长期的耳濡目染下，我也逐渐习惯了苦瓜独特的味道，并且深深喜欢上了它。除了苦瓜、空心菜、油麦菜、莴笋、冬苋菜、黄芽白、红菜苔、白菜苔、茼蒿、白萝卜、茄子、豆角、冬瓜、丝瓜等各类蔬菜，也频繁出现在我们家的餐桌上。正因如此，我们一家人都亲昵地称呼父亲为"蔬菜大王"。在我们家，肉类的消耗并不多，每餐却必定要有一大碗蔬菜。每次去爷爷奶奶家吃饭，爷爷奶奶总会特意多炒上几个蔬菜，而这些蔬菜，基本上都会被父亲吃得干干净净。

父亲平时很少吃零食，若真要吃，也不过是偶尔嚼些南瓜子、松子。当应季水果上市时，他也会买来尝个鲜。但每当吃到特别美味的东西，他的第一反应总是惦记着我，想着要给我留一份。

四

父亲年轻时，那股湖南人无辣不欢的劲儿可足了。每到饭点，餐桌上必定会有一小碟剁辣椒，色泽红亮，鲜香的气息直钻鼻腔。他就着那白花花的米饭，一勺剁辣椒入口，脸上满是满足，吃得那叫一个香。

烧辣椒也是父亲的拿手好戏。他把青椒往火上一搁，火苗舔舐着青椒，不一会儿，青椒表皮就变得黑黢黢的。父亲手法娴熟，轻轻一剥，那黑色外皮便脱落下来。洗净后，他将青椒放在碗里，手指灵活地把青椒撕成细长条，再依次浇上醋、淋上酱油，简单搅拌，一道开胃又下饭的烧辣椒就大功告成。酸辣的味道弥漫在空气中，光是闻着，就让人食欲大增。

虎皮尖椒做起来简单，却也满含父亲的用心。辣椒洗净后，直接丢进锅里干煎，随着"滋滋"声响，辣椒的表皮渐渐泛起褶皱，变得金黄。父亲瞅准时机，倒入油，迅速翻炒，不一会儿，尖椒就变得外脆内软，那股辣香瞬间弥漫整个厨房，让人忍不住直咽口水。

最让我难以忘怀的，还是父亲亲手做的辣椒萝卜条。他先把白萝卜仔仔细细洗净，切成均匀的长条形，摆在阳台晾晒。那几天，他时不时就去瞅瞅萝卜条，眼神里满是关切。晾晒几天后，萝卜条稍稍失去了些水分，变得有些蔫软。父亲把它们装进大碗，挖上几大勺剁辣椒，双手戴上手套，开始仔细地搅拌，每一根萝卜条都被均匀地裹上了剁辣椒的鲜红。随后，他用保鲜膜将碗口封得严严实实，小心翼翼地放在阴凉处。两三天后，当保鲜膜被揭开，那股酸辣的气息扑面而来。父亲做的辣椒萝卜条，口感爽脆，保留了恰到好处的水分，和传统那种干巴巴的萝卜条截然不同。而且，父亲每次都只做一小碗，这"限量供应"的做法，让每一口都显得格外珍贵。每次这道菜一端上桌，眨眼间就被一扫而空。

我知道，对于工作忙碌又不太热衷于做菜的父亲来说，做辣椒萝卜条得花上好几天时间，这已然是他耐心的极限。可他却乐此不疲，只因这是给女儿的专属美味。每次想起父亲在阳台上，略显笨拙地摆弄着萝卜条的身影，我的心里就暖烘烘的，满是幸福。

父亲还曾笨拙地为我切过许多瘦肉条。湖南的腊肉闻名遐迩，可父亲却更偏爱为我准备风干的瘦肉条。这瘦肉条做菜口感绝佳，还便于保存。我在国外读书时，每次放假回家，父亲总会早早准备好瘦肉条。他拿起菜刀，眼神专注，尽管刀工并不精湛，可每一刀都饱含着对女儿的爱。瘦肉条质地坚硬，切起来着实费劲，可父亲还是坚持着，一刀一刀，切出一片片均匀的肉片。切完后，他仔细地用保鲜袋分装好，叮嘱我带到学校吃。

这些瘦肉条，我带到国外后，都舍不得随便吃，只有在重要的日子，才会拿出来精心烹饪。随便配上几个青椒一炒，那香味瞬间在房间里散开，瞬间"秒杀"唐人街的所有饭菜。因为，这是父亲的味道，是家的味道，无论走到哪里，都让人难以忘怀。

五

周末，父亲总会在午餐时间大显身手，为我们呈上他的拿手好菜——水煮鱼头。天刚破晓，他便早早起身，前往菜市场，精心挑选新鲜的雄鱼头。一回到家，他就开始忙碌起来，仔细洗净鱼头，放入锅中煎至微微泛黄，随后加入开水，顿时，厨房中弥漫起浓郁的香气。他熟练地放入紫苏、青椒，再撒上少许盐调味。看似简单的食材和调料，在父亲的巧手下，变成了一道令人垂涎欲滴的佳肴，鱼肉鲜嫩，汤汁鲜美，每一口都让人回味无穷。

有时，鱼汤会有剩余，父亲便会将其盛出，放入冰箱冷藏。到了晚餐时分，我便能品尝到美味的"鱼冻"。它入口即化，口感如同果冻般滑嫩，鲜咸的味道在舌尖散开，令人陶醉。雄鱼，虽价格亲民，却在我心中占据着特殊的位置，它承载着无数温暖的回忆。

中医讲究三伏天吃"伏鸡"的养生之道，伏鸡即公鸡，属温阳食物，在三伏天食用，有排寒祛湿之效。父亲身为中医，自然遵循这一养生理念。

每年入伏，他都会精心挑选一到两斤的小公鸡，这种鸡阳气更足，口感也更为鲜嫩。回到家，父亲便用酸辣椒和姜与小公鸡一起爆炒，不一会儿，厨房里便弥漫着诱人的香气，一道鲜嫩可口的爆炒小伏鸡就出锅了。

中秋时节，大闸蟹纷纷上市，也成为了我们家餐桌上的常客。起初，父亲用水桶养着螃蟹，却发现没几天螃蟹就口吐白沫。后来，他学会了用湿毛巾包裹螃蟹，放入冰箱冷藏保存的方法。煮螃蟹时，只需取出放入蒸锅，再丢几片生姜即可。为了陪伴我，父亲这才愿意在一年中难得地品尝螃蟹。他吃螃蟹的速度极快，主要享用蟹黄、蟹膏和蟹身上的肉，对于蟹腿，他总是嫌麻烦，即便尝试，也只是将肉和壳一起在嘴里嚼一嚼，随后吐出来。母亲吃一只螃蟹的时间，父亲差不多能吃完两三只。而我，也跟着父亲的吃法，不一会儿就能消灭好几只。

父亲的水桶不仅养过大闸蟹，还养过甲鱼。有时，亲戚朋友在乡间田头抓到土甲鱼，便会送几只给我们。父亲便用桶将甲鱼养在厨房。夜深人静时，路过厨房，总能听到甲鱼爪子扒拉水桶的呲呲声。甲鱼生命力顽强，即便十天半个月不吃不喝，依旧活蹦乱跳。父亲看中了土甲鱼的滋补功效，尽管他杀鱼都不太熟练，却硬是摸索出了一套杀甲鱼和烹饪的方法。杀好洗净后，他将整个甲鱼清炖，加入少许肥猪肉提鲜。这道清炖甲鱼的味道堪称一绝，在我尝过的所有甲鱼菜肴中，无出其右。由于制作过程繁琐，需要亲力亲为，工作日父亲忙碌，无暇顾及，所以甲鱼常常能在桶里住上十天半个月。

六

不记得从何时起，父亲的生活里悄然添了一项新事务——学着炖燕窝。他总念叨着，这对我的身体大有裨益。自那以后，家里的餐桌便常年摆着一个碗，里头静静泡发着燕窝，像是一份无声却又满含爱意的守候。

夜幕降临，父亲总会端坐在那儿，身姿专注。他举着手电筒，柔和的光线倾洒而下，照亮了他手中的燕窝。他微微低头，凑近了，手里的镊子如同灵动的画笔，认真地将燕窝里的浮毛一根根挑出。那专注的神情，仿佛在雕琢一件稀世珍宝。此情此景，不禁让我脑海中浮现出一句诗："慈母手中线，游子身上衣，临行密密缝，意恐迟迟归。"虽写的是母亲，可眼前父亲的慈父形象，竟与这诗句契合得毫无违和感。

每日清晨，我尚在睡眼惺忪之时，便能听到一阵清脆悦耳的声响，那是汤勺与瓷碗碰撞发出的"叮叮咚咚"声。这声音，宛如清晨的小闹钟，宣告着父亲的到来。只见他端着燕窝，稳步走来，一边走，一边用汤勺轻轻搅动着碗里的燕窝，那细致的动作，仿佛在搅拌着满溢的父爱。父亲煮的燕窝独具特色，分量惊人，宛如早餐的一碗粥。他总是担心我不吃早餐，自从有了这碗燕窝打底，他才稍稍放宽了心。

后来，我先生走进了我们的生活。父亲得知他爱吃腊肉，为了欢迎他的加入，家里常做的菜里便多了一道藠头炒腊肉。为了做出美味的这道菜，父亲不辞辛劳，专门四处找寻上好的腊肉买回来。我嫌这道菜油腻，不太愿意多吃，可我先生却对它情有独钟，每餐都能大快朵颐，吃上好几大块。我忍不住劝他："少吃点，容易长胖。"这时，父亲总会及时打圆场，笑着说："没事，又不经常吃，多吃一块没关系的。"在我心里，父亲的话就如同圣旨一般，我听了便乖乖缄口不言，而我先生则一脸得意。

父亲将爱屋及乌展现得淋漓尽致，平日里对我先生关怀备至。他的这些真心付出，收获了一个视他如父的好儿子。如今，先生在我对父亲的刻骨思念中，既与我一同分享着这份情感，也默默分担着我内心的牵挂，让我深知，父亲的爱，早已在我们的生活中生根发芽，蔓延至每一个角落。

七

在父亲深陷严重失眠的那段昏暗日子里，他整个人的状态糟糕透顶，仿佛被一层阴霾长久笼罩。对周遭的诸多事物，皆提不起一丝兴致，眼神中满是疲惫与倦怠。然而，有一件事却雷打不动，那便是每天下午，他总会带着几分期许，轻声问我："回家吃饭不？"

我十分默契地配合着他，十之八九都会毫不犹豫地回他一声："回。"

听母亲讲，唯有在得知我要回家吃饭时，父亲才会勉强打起精神，拖着那被失眠折磨得虚弱的身体，走进厨房准备饭菜。那一刻，他的脸上似乎才会浮现出一天中难得的一丝光亮，那也成了他一天里为数不多的好心情时刻。而于我而言，那同样也是我一天中最为期待的时光，满心盼望着能快点回到家中，与父亲相聚。

父亲为了这个家，做出了难以计数的牺牲。为了能更好地照顾我、陪伴我成长，他毅然决然地放弃了事业上那些令人心动的大好机会。后来偶尔谈及此事，他的脸上总是挂着一副理所当然的神情，仿佛那些放弃的机遇，在他眼中根本不值一提。我曾一度不想让他陷入两难的困境，衷心希望他能毫无羁绊地去追逐自己的理想与抱负，在事业的天空中尽情翱翔。可随着年岁渐长，我才深刻领悟到，在父亲的世界里，我自始至终都是那个唯一的必选项。他用自己并不宽厚，却无比坚实的肩膀，稳稳地托举着我，满心期许着我能一生幸福快乐，远离生活的风风雨雨。

我的理想，至今都未曾跟父亲诉说过。从踏入工作岗位的那一刻起，我便像上了发条一般，一刻也不敢停歇，不断地鞭策自己努力奋进。我渴望自己能如同一棵树苗，迅速抽芽成长，暗自下定决心，终有一日要长成参天大树，亭亭如盖。满心想着，等父亲年老体衰之时，我便能为他遮风挡雨，护他后半生平安顺遂。

然而世事无常，如今，父亲却成了我心中一个想要拼尽全力去报答，却再也无法报答的恩人。

跨越重洋的牵挂

一

在整理父亲办公室的资料时，一张泛黄的A4纸悄然滑落。那是2011年父亲的因私出国申请，"旅游观光"四字被重重划去，取而代之的是工整的"参加女儿毕业典礼"。指尖轻触那行修改的字迹，记忆的闸门轰然打开，我的思绪飘回到了第一次出国的那一天。

那时，母亲为了我的远行，准备了两个超大号行李箱。她还特地向一位留英归来的朋友仔细请教，事无巨细地将箱子塞得满满当当。从日常用品到四季衣物，再到家乡的零食，每一样都承载着她对我在异国他乡能否适应的深深担忧。

临行前，父亲母亲仍放心不下，坚持从长沙陪我到上海。我们提前入住了浦东机场附近的酒店，航班要到次日中午才起飞。夜晚，父亲的焦虑愈发明显，他独自匆匆出门，回来时，手里多了许多盐焗小鸡腿和巧克力，一股脑儿地塞进我的背包。彼时的我，还觉得父亲此举有些多余，毕竟行李箱里的零食已然不少。直到后来，在异国他乡的深夜，饥肠辘辘的我翻出那些小鸡腿，咬下第一口的瞬间，熟悉的味道在舌尖散开，心中满是对父亲细致关怀的感动。

浦东机场内人潮涌动，办理出境航班的柜台前排起了长龙。母亲费力地拖着行李箱，在队伍中缓慢前行。父亲则推着行李车，载着我在大厅里踱步，口中不停地念叨着各种注意事项。

"到了国外，有什么不懂的一定要开口多问别人。"

"登机了给爸爸发个信息，落地了也说一声，到了学校记得给爸爸打电话。"

"不要怕花钱，有什么想吃的想买的，你就买。"

"每天还是要跟家里联系一次。"

每说完一段，没过多久，他又会想起新的叮嘱。换好登机牌，托运完行李，分别的时刻终究来临。父亲走向一位工作人员，礼貌地询问："请问安检口在哪里？"对方指了指正前方："就在前面。"父亲转过身，又对我说道："你看，就像爸爸这样，有不懂的就问，别不好意思。"我嘴上虽在心里吐槽父亲这示范太过刻意，可心里却被他那满溢的牵挂与担忧填得满满当当。这个看似平常的场景，就这样深深地烙印在了我的记忆深处，在后来的日子里，每当我在国外迷路，脑海中总会浮现出父亲的这个举动，然后鼓起勇气向路人求助。

因为方向感不佳，我在国外时常迷路。在偌大的校园里，为了寻找上课的教室常常晕头转向；走出校园，更是辨不清东南西北。但每一次，只要想起父亲的示范，我便能克服内心的羞涩，大胆地向路人开口问路。

过完安检，我一步三回头。每一次转身，都能看到父亲母亲站在原地，面带微笑，不停地向我挥手。

二

我的第一次出国经历，远比预想中坎坷。原计划抵达伦敦后，迅速转机前往曼彻斯特，可中转时间极为紧凑，仅有一个多小时。命运似乎故意刁难，我乘坐的航班晚点，抵达伦敦时，飞往曼彻斯特的航班早已起飞。无奈之下，我只能改签到第二天。

彼时已是夜晚，伦敦希斯罗机场的商店纷纷关门。我在机场内寻觅食物无果，人生地不熟，又不敢贸然走出机场，只能抱着背包，蜷缩在候机厅的长椅上，熬过这漫长黑夜。父亲母亲得知我滞留机场，心急如焚却无能为力，只能不断打电话安慰我。幸运的是，机场温暖且安全，背包里还有父亲买的盐焗鸡腿和巧克力，勉强能填饱肚子。

第二天，我终于登上飞往曼彻斯特的航班，满心期待到学校能好好睡一觉。然而，意外再次降临。在行李转盘前，我苦苦等待，旁人的行李陆续出现，可我的两只大箱子却不见踪影。委屈瞬间涌上心头，我忍不住哭了起来，用不太流利的英语向接机的学校老师说明情况。老师帮我与机场工作人员协商，确定找到行李后会尽快寄到学校宿舍。填好相关信息后，我随老师坐上了前往学校的大巴。

就这样，我仅带着随身背包，抵达了陌生的国度和学校。拿到宿舍钥匙，打开房门，坐在床铺上，本以为能休息，可心中却满是沮丧。我的睡衣、洗漱用品等都在行李箱里，如今行李箱却不见了。

这是我迄今为止唯一一次丢失行李的经历，偏偏发生在初到异国之时，给我带来诸多不便与不安。父亲母亲也始料未及，担心不已，电话接连打来。在没有微信语音的年代，中国移动的国际漫游费用高昂，不到半天，我的手机就停机了。宿舍网线未装好，电脑也无法使用，我彻底与外界失去联系，只能抱着手机，不知所措。

不过，这种失联仅持续了半个多小时，父亲的电话再次打来。

"爸爸刚刚去楼下的移动给你充了话费，你不要担心。"

"爸爸找人跟航空公司联系了，一定会尽快找到你的行李。"

"行李找不到也没关系，你身上带了钱，缺什么就先去买。"

"不要怕！你先好好休息，醒来了再跟爸爸联系。"

听到父亲的话，我安心了许多。

我从黄昏睡到第二天中午，被敲门声吵醒。"你的行李到了。"宿舍阿姨站在门口说道。我一时没反应过来，愣在原地，阿姨又重复了一遍，然后带我到宿舍门口。看到那两只熟悉的超大号行李箱，我的心情瞬间由阴转晴，高兴地把它们拖回房间，随即给父亲发了条短信："爸爸，行李箱已经拿到了，我一切都好！"

"那就好！"父亲秒回。

几天后，在宿舍阿姨的帮助下，我购买了电话卡，费用比国际漫游便宜不少，实现了电话自由。之后又装好网线，设置好电脑网络，实现了上网自由。

"爸爸，这是我宿舍的座机电话号码！"

"爸爸，你要妈妈登录一下QQ，把摄像头打开，我可以上网啦！"

◖ 2011年，父亲和我在伦敦街头合影

三

在国外读书的那段时光，于我而言，机场是频繁路过的地方。彼时，长沙还未开通直飞伦敦的航线，每次踏上求学之路，我都要从北京、上海这些大城市中转。为了缓解旅途的疲惫，我总会提前一晚住进机场附近的酒店，次日再登机出境。

而回国时，心境截然不同。当飞机抵达北京或者上海，我便迫不及待地买回长沙的机票。哪怕要在机场等待两三个小时，哪怕整个回家的路程加起来长达约20个小时，我也丝毫不觉辛苦，满心都是归心似箭，只想快点回到家中。

我的父亲，在我往返英国的行程里，同样不轻松。每次我返回英国，他都亲力亲为，不厌其烦地将我护送到最后一公里。因不放心我独自出行，父亲总会提前一晚陪我飞到北京或上海。第二天，陪着我换好登机牌、托运完行李，再找个餐厅一同吃饭。直到登机时间临近，才依依不舍地送我到安检口，目送我进去。之后，他才独自买机票返回长沙。

因为有父亲的陪伴，那些原本过客匆匆的机场，在我眼中不再陌生，那遥远的路途也仿佛有了温度。后来，我去过许多国家，路过形形色色的机场，独自一人时也遇到过诸多状况。我曾因错过航班，在法国戴高乐机场滞留一晚；也曾在荷兰阿姆斯特丹转机时，因天气原因，深夜被安置到酒店住宿。但我从未害怕过，因为父亲在我心里装满了安全感，无论身处何方，我都深知他在默默守护着我。

父亲与我不同，为了给我足够的安全感，他自己却平添了许多担忧。2008年秋天，我回国过完暑假，临近开学要返回英国。父亲母亲带我去香港玩了两天，之后送我从那里出境。那几天恰逢中秋节，我们白天一同去了迪士尼，晚上在维多利亚港坐游轮赏月。和往常一样，父亲母亲看着我过完安检后才返回长沙。可这次不同的是，他俩分开乘坐了不同的航班，前后相隔一个小时。我得知后十分诧异，追问原因。母亲说："你父亲担心如果飞机发生意外，我俩都在同一个航班，就没人能照顾宝贝女儿了。"这看似有些杞人忧天的举动，实则饱含着父亲满满的爱女之心。他用百分之百的认真，去规避那微乎其微的意外概率，只愿护我平安成长。

母亲还说，后来父亲身体状况不佳时，他常鼓励自己，说还要为女儿做很多事，我还需要他照顾。在灰心丧气时，他也会嘱托母亲，一定要看护好我。无论父亲的心情如何起伏，他始终牵挂着我，竭尽全力地爱着我。

四

在我离家的那些日子里，父亲每日都会给我发短信，从未间断。由于用电话卡往国内打电话话费会便宜很多，按照父亲的要求，我每天也会往家里拨去电话。有时通话不过寥寥数语，有时却能聊上大半个小时。

情窦初开的年纪，少女的心思百转千回。我常常打电话向父亲倾诉，如今回想起来，觉得那时许多想法十分幼稚。可父亲每次都将我的倾诉视作极为重要的事，专注倾听，认真与我交流。

有一回，我和男朋友去旅行，刚到目的地，两人就起了矛盾。我独自跑出酒店，坐在车站广场上哭泣。哭到伤心至极时，我给母亲打了电话，哽咽着喊了一声"妈妈"。

电话那头沉默了两三秒，紧接着，母亲焦急的声音传来："晶晶，你怎么啦？"

我泣不成声，只是拿着手机继续哭，母亲因担心，也跟着哭了起来。

"别哭，有什么事跟父亲说。"父亲一把夺过电话。

我一边抽泣，一边断断续续地讲了许多。得知只是吵了一架，父亲明显松了口气。他安慰我，让我重新订个酒店住下。我的情绪渐渐平复，很快也找到了住处，安顿好了自己。

也是这次经历，让我开始认真思考自己想要怎样的爱情。我从以往的恋爱脑里清醒过来，学会了划定底线，懂得了割舍。因为我从中意识到，自己的喜怒哀乐与父亲母亲息息相关，我的幸福与否也会影响他们的幸福。我开始认真对待感情中的关系，重视自己的心情和需求。我不愿再让他们因我的感情之事而担心难过。

五

2011年，我研究生毕业，父亲专程赶赴英国，出席我的毕业典礼。借此机会，我陪伴他在伦敦游玩了几日。

我们游览了大本钟、白金汉宫、大英博物馆等标志性景点，还一同乘坐摩天轮，俯瞰伦敦迷人的夜景。我热衷于逛商场，父亲也毫无怨言，耐心地陪我逛了两天，给我购置了许多物品。

鉴于父亲热爱足球，我们特意前往斯坦福桥球场，观看了一场切尔西的比赛。那是我唯一一次在现场观看足球赛事。看台上，球迷们热情高涨，有节奏地齐声呼喊着"comeon, Chelsea！"的口号，我们也情不自禁地被这种热烈的氛围所感染。

自那次在伦敦看完切尔西的比赛后，我对足球增添了几分喜爱，还陪着父亲观看了两届世界杯。父亲年轻时最喜爱的足球运动员是马拉多纳，所以他对南美球队颇为偏爱。受伦敦之行的影响，后来他对英格兰球队也格外关注。

犹记得每届世界杯开赛，遇到精彩的对决，父亲总会守在电视机前观看，有时甚至会定好闹钟，半夜爬起来看比赛。为了陪伴父亲，母亲和我

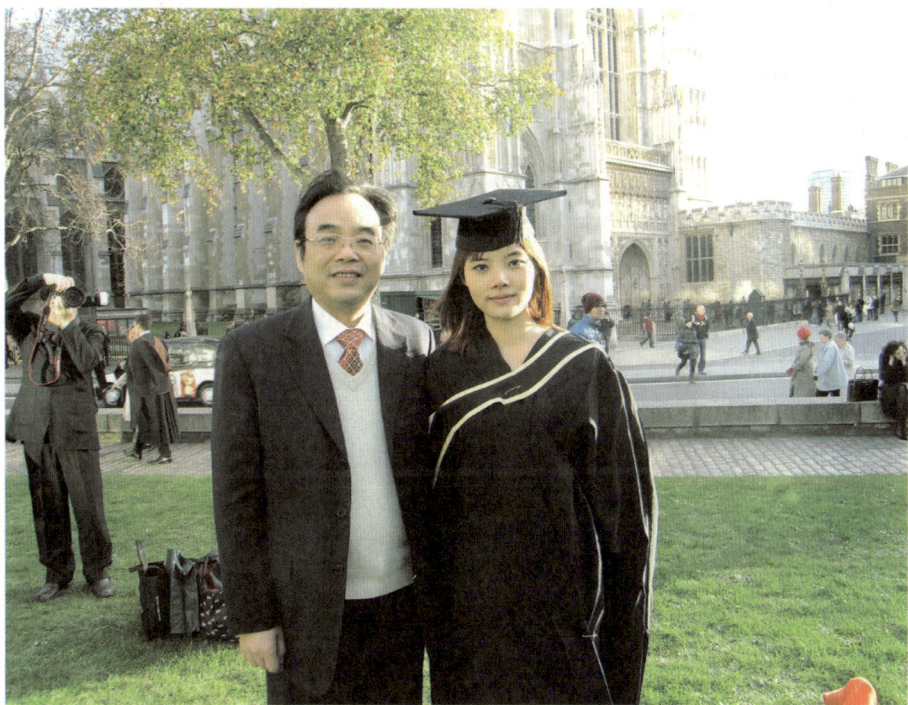

◐ 2011年，父亲赴英国参加我的毕业典礼

有时也会一同观看。有时，看到漂亮的进球，父亲会兴奋地大喊一声"好球"，那突如其来的喝彩声，常常把我和母亲吓一跳。

毕业典礼那天，我先领着父亲参观了学校，随后和人群一同聚集在学院门口拍照。学院是英式建筑，散发着浓厚的历史气息。门口有一大片翠绿的草地，那生机勃勃的景象与古老建筑的厚重感完美融合。周围满是不同肤色的人，操着各异的口音热烈交谈着，无一不是欢快的声音。

我身着黑色的硕士袍，父亲则西装革履，系着醒目的红色领带。阳光柔和地洒落，父亲揽着我的肩膀，我依偎在他身旁，幸福地微笑着。

拍完照后，我们一行人来到举行毕业典礼的礼堂。礼堂呈圆形结构，地面整齐地摆放着许多红色座椅，那是毕业生的座位。四周层层向上也都设有座椅，通过楼梯上去，便是家长们就座的区域，这里视野极佳，可以将仪式的全过程尽收眼底。父亲笑容满面地坐在那里，见证了女儿学成毕业的重要时刻。

六

父亲的学习成绩堪称优异，当年他考取湖南中医药大学时，高考分数在同学中一骑绝尘，处于断层式领先。可那并非他最心仪的学府，只因小时候手肘关节受伤，在体检时被粗心的工作人员误填为残疾，致使他与理想中的大学失之交臂。

我幸运地遗传了父亲的智商与天赋，然而年少时的我缺乏强大的自驱力，只对感兴趣的课程上心，偏科现象十分严重。父亲在我的学习和成长过程中，从没有施加过大的压力，而是始终耐心地循循善诱。步入职场后，我的潜能仿佛瞬间被激活，工作中充满干劲，也逐渐收获了不少认可。

我心里一直想着，父亲这般优秀，我也定要成为能让他骄傲的女儿。怀着这样的信念，我不断努力提升自我，毅然报考了北京大学光华管理学院的EMBA。经过不懈努力，我顺利通过了全国研究生统考以及学院的各项考试。这个课程为期两年，每月集中授课一次，课后还有作业要完成，更要撰写毕业论文并参加答辩，在繁忙的工作之余，这无疑是个巨大的挑战。

2022年，我如期完成学业，本满心期待能邀请父亲再度参加我的毕业典礼，让他见证我的成长蜕变。可遗憾的是，因疫情原因，学校取消了当

◑ 2022年，父亲和身穿北京大学光华管理学院EMBA学位袍的我在照相馆拍照留念

年的毕业典礼。

尽管毕业典礼泡汤了，但学校将学位证、学历证以及蓝色的学位袍寄给了每位学生。为了纪念这个特殊而有意义的时刻，我决定去照相馆拍毕业照。又想到一家人已经很久没有正式拍过全家福了，便拉上父亲母亲和先生一同前往。

事实证明，这个决定无比正确。我们一家四口拍下了许多温馨美好的照片。在毕业照里，父亲依旧亲昵地搂着我的肩膀，我满脸笑意地依偎在他身旁，画面恰似当年我在英国时的场景。我想，父亲心里一定也时常为我感到骄傲吧。

后来，我把这些照片洗印出来，精心装裱成相框，摆在我随处都能看到的地方。回想起在国外留学的日子，即便远隔重洋，父亲对我的牵挂与关心从未间断。如今，父亲与我在时空上相隔得更远了，可我对他的爱与思念，却如影随形，愈发浓烈。

最慈爱的眼神

一

这个下午，看完医生后，我被通知需要住院治疗。夜晚，我特意回家带上家中的被子、枕头等物品，在母亲和先生的陪伴下办理了住院手续。踏入病房，铺好自己熟悉的床上用品，那股陌生与冰冷之感，似乎也随之淡去了一些。

我已许久未曾住院。早早熄了灯，躺在床上玩手机，可终究觉得与往日在家中不同，随意刷了几下，便放下了手机。病房外的走廊格外寂静，这份寂静，让过路人的脚步声、医护人员的交谈声，甚至隔壁病房传来的呻吟声，都变得格外清晰。

我的思绪开始飘忽，陡然间，回忆起多年前的一幕。大约八九年前，我也曾在这家医院住院，那时是为了做腹腔镜手术。记得术前那晚，父亲母亲担心我不适应病房环境，一直拖到临睡前才把我送到医院，父亲还想留下来陪护。我自然是坚决拒绝，手术都还没做，我自觉身体康健，哪里需要他陪护呢？更重要的是，我怎忍心看他在那狭小简陋的陪护床上将就一夜。

彼时的我，同样躺在病床上，思绪万千，胡思乱想。因为从未上过手术台，也未曾经历过全麻，对未知的一切，心底生出莫名的恐惧。那时我不过二十多岁，本是初生牛犊不怕虎的年纪，平日里鲜少滋生恐惧情绪，在国外时，也曾独自面对并处理过诸多状况，从未觉得害怕。或许是因为回到了家人身边，无需再故作坚强勇敢，内心也渐渐柔软起来。再转念一想，忽然明白自己之所以害怕，实则是因为心有牵挂。那个夜晚，在病床上辗转反侧的我，满心担忧的是，自己万一发生意外，我的父母该如何是好。一边这般想着，又一边暗自嘲笑自己杞人忧天，就这样，在纠结中慢慢睡去。

做腹腔镜手术那天，天还未亮，父亲母亲便早早赶到了医院。在他们关切的注视下，我佯装平静地被推入手术室。不知过了多久，手术做完，在麻药逐渐失效、半梦半醒之际，我听到父亲在身边轻声说道："晶晶，手术做完了，很成功。"那声音，如同春日暖阳，瞬间驱散了我心底的阴霾，让我感到格外安心。

待我再清醒一些，缓缓睁开眼睛，便看到了父亲母亲。他们早已准备好温热的汤粥，一勺一勺细心地喂给我吃。吃完后，我又沉沉睡去。父亲搬来一张凳子，安静地坐在我的床边。他没有说话，只是静静地坐在那里，那满含慈爱的目光，久久地停留在我身上，仿佛时间都为这一刻静止。

此刻，因为记起多年前的住院经历，躺在病房里的我，思绪不再繁杂，脑海中满满都是父亲对我的爱。我仿佛又听到他在身旁，用那熟悉而温柔的声音轻轻唤着我："晶晶，爸爸在这里陪着你。"

"爸爸，我知道。"我望着天花板，轻声回应。

"我当然知道你时刻都在守护着我。从我呱呱坠地到如今，从现在直至未来，从未改变。"

二

2023年的2月，原本我并不打算过情人节，可终究拗不过先生的盛情相邀，还是应允了与他在自家附近吃顿饭。然而，不知是因受了冷风侵袭，还是吃了生冷食物的缘故，次日我便生病了。为了不让父亲母亲忧心，我只跟先生提了一句，随后便自行服下药物，躲进房间卧床休息。

傍晚时分，我陡然感觉一阵不适，恶心欲吐，于是赶忙起身在洗手台匆匆洗了把脸。刚欲迈向客厅，刹那间，眼前猛地一黑，心脏也开始急速跳动起来。父亲母亲听闻动静，立刻飞奔而至。父亲眼疾手快，一把将我扶住，满脸焦急地问道："崽啊，你这是怎么了？身体哪儿不舒服呀？"

我无暇回应，紧紧靠着父亲的肩膀，加快脚步朝着沙发奔去，随后瘫倒在沙发上，大口大口喘着粗气。"瞧这嘴唇，都白成啥样了？"母亲一边轻声嘟囔着，一边急忙拿了参片让我含在嘴里。父亲则迅速取来血压计，为我测量血压和脉搏。

仅仅休息了短短几分钟，我的状况便有了明显好转。父亲长舒了一口气，说道："估计是没怎么吃东西，刚刚又突然蹲下再起身，引发了低血糖。"母亲在一旁频频点头，深表赞同。

父亲母亲皆是学医出身，学生时代成绩便极为优异，出类拔萃；工作之后，在专业领域同样是佼佼者。诊断我这点小毛病，对他们而言自然是轻而易举。可即便深知这不过是个小问题，他们的脸上依旧满是担忧之色。

父亲轻轻为我盖上毛毯，而后静静守在一旁，说道："你先在沙发上躺会儿，爸爸就在这儿陪着你。"

"爸爸，我已经没事了，您快去休息吧。"躺了一会儿，在寂静的氛围中，我能真切感受到父亲那忧心忡忡的目光，于是轻声安慰他。

"没事儿，爸爸反正也睡不着，就想在这儿坐着，你安心睡会儿吧。"父亲温柔地回应我。

这时，我突然想起父亲近些日子连续失眠，体重也不断下降，心中一阵酸涩，眼眶瞬间湿润了。我赶忙侧过身去，不再言语，生怕父亲瞧见我泛红的眼眶。

父亲对我的爱，深沉而又厚重。他就像在磅礴大雨中坚定前行的行者，默默承受着身体上那些难以言说的痛楚，却依旧拼尽全力为我撑起一把遮风挡雨的伞。他时刻关心着我的每一点小病小痛，用自己那伟岸的身躯，为心爱的女儿筑起一道坚固的屏障，满心期许着我的生活里只有欢喜与顺遂。

三

值得安慰的是，父亲眼中的我，恰如他所期许的那般，生活被欢声笑语填满。偶感的头痛脑热，成为我带给他为数不多的烦恼时刻。每当这时，他总会眉头轻皱，满是担忧地为我寻医问药，眼神里的关切浓得化不开。

而我记忆中的父亲，始终意气风发。他仿佛被岁月格外眷顾，鲜少被病痛侵扰，几乎未曾踏入医院半步，就连寻常的感冒，在他身上也极为罕见。回想起他在人间走过的岁月，健康、幸福、温暖又顺遂，我的内心便稍感宽慰。

父亲最近一次体检结果十分理想，没有三高困扰，各项主要健康指标均正常，唯一的小毛病，是因工作长期久坐，落下了间歇性腰痛。他常贴各式各样的膏药来缓解疼痛，我只要碰上效果不错的膏药，总会满心欢喜地买给他试用。

不知为何，年纪轻轻的我，竟也被腰痛缠上。同样的病痛，在我和父亲身上，却引发了截然不同的态度。父亲对待自己的腰痛，总是贴上几副膏药，便觉足矣。可一旦换成我，他便瞬间紧张起来，每次都不辞辛劳，坚持要带我去医院诊治。

记得有一回，父亲连续两周，每日中午都雷打不动地陪我去医院做理疗。医院里人来人往，嘈杂喧闹，他却始终耐心地陪着我。我躺在理疗床上，他就坐在旁边，眼睛紧紧盯着我，生怕错过任何一个细节。理疗结束，他会赶忙上前，轻声叮嘱我下床时别着急弯腰，随后便俯身，动作轻柔而细心地为我穿鞋子、系鞋带，那专注的神情，仿佛在完成一件无比重要的事。

给我做理疗的医生，不止一次满脸感慨地对我说："你父亲真是我见过最好的父亲，他看你的眼神里，满满的都是疼爱。"还多次善意地提醒："你明天自己过来就行，你父亲不用每次都陪着，我肯定会尽心尽力治疗的。"可父亲依旧不为所动，他说："我陪着，心里踏实。"

四

腰痛的发作毫无征兆，来得极为突然。犹记那一回，在办公室里，只是不经意间的一个扭转，腰部便猛地一痛。此后，不管是安坐还是躺卧，都难以寻得舒适之姿。我满心纠结，终究还是不想让父亲为我操心。好在有两位贴心朋友，在他们的热心介绍与陪伴之下，我前往正骨之处，期望能缓解这突如其来的疼痛。

为我正骨的是一位盲人医师，听闻他手法精湛，在业内颇有名气。他详细了解我的症状后，自信满满地表示这对他而言并非难事。刚开始按摩，不过短短几分钟，那从神经末梢迅速传来的剧痛，瞬间就席卷全身，我疼得眼眶泛红，几近落泪，实在难以忍受，无奈之下，只能放弃正骨。之后，

2018年，我们一家三口合影留念

我一路跌跌撞撞，强忍着不适，奔赴医院，一心想着找那位熟悉的医生为我诊治。

医生行事谨慎，不敢贸然作出判断，让我先去做CT检查。一番手续办理完毕，却发现排队等待的人多得超乎想象。我暗自思忖，照这情形，怕是赶不回家吃晚饭了。犹豫再三，在等待的间隙，我还是给父亲发了条信息，简单告知了事情的大概。

消息刚发出去没多久，父亲的电话便急促地打了过来。听筒里传来他满是焦急的声音："你在哪个医院？现在感觉怎么样？严不严重啊？"

我赶忙回应："爸爸，我没啥事，现在也不怎么疼了，正在排队做CT呢，还有两个朋友陪着我呢，您别担心。"

父亲语气中带着几分嗔怪："这么大的事儿，怎么都不跟爸爸说呢？怎么能自己跑去医院啊，我马上就过来！"

他的这般反应，正如我所预料的一样，满满的都是对我的关心与担忧。

仅仅过了二十多分钟，父亲那熟悉的身影就出现在了我的眼前。他一见到我，先是上上下下仔细打量，亲眼确认我并无大碍后，才露出了安心的笑容。紧接着，他热情地跟我的朋友们打过招呼，随后便稳稳地站在我身旁，陪着我一起排队等待。

后来，陪我前来的朋友跟我说："你父亲可真是世上最慈爱的父亲了。他进来之后，不管是站着还是坐着，眼睛就没从你身上离开过。"其实，类似这样的话语，已经有不少人跟我讲过。

我深知，并非每一位父亲，都能在日常的每一天、每一件事，乃至每一个细微的生活细节里，毫无保留地向女儿表达那份深沉的爱意。而我，何其幸运，能够拥有一位堪称全世界最好的父亲。

五

除了时不时会腰痛，我每次感冒必定会引发咳嗽，且病程漫长。每当此时，身为中医的父亲，便会施展他的看家本领，自行开方，而后前往药店抓药，归家后，亲手用那古朴的中药罐子为我熬制汤药。

药熬好后，倒出来约莫是一饭碗的量。父亲总会先浅尝一口，然后笑着对我说："这药不苦。"

我嫌弃地撇嘴回应："哪有中药不苦的呀。"

可他深知我怕苦，怕我不肯喝，便耐心地站在一旁，守着我。我深吸一口气，屏气敛息，将那碗药一饮而尽，父亲这才满意地离去。

中药通常需每日服用两次，父亲便会把白天要喝的药装在保温杯中，让我带去单位。有几回，我出门匆忙，忘了带药，父亲竟不辞辛劳，特意将药送到我单位，一来一回，路上就得耗费近两个小时。

有次感冒，我的咳嗽持续了大半个月。父亲忧心我肺部感染，尽管他自己身体也尚未完全恢复，却仍坚持陪我去医院做肺部CT。检查结果显示正常，可没过几天，父亲还是放心不下，又带我去社区医院做结核杆菌皮试。我自小就惧怕打针，尤其是皮试，那种刺痛感更让我心生畏惧。但为了让父亲安心，我还是咬咬牙答应了。

医生给我做皮试时，针刺破皮肤的瞬间，疼痛袭来，我忍不住皱了皱眉头。站在一旁的父亲，我分明听到他倒吸一口凉气，仿佛那疼痛直接扎在了他身上。

"咱们回去吧，应该没什么问题了。"做完皮试，我对父亲说道。

"不行，医生说了要在这里观察半个小时，看有没有不良反应。"父亲斩钉截铁地回答。

"真要在这儿等半个小时啊？"我觉得似乎没必要如此较真。

"必须观察够时间才能走。"父亲对待我的事，向来都是这般谨慎。

因为父亲的缘故，后来我渐渐不再那么惧怕打针，对中药也没了从前的厌恶。晚上回到家，有时恰好碰上他在煮药，药罐里发出咕噜咕噜的声响，中药的香气弥漫开来，那味道，像极了小时候家楼下院子里的中药房。

许多人都对自己的青春岁月念念不忘，那段时光在大多数人的记忆中，仿若自带光芒。那时的我们，肆意生长，青春飞扬，有着大把的时间可以肆意挥霍，怀揣着无数的梦想等待追逐，无需承担生活的重责，也未曾在社会的浪潮中沉浮。那时的我们，面对生离，便觉得那是世界上最痛苦的事，为逝去的爱情黯然神伤、惆怅唏嘘。真可谓"少年不识愁滋味，为赋新词强说愁"。

后来我才明白，这世间除了生离，还有更为残酷的死别。当那样的时刻来临，人并不会即刻痛哭流涕，而是被无穷无尽的不相信、不甘心与不接受所笼罩。那是一种跨越山海、击破苍穹，不惜一切代价，想要将最亲最爱的人夺回，却四处碰壁、不得其门而入的深深无力感。所有汹涌而来的情绪，堆积在心口，反复地冷却、炙热、翻滚，经年累月，久久不散。

春风十里不如你

一

我曾去过很多国家，饱览不同的山水风光，体验多元的风土人情。回首过往，有些风景与彼时的心动，已在记忆长河中渐渐淡去，然而，还有一些却始终在心头萦绕，挥之不去。每当忆起，那幸福的余温仍能真切地涌上心头。

犹记在呼伦贝尔大草原纵马驰骋时，风在耳畔呼啸而过，目之所及，唯有无边无际的辽阔与自由；在新疆的木栈道旁，我坐在长椅上，沐浴着慵懒的阳光，远处的草垛整齐排列，错落有致；于四川甘孜的原始森林中悠然漫步，清新的空气弥漫四周，脚下尽是湿漉漉的苔藓，还有刚冒头的鲜嫩蘑菇。当然，也忘不了在冬日的哈尔滨街头，我们一起吃着雪糕，寒意与甜蜜交织；在康定，即便牙痛难耐，父亲仍陪着我大快朵颐地吃火锅；还有父亲好奇张望缸子肉时那可爱的模样。

原来，这世间所谓最美的旅途、最好的风景，皆因有父亲一路相伴。

年轻时的我，满心向往着诗与远方，钟情于那种说走就走的旅行。每年的公休假和国庆长假，我总会积极投身于朋友圈的"摄影大赛"，相册里满满都是精心挑选、足以发满九宫格的照片。

在疫情尚未爆发之前，我心仪的旅行目的地大多在国外。只是父亲由于工作原因，出国审批手续繁杂，无法陪我一同出行。所以，每次出行都是我和母亲相伴。

出发前，我总会精心整理出一份详尽的行程规划给父亲。这份规划里，

◖ 1993年，父新带我游北京　　　◖ 1994年，我跟父亲在深圳
锦绣中华的吊桥上玩耍

航班起降时间、酒店具体地址、景点详细介绍、特色餐馆推荐以及每日路线安排等信息，一应俱全。如此一来，即便父亲不能亲身前往，翻阅这些资料，也仿若参与了我们的旅程。

我这般考虑，还有另一重缘由。父亲掌握着这些详尽信息，便能少些对我们安全的担忧。而我和母亲，因为深知有父亲在后方默默守护，即便踏上陌生的土地，心中也不会生出丝毫害怕。

二

在后续的岁月里，由于出国受限，我的旅游目的地转回国内。2020年初冬，湖南已被寒风席卷，我向父亲提议，带着爷爷奶奶去三亚度个周末。父亲面露犹豫，担忧爷爷奶奶年事已高，长途跋涉恐有意外。但经我再三劝说，我们终于踏上了这段旅程。

父亲自大学离家后，与爷爷奶奶共处的时光屈指可数。近几年，父亲虽也曾陪他们出游，却也只是三人同行。而这次全家出动，堪称史无前例。

彼时，海南国际电影节正在三亚海棠湾火热举办，周边优质酒店一房难求。无奈之下，我咬咬牙订了一间三卧连通的海景套房。如今回想，深感庆幸，正是这一精心安排，为父亲留下了一段珍贵回忆。

我们入住的套房，三间卧室保证了休息时的独立空间。客厅与露台相连，闲暇时，一家人围坐客厅，看电视、唠家常，满是大家庭的热闹与温馨。推开客厅的门，步入露台，无垠的大海豁然眼前，海风轻拂面庞，带着咸湿的

2014，我跟父亲母亲在呼伦贝尔旅行

2011年，我跟父亲母亲在云南的吊桥上玩耍

2015，我跟父亲母亲在四川甘孜旅行

气息与自然的味道，海浪声由远及近，那一刻，岁月仿佛也变得温柔起来。

我们还租了游艇出海兜风。游艇分为两层，一楼是船舱，摆放着桌椅，摇晃感相对较弱。从船舱出来，沿着扶梯上至二楼，视野更为开阔，能尽情欣赏海上美景，却也更容易晕船。

我们都鲜少有坐游艇的经历，爷爷奶奶更是初次体验。刚上船时，我活力满满，四处奔走招呼大家拍照，他们也兴致勃勃地配合，摆出各种姿势。然而，游艇随着海浪不断颠簸，没过多久，我便头晕目眩，默默坐到一旁，不再言语。很快，父亲也坐了过来。

"好像有点晕船。"父亲轻声嘟囔。

我笑了笑，"是啊，我也晕，要不我们去船舱？"

父亲立刻点头，"好啊，一楼应该会舒服些。"

他起身想叫爷爷一起，"爸爸，我们下去吧，上面容易头晕。"

爷爷回应道："没事，我不晕，你们去吧。"看他那怡然自得的神情，显然是真的没事。

◐ 2020，父亲带爷爷奶奶和全家到三亚游玩

我和父亲相视无言。我说："爷爷年轻时是空军，这点颠簸对他来说不算什么，我们还是先下去休息会儿。"

于是，我们俩相互搀扶着下了楼梯。

一楼，母亲正拿着相机兴致勃勃地拍摄，奶奶靠着窗欣赏风景。二楼，爷爷凭借过硬的身体素质，继续陶醉在海上风光中。只有我和父亲，蔫蔫地坐在凳子上，默不作声。

头晕的感觉一旦袭来，便如影随形。这时，我看到远处有人在骑摩托艇，眼睛顿时一亮，连忙招手让他们过来。

我问父亲："爸爸，你想骑摩托艇吗？"

他肯定地回答："行啊。"接着又说："骑摩托艇兜兜风，说不定头晕能好点。"

父亲穿上救生衣，跨上摩托艇，在海面上风驰电掣。我站在甲板上，不停地向他招手，用相机记录下这一幕。

透过手机镜头，父亲从远处乘风破浪而来，脸上洋溢着畅快的笑容。这一幕深深烙印在我的脑海中，所谓"走出半生，归来仍是少年"，大概就是如此吧。

在接下来的几天里，除了游览景点，每餐我都安排了海鲜大餐和当地

○● 2021年，我跟父亲在新疆的吊桥上玩耍

特色美食，还购置了一些礼物。父亲极为孝顺，我也希望这次旅行能让爷爷奶奶玩得开心。

后来，在一次大家庭聚餐时，父亲感慨万分。他说，那次三亚之行让他难以忘怀，他和爷爷第一次在海边单独散步，畅聊了许多心里话。爷爷当面肯定了他的努力与成绩，给予了赞许。

我一直渴望成为父亲的骄傲，而父亲想必也和我一样，希望成为爷爷奶奶的骄傲。不同的是，父亲对我的爱总是溢于言表，抓住每个机会表达。而爷爷较为内敛，那一代人不擅表达，平日里他们交流并不多。好在三亚的海风，拉近了父子间的距离，让爷爷说出了心底对大儿子的认可。我想，那时的父亲，心里一定满是喜悦。

三

有了三亚之旅的成功经验和美好体验，我迫不及待地筹划着下一次的家庭旅行。2021年国庆节，父亲母亲、我和先生一行四人踏上了前往南疆的旅程。

喀什机场弥漫着疫情的紧张气息，一排排身着防护服的工作人员在到达大厅严阵以待。我们刚下飞机，便被大巴车带到一个专门做核酸的场地。在南疆旅游的八天里，每天做一次核酸已成常态，有时甚至要做好几次。辗转于不同城市，每到高速路口或新入住酒店时，都会被要求做核酸检测。

那年国庆节出去旅游，运气也很重要。有的地方人山人海，有的地方因暴雨预警景区关闭，还有的地方大雪封山导致游客滞留。我们所在的新疆，10月3日伊犁也爆出确诊病例，致使众多游客滞留当地。从那天起，我们时刻关注着新疆的疫情形势，随时准备奔赴机场返程。好在一路有惊无险，我们的旅途最终愉快顺利。

新疆地大物博，风景壮丽。喀什被誉为丝绸之路上的明珠。喀什老城已有2100多年历史，每个街区都散发着浓郁的古西域风格。行走在城中，浓郁的异域风情与原汁原味的生活气息扑面而来。错落有致的泥墙土屋，家家户户都有露台和庭院，门户色彩斑斓，墙头伸出的枝蔓与院门前的花朵竞相绽放，姹紫嫣红。我们到时正值午后，踱步在迷宫般的小巷，仿佛穿越了历史的时光隧道。

父亲在一间打铁铺前停下脚步，饶有兴致地观看许久。只见铁匠抡起锤头，在火炉旁挥汗如雨，每一下都锤出"哐哐"的响亮声音。母亲的目光则不时被商店里的手工艺品和各色干果吸引。许多店门口的货架上整齐摆放着葡萄干、红枣、无花果、巴旦木、夏威夷果等，品种丰富多样，过往游客不时停下脚步选购，大包大包地现场邮寄回家。

我拉着先生一路寻找老城里的百年老茶馆。那是一栋维吾尔风格的双层建筑，也是电影《追风筝的人》开头阿米尔的父亲和导师观看风筝比赛的地方。我们坐在茶馆里，一边休息一边发呆，看着身边弹奏的老人、街头嬉戏的孩童、挑选商品的游客和商铺里忙碌的匠人。当时只觉寻常的这些场景，如今却成了遥不可及的梦想。

旅途中，给我留下深刻印象的景点是石头城和阿拉尔金草滩。按父亲母亲的说法，我从小就喜欢爬石头，虽我不太记得，但到了石头城，攀爬的念头油然而生。这座建于一千多年前的城堡，吸引了众多游客打卡拍照，大家都站在石头城高处摆造型。我也跃跃欲试，先生紧随其后，父亲见状急忙跟了上来。

城墙有个缺口，恰似一扇门的形状，我想爬到那扇门里拍照。但坡高路陡，我一路扶着石头走得颤颤巍巍。父亲身手矫健，把我扶到一边，自

◖ 我和父亲母亲一家三口在金草滩旅行

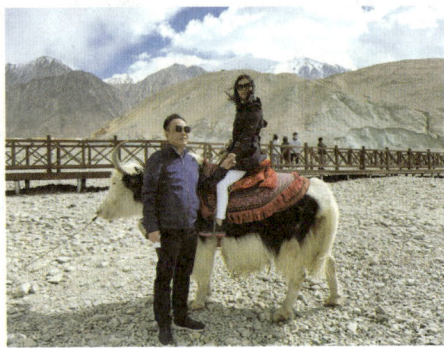

◖ 我和父亲在卡拉库里湖

己三两下就爬到高处，然后伸出手，一把将我拉了上去。我兴奋地向母亲招手，示意她给我们拍照。"小心点儿，注意脚下滑！"父亲不断提醒，时刻注视着我，生怕我摔倒。见我心情大好，他在担心之余，笑容也愈发灿烂。"你要上来吗？"父亲主动询问母亲。母亲早就等着这句话，笑着回答："要上去！"父亲又爬下坡，一路把母亲护送上来。这次轮到他俩拍照，我站在安全处远远看着，先生则充当起他们的摄影师。父亲母亲已到花甲之年，但无论外形还是心态，都比实际年龄年轻许多。尤其是母亲，一直被父亲保护得很好，至今仍保持着少女心性。

石头城下便是金草滩。时处10月，草木渐黄。辽阔的草原在阳光照耀下，更显金灿灿的色彩，映衬着蓝天白云，远处依稀可见的雪山，随手一拍就是大片。母亲学摄影后拍照技术进步很快，兴致也很高，以前常邀请我和父亲出镜当模特，但我俩不太配合。这天在金草滩美景的感染下，我和父亲对拍照这件事也积极了许多。"帮我和你妈妈拍几张照片！"父亲甚至几次主动提议。

旅途中还有个意外之喜的景点——柳树王景区。那天行程安排较少，司机临时推荐我们去看看。途中经过一片枣林，密密麻麻的枣树，枝头上结满了果实。我们把车停在路边，走进枣林。我觉得很有意思，抬手摘下几颗红枣想尝尝味道。父亲笑呵呵地拿来矿泉水，让我把枣洗一洗。"不错，甜！"他接过我洗的红枣边吃边说。

后来又路过一片棉花地，一望无际的小白点，许多人背着麻袋在地里采摘，路边的棉花堆成小山。我们都没见过如此壮观的棉花地，又停下车，站在路边好奇地观看。母亲干脆直接跑到棉花地里，举起相机不停拍照。父亲把手背在身后，站在我身旁，一同默默观赏。

柳树王景区里只有一棵大柳树，游人寥寥。两千年的光阴孕育了这棵巨大的树，因长得太大，部分树干无法承受重量已经躺倒在地上，但又长出许多分枝，枝上有嫩芽，呈现出别样的生机。父亲非常喜欢它，留下了很多开怀大笑的照片，不知道他是不是想起了自己儿时爬树摸鱼的日子。

四

我喜欢旅游这件事，大概是父亲母亲从小培养的结果。

记得五岁那年，我迎来了人生中的第一次飞行。暑假的阳光热烈而灿烂，父亲母亲带着满心憧憬的我奔赴北京。那时的我，兴奋得如同一只即将展翅高飞的小鸟。回到住处，我迫不及待地拿起日记本，尽管笔触稚嫩，用拼音夹杂着歪歪斜斜的汉字，却也努力记录下了那一刻的激动心情。

此后，家庭旅游便如同一条温暖的纽带，将我们紧紧相连。几乎每个暑假，父亲母亲都会带我踏上新的旅程，前往不同的城市。在高中之前，我已经幸运地走过了十几个地方。在二十世纪九十年代，这无疑是一份珍贵无比的童年馈赠，让我早早地领略到了祖国大地的广袤与多样。

母亲工作繁忙无法抽身时，父亲便独自承担起带我出游的重任。印象深刻的是那次长江三峡之旅，我们乘船顺流而下，沿途都江堰等地的壮丽风光如同一幅幅画卷在眼前徐徐展开。在船上，我们还品尝到了带着泥沙味道的汤水，那独特的口感，至今仍留存在记忆深处。

对于父亲来说，旅途中最大的挑战或许就是每天早上为我扎头发了。那时留着长发的我，最爱母亲为我扎的两只高高的麻花辫。而出门在外，父亲便成了我的"专属发型师"。他总是一脸认真，费了好大的劲，用彩色皮筋将我的头发绑好，然后耐心又略显笨拙地将它们编成麻花辫。看着镜子中父亲专注的神情，小小的我心中满是温暖。

父亲母亲从未将目光仅仅聚焦在我的学习成绩上，他们将对我的期许巧妙地融入了"读万卷书，行万里路"之中。让我在成长的过程中，有机会去探索平日生活之外的精彩，去见识平常世界之外的广阔天地。正是这样的成长环境，让我对世界充满了好奇与热爱。

时光流转，我渐渐长大，也渴望着能够回报父亲母亲的养育之恩。参加工作后，我带着母亲游历了许多国家，足迹遍布亚非欧、北美和澳洲。在旅途中，我们一起欣赏着异国他乡的美景，留下了无数美好的回忆。然而，由于父亲出国不太方便，我们一起出游的机会相对较少，只一同去过云南、呼伦贝尔、哈尔滨、甘孜、三亚和新疆等地。但每一段旅程，都因为有父亲的陪伴而格外珍贵。

每次和母亲出国旅游，看到那些令人惊叹的美景时，我总会不由自主地念叨："等爸爸退休了，我们再来一次。"这简单的话语，承载着我多年的梦想。我满心期待着父亲退休的那一天，能像小时候他牵着我的手一样，我牵着他的手，一起跨越千山万水，去看更多未曾见过的风景。

不曾缺席的婚礼

一

我应该算得上是晚婚的人群，倒也没有别的原因，只是往昔那些欢乐的日子，如潺潺溪流，在不经意间悄然逝去，让人在幸福的沉醉中忘却了岁月的流转。

童年时，时间仿佛是一位步履蹒跚的老者，走得极为缓慢。每日在学校与家之间往返，机械地重复着上学、下课、写作业的流程，满心盼望着那漫长的寒暑假。那时，孩童的世界单纯而懵懂，目光所及之处，不过是学校与家这两点一线。正因如此，我们拥有充裕的时间去细细品味时间的流淌，感受每一分每一秒的独特韵味。这种对时间的深切感知，一直延续到高中时代。寄宿生活和晚自习的出现，更是将原本局限于白天的时间触角，延伸至夜晚，让我们对时间的认知更加完整。

然而，奇妙的是，一踏入大学，时间仿佛突然被装上了加速器。我在英国度过了数年的求学生涯，如今回国也已十多个年头。但那些在异国他乡的日子，那些与家人相处的珍贵瞬间，却依旧清晰如昨，仿佛伸手便可触及。

犹记得父亲来伦敦看望我的那一天。我满心担忧他在陌生的城市里迷失方向，早早便站在宿舍的窗前，眼睛紧紧盯着路口，盼望着那熟悉的身影出现。终于，父亲的身影出现在视线中，他远远地朝着我挥手，那一刻，我抑制不住内心的喜悦，探出头大声呼喊着他。那场景，至今仍深深烙印在我的心间。

还有一次，我们一同在伦敦的商场逛街。并肩站在向上的扶梯上，父亲走在我的前面。毫无征兆地，他突然身体一晃，向后退了一步，眼看就要踩空。那一刻，我的心猛地一紧，下意识地一手紧紧抓住扶梯，另一只手拼尽全力扶住他。父亲只是淡定地回头看了我一眼，而后我们都默契地当作什么都没有发生。但在我心中，却涌起一股难以言喻的小窃喜，那一刻，我真切地感受到，自己终于有能力去保护那个一直以来为我遮风挡雨的父亲了。

二

关于保护父亲，我的内心交织着难以言喻的矛盾。一方面，我满心热忱，甘愿倾尽所有，渴望自己能迅速成长为参天大树，为父亲遮风挡雨，成为他坚实的依靠。我幻想着变得强大，用有力的臂膀为他抵御生活的风暴，让他在我的庇护下无忧无惧。可另一方面，我又虔诚地祈愿，希望生活永远对他温柔以待，让他始终保持意气风发的模样，一路顺遂平安，永远无需我所谓的保护。我以为生活就会如此平静地流淌，却未曾料到，命运的无常悄然降临。当真正需要我挺身而出保护他的那一刻来临，我却如被定住一般，什么都没能做，这份无力与自责，成了我心中一道无法愈合的伤疤，是我此生最大的遗憾，每每回想，都痛彻心扉。

在关于父亲变老这件事上，同样有着矛盾的纠结。走在生活里，偶然瞥见那些步履蹒跚的老人，思绪便不由自主地飘向未来，想象着父亲老去的样子，心中瞬间涌起一股坚定，暗暗发誓一定要在他暮年之时，给予无微不至的照顾，让他的晚年满是温暖。然而，转瞬之间，不舍与难过又将我紧紧包围。我怎么舍得看着父亲变老呢？我不愿他曾经鲜活的生活，随着岁月的流逝变得平淡无奇，更不敢想象，倘若有一天他被病痛折磨，需要在医院的病床上挣扎，那该是怎样让我心碎的场景。每念及此，心中便五味杂陈，充满了无奈与伤感。

三

参加工作后，时间仿佛开了倍速。休年假的时候，这种感觉尤为明显。

头几年，年假只有五天，那时觉得拥有十天年假简直遥不可及。可不知不觉间，十天年假成了现实，也提醒着我，已经工作十年了。

我不抗拒结婚，自己也算招人喜欢，恋爱路上没太多波折。只是过往感情里，一直缺个做决定的契机，没有那种让人瞬间想结婚的冲动。

2022年春天，一个普通的晚上，那个"瞬间"来了。一家人刚吃完饭，爸妈在收拾碗筷，我在书房玩电脑。不一会儿，隐隐听到父亲在打电话，虽听不清内容，却莫名觉得不寻常。我站在房门口偷听，大致听出对方在跟父亲交流人事信息。

父亲1963年出生，生日在盛夏。这个电话是通知他马上退居二线，比他预想的提前了一年半。父亲显然很惊讶，但没多问，也没犹豫，笑着说提前退也是好事。挂了电话，他就联系单位同事，取消了第二天安排好的行程。

不知为何，我的眼泪止不住地流。我懂父亲的家国情怀，见过他的担当、敬业与对工作的热爱。在这个平常的夜晚，前一刻他还悠闲地看电视，或许还在想着第二天的工作，突然就被通知要离开岗位。我相信，他肯定满心不舍，甚至有些疑惑，就像即将离群的孤雁，满是独自飞行的惆怅。可我也知道，以父亲的骄傲和豁达，不会让自己流露出一丝不舍，即便这种不舍再正常不过。

我马上想到，父亲退居二线后工作骤减，在家的时间会变多。大多数他这个年纪的人都已含饴弄孙，可他还没有孙儿可带。想到这儿，我担心他在家会无聊，心里满是内疚。就在这个瞬间，我决定结婚，想给他一些喜悦和新的期待。

我没立刻说出这个决定，怕太刻意。父亲那天也没跟我提这事。第二天，我主动发微信给他："爸爸，昨天的电话我都听见了。一切都是最好的安排。爸爸几十年来为社会和湖南医药界做出了贡献，在政商朋友间有口皆碑。我为你感到骄傲！"

父亲回复我："我奋斗至今也觉无悔，做了很多有益的事，也得到组织的肯定，过渡一下也是种福份。更重要的是有你，这是父亲一生最大的骄傲和成就！"

看到这条回复，我又哭了，真心觉得有这样的父亲，是我这辈子最大的幸福和荣耀。

四

大约一个月后，我郑重地宣布了自己准备结婚的决定。爸妈向来没有催过我，可听闻这个水到渠成的消息，他们满心欢喜，溢于言表。于是，我们全家便紧锣密鼓地开始筹备相关事宜。

考虑到未来会有孩子，我们首先着手物色房子，主要目标锁定在市内的大平层。我一直和父亲母亲住在一起，参加工作后也是如此，除了偶尔出差和旅游，几乎朝夕相伴。

我也曾尝试搬出去住，爸妈并未阻拦，毕竟孩子长大后独立生活，本就是顺理成章之事。可我仅仅住了一两周，就又搬了回去。这不仅是因为我自己不习惯独居，更在于内心深处，我深知父亲母亲舍不得与我分开。

搬回家那天，我没提前打招呼，拖着大包小包走进家门，正好瞧见父亲在客厅。我大声喊道："爸爸，快来帮我拿东西！"

父亲先是愣了一下，旋即什么都没问，快步上前，一把接过我手中的几个行李袋，说道："来，都给爸爸，我来拿。"

事后我才知晓，他因帮我拿东西用力过猛，受了伤，手肘处贴了好几天的膏药。

我很庆幸自己当初做了正确的决定。单从参加工作开始算，我和父亲母亲一起生活了12年，算下来约有4380天。这个时长，是一部分人此生与父母相处时间的总和。然而，相较于另一部分人，这段时间其实还很短，理应更长才是。

在挑选房子时，我延续了正确的决定。我明确地告诉父亲，以后我们都要住在一起，我还离不开他的照顾，将来外孙也需要他帮忙照料。父亲听了我的这番话，格外开心。

所以，我选房子时的考量因素，全都围绕着父亲。比如，小区里散步的环境好不好，买菜是否方便，接送小孩是否便捷等等。不过，这些都不重要，最重要的是父亲中意。

我们看了好几个楼盘，父亲每次都只是走马观花地瞧一瞧，嘴上说着还不错，然后便把决定权交给了我。唯有在看其中一个房子时，他主动开口询问了按揭的问题。我由此察觉到，他对这个楼盘是满意的，于是当即

ROSA QUEEN

◐◐ 2022 年，穿上婚纱的我

拍板预定了下来。

到了 6 月份，我们的重心转移到了婚纱和礼服上。每次去试礼服，我们一行四人总是整整齐齐，父亲母亲和我先生都兴致盎然地陪同。我是个做事果断的人，挑衣服从不纠结，很快就能选定自己心仪的款式。但试婚纱的过程本身颇为漫长，我需要两位工作人员帮忙，才能穿好婚纱。

父亲平时不爱逛商场，对试衣服也没什么耐心，唯独陪我试衣服是个例外。每次我穿好婚纱或者礼服，拉开帘子的那一刻，父亲总会笑眯眯地凑上前来，仔细打量一番，然后十分捧场，给出同样的评价："不错不错，真漂亮！"

父亲当选全国政协委员的时候，我送给他一套中式西服，他特别喜欢，一有重要活动就会穿着出席。后来，我又给父亲买过许多衣服，起初他还叮嘱我别买太多，见没什么效果，索性不再多说，每次都欣然表示喜欢，还会特意试穿给我看。

趁着筹备婚礼这个契机，我终于拉着不爱逛街的父亲出门，为他量身定制衣服。款式仿照他最喜欢的那套中式西服，颜色选了他平日里爱穿的赤色，面料和扣子也都精心搭配了一番。

成品出来后，父亲穿上那套衣服，神采奕奕，格外帅气。

五

参加过诸多朋友的婚礼，也看过不少电影里的场景，父亲挽着女儿出场的画面，总是令人动容，而将女儿的手交给新郎的那一刻，更是弥漫着伤感。

为了让父亲内心的情绪少些波动，我大刀阔斧地精简了婚礼流程，迎亲环节没了，婚车也取消了，还特意跟婚庆礼仪叮嘱，父亲挽着我出场后的交接环节，别安排发言和互动。

婚礼那天，我像平常出门一样，跟爸妈打了声招呼，便走到马路对面的酒店去提前化妆。没有那种依依惜别的场景，就好似只是外出吃个普通午饭。

爸妈比我晚出门两个小时，身着定制的红色系礼服，整个人神采奕奕，满脸喜气洋洋。他们到酒店时，我已然换好衣服，场地也布置妥当，摄影师正忙着给我和朋友们拍照。没过多久，来宾们陆续到场，父亲立刻忙碌起来，热情地招呼着大家。

婚礼正式开始，音乐悠悠响起，宴会厅的大门缓缓敞开，我身着洁白婚纱，在聚光灯的照耀下，缓缓入场。母亲走上前，温柔地为我整理头发，而后我走向父亲，轻轻挽住他的手臂，一同朝着舞台中央走去。无奈裙摆

◗ 2022年，婚礼现场，父亲把我交给了他

太过宽大，父亲没走几步就不小心踩到了，我只能努力保持仪态，默默用力提着那沉甸甸的裙摆。好在父亲很快察觉到，迅速调整好了步伐。

婚礼场地和舞台以赤红为主色调，搭配着小范围的金色，这很合父亲的审美，我也甚是满意。我和父亲站在舞台中央，先生一路小跑过来，单膝跪地。父亲把我的手紧紧握在掌心，郑重地放在先生手上。这个环节没有一句言语，我始终刻意保持着微笑。可后来，看到某个瞬间的照片时，我还是愣住了，照片里父亲握着我们的手，眼睛微微闭上，那神情里似乎藏着千言万语。

之后，父亲转身往台下走去，宾客们热烈鼓掌，聚光灯从他身上移回到我这里。我依旧微笑着，侧身回头，目光长久地追随着他的背影。我看到父亲也面带微笑，可刹那间，我的鼻子竟有些发酸，赶忙自我安慰：吃完午饭，我们还会一起回家呢。

六

我举行婚礼那天，正值党的二十大开幕，而彼时长沙的疫情防控形势也变得严峻起来。在整个筹备阶段，我们始终提心吊胆，完全不确定婚礼能否顺利举行。

庆幸的是，我赶上了当年允许举办婚宴的最后一波。长沙宣布暂停婚庆等大型活动的时间节点，就在我婚礼后的第二天。在那之后的两个月里，全市防控措施极为严格，酒店不再承接婚宴。

父亲得以见证我出嫁，在他的陪伴下，我缓缓步入婚礼现场，这让我的婚礼无比圆满与幸福。在往后无数个思念他的夜晚，这件事都给予我莫大的慰藉。

时光慢些吧

一

2022年12月中旬，我们全家陆续都感冒了。

我先生是第一个中招的，连续两天高烧，服用了芬必得之后症状有所缓解；我低烧和咳嗽，吃了中药后战战兢兢等了几天没出现别的症状也就好转了。母亲发烧的时间久些，浑身乏力，在床上躺了小半周。父亲刚开始症状也轻，每天还有功夫操心亲戚朋友们的情况，为大家排忧解难。

我原本以为这只是一阵微风轻轻拂过，根本没有意识到这将是一场倾盆暴雨，咆哮奔腾着，肆虐侵袭了我的世界。

到了第三天早上，父亲神色疲惫，他说昨晚因为"刀片喉"一直睡不着。我心中有些懊恼，可是很多事情没办法替代，便只能尝试网上介绍的各种方法，一会儿给他弄个盐蒸橙子，一会儿又煮点柠檬姜茶。但这些好像对父亲都收效甚微，他只能硬抗。

由于我是轻症，恢复比较快，于是积极承担起照顾家人们的重任。每天早上起来做早餐，煮一锅面条，打入四个鸡蛋，放香油、虾皮和其他调料，再用筷子捞出来一碗碗盛好，尽量想做得美味一些。

印象中父亲早餐比较偏爱吃面条。

小时候，周末空闲时父亲会带我一起去面馆。还记得店里每张桌子的四周都摆着长条形的板凳，没有靠背，我坐着脚还够不着地面。

几个人围坐在一桌，等到老板喊面做好了，便起身去小心翼翼地端回来，再按照各自的喜好添些醋、酱油或辣椒等调料，然后开始大快朵颐。

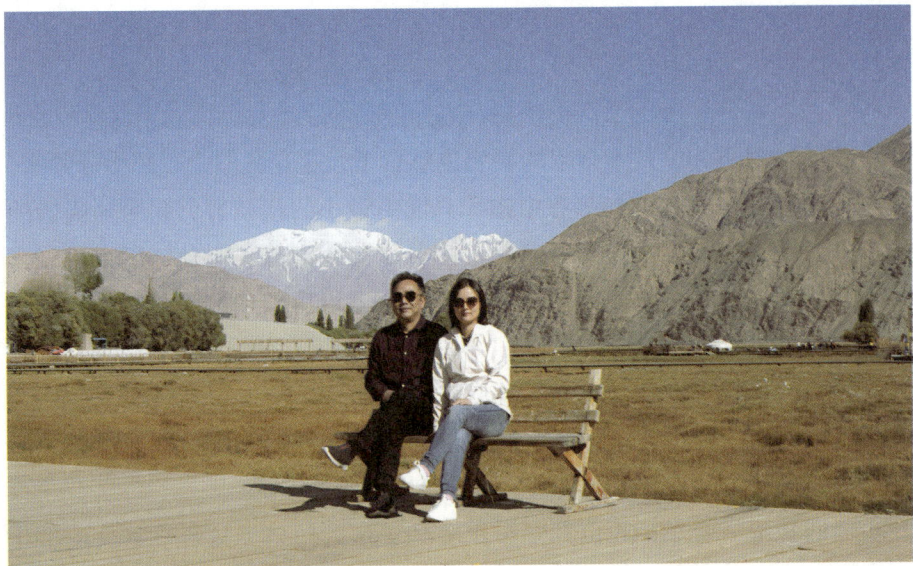

○ 2021年，我跟父亲在新疆合影留念

近几年，我需要定期抽血监测某项指标，父亲每次都会陪我一同去医院，大清早动身，抽完血后父女俩再一起吃早餐。这俨然也成为了我们之间的温暖回忆。

父亲多数都点牛肉面，我平时吃粉更多一些，但又想跟他保持一致，于是每次点餐时都是固定的那句："老板，来两碗牛肉面。"

父亲跟我相对而坐，热气腾腾的面条端上桌，他低头大口大口地吃，我不由也觉得面前的食物变得美味，暗自感叹着人间烟火的美好。

后来的我，因为备孕和怀孕，需要更加频繁的抽血和打针。本来我是个怕痛的人，只要一想到曾经父亲给予的陪伴，便平添了无尽勇气。

一天，我六点多就醒了，躺在床上静静听着客厅的动静。一听到父亲的卧室门打开，我立马爬起来去厨房给他煮面。

凭心而论，我煮的面条可能味道寡淡，比起长沙街头大大小小的粉面馆自是逊色了不知多少。我或许只是觉得自己煮的面条里有很多很多爱，想用这种方式给父亲一些能量。

父亲显然是知晓我的心思，他趴在桌上默不作声地吃着面条。2月底的早上寒意料峭，我穿着睡衣突然打了个喷嚏。父亲看了我一眼，语气关心而急切地说道："这么冷的天气，你快点回房间吧。"

二

到了12月下旬，八十多岁的奶奶也感冒了，这让我们全家都十分紧张。我爸妈和好几个叔叔婶婶都有中招，只能由最小的叔叔肩负起照顾奶奶的重任，我跟表弟两个人作为孙辈也上阵分忧。我们分工明确，早上我先去爷爷奶奶家陪护，中午表弟带饭过来交接，下班后叔叔再过来照顾，直到第二天早晨。

奶奶也是"刀片喉咙"症状，连喝水吞咽都痛苦异常。到了第三天早上，我发现奶奶由于不进食已经变得很虚弱，于是给父亲打了电话。没过多久，他就急匆匆赶了过来，跟叔叔商量马上要送奶奶去医院。

他们开了一台车，我也开了车跟随到了医院门口。父亲很坚决地不让我进门，他说："你快回去，医院病毒多，父亲在这里就好了。"

当时已经快中午了，外面下着小雨，我裹着厚厚的羽绒服撑伞站在雨中，观望了一会儿后只能无奈地折返车上。还是不放心，又开车去附近的饭店打包了饭菜，给父亲他们送过去。

我穿过医院的人群，找到病房门口，跟想象中一样，父亲见到我没有半点高兴的神色，接过饭菜后不断强调着："你快回去，快回去！"

下午，父亲忽然在大家庭群发了一条微信，寥寥数字："妈妈说她生不如死。"

看到他的微信，我感觉自己的心脏猛地抽痛了几下，像被什么击中了。那一刻我深刻感知到了父亲内心的痛苦，他一定到了某个情绪的临界点，孤独而无助，却仍要尽力扛着。若非是如此，他断然不会发这条微信。

晚上八点多，陪奶奶做完治疗，又去探望过爷爷后，父亲终于拖着疲惫不堪的身体回来了。他随意扒了几口饭，然后就进卧室睡觉，一直睡到第二天早晨。吃过早餐后，他仿佛还没恢复，又昏昏沉沉地睡了一整天。

三

魔幻的2022拉下帷幕，残酷的2023如期而至。

经历了半个月的休养，大部分人都陆续恢复。父亲却开始遭受后遗症的折磨，严重失眠，体重也随之下降。

最初父亲很容易觉得饿，一向不喜零食的他，在三餐空隙也会补充吃些饼干和点心。母亲给他准备了一个小箱子，里面装满了小蛋糕小饼干，我又在山姆买了味道不错的牛肉干和鸡肉肠放了进去。

后来我担心父亲吃这些东西乏味，他又不喜欢吃外卖，便添置了煮蛋器、煮粥壶和空气炸锅，准备自己动手给他做小吃。一般到了下午或晚上，我都会用自己有限的水平变着花样给他做吃的，蒸蛋、煮粥、小馄饨、烤羊肉串……父亲每次也很配合的全部笑纳。

可父亲的体重，就像被施了定身咒一般，愣是不见有丝毫增长。我绞尽脑汁，心里琢磨着婴儿食品向来以易于吸收著称，或许能成为帮助父亲增重的"秘密武器"。于是，我赶忙跑去买了婴儿米粉和婴儿米糊。一回到家，我便迫不及待地拆掉包装，仔仔细细地用量杯量好温水，缓缓倒入，轻轻搅拌，直至那细腻的米粉和米糊均匀散开，呈现出恰到好处的浓稠度。

有一回，父亲用略带疑惑的目光看向我手中的碗，轻声问道："这是啥呀？"我当时正一门心思沉浸在搅拌的动作里，一个不留神，便脱口而出："婴儿食品呢。"话一出口，我瞬间意识到不太妥当，偷偷抬眼瞧向父亲，只见他微微一怔，随后陷入了长久的沉默，那沉默里似乎藏着些复杂的情绪，让我心里一阵发酸。

在准备正餐这件事上，我更是丝毫不敢懈怠。父亲不太愿意出门去餐馆吃饭，我便想着，把周边那些口碑颇佳的饭店招牌菜挨个儿点来，让父亲在家也能大饱口福。父亲尤其爱吃鱼头，为了能让他吃到最新鲜、最美味的鱼头，我不惜提早下班，火急火燎地赶到餐馆。站在餐馆前台，我认真地跟服务员点好父亲爱吃的鱼头菜品，而后满心焦急地等待着打包。当那两个装满鱼头汤的大汤盒递到我手中时，我仿佛捧着稀世珍宝一般，小心翼翼地捧着，一步一步稳稳地往家走，脑海里全是父亲大口品尝，体重慢慢恢复的画面。

不仅如此，我还在网上精心挑选下单了各式各样炖汤的食材，黄芪、党参、红枣、枸杞……每一样都是精心搭配，只为能给父亲炖出营养丰富的汤品，助力他体重回升。当我把这个计划告诉父亲时，他满是欣慰地看着我，笑着说："好，父亲营养充足呢。"那笑容里，满是对我的疼爱与认可。

四

一生要强的父亲，我从未见过他脆弱的时刻，也明白他最不愿展现在我面前。看着父亲精神状态不太好，我内心十分担忧，甚至彻夜失眠。我们之间有着一种默契，在彼此面前都故作轻松，只因不想让自身的苦恼，再多给对方增添哪怕一丝负担。

每天清晨，我都会走到他身旁，询问他睡得可好。有时他会回应说还行，有时则只是默默摇头。唯有一次，他对我说："晶晶，父亲好难受。"

那是他最为直白的一次倾诉。可彼时的我，竟呆立在原地，不知所措，只能强挤出一丝笑容，说道："爸爸，你再好好休息一下。"

我把对父亲的关心，都倾注在了一日三餐里，融入进只言片语的问候中，却独独忘了给他一个拥抱，忘了倾听他的心声。爱，常常伴随着亏欠之感。如今每每回想起来，我心中便满是懊悔、遗憾与无力。我本应更努力些、更细心些、更果敢些。

父亲在世时，我总觉得自己是个永远长不大的孩子，心中满是美好与阳光，还时常在朋友圈分享生活中的喜悦。与父亲分别后，时光仿佛瞬间枯萎，连带着我的心也变得荒芜一片。

从前，我总觉得"中年"这个词离自己十分遥远，甚至对它的到来还有些抗拒。如今，中年已至，人生只剩下使命与归途。

年少时听不懂曲中意，再听时已成为曲中人。

"爸爸，我愿用我的一切，换你岁月长留。"

来不及说的话

一

2023年初春，父亲曾说想给我写一封信。

其实，在一个辗转反侧的深夜，我因为担心父亲的身体而彻夜无眠。我开灯起床，走到了客厅，想拿纸笔给他写一封信，把心里的爱、担心与鼓励都告诉他。

可我又怕吓着他，那晚最终打消了写信的念头。

父亲应该跟我想得一样，他也没有写。

我跟父亲太像了，我们是一样的人。内心饱受煎熬，却不愿在最爱的人面前表露出来，不想让对方担心，总想着自己坚持再坚持，一切就会好起来的。

现在我才知道自己错了，父亲也错了。遗憾的是，我们都没有机会再听到对方内心深处最真实的声音。

二

父亲给我写过一封亲笔信，在我30岁生日时。

那天，他郑重地递给我一个牛皮纸信封，上面写着"爸爸给晶晶生日的信"，我打开一看，洋洋洒洒写满了四张信纸。

信的结尾这样写道——

"晶晶，你是爸爸一辈子的骄傲和幸福！无论你成就多大，长多大，都

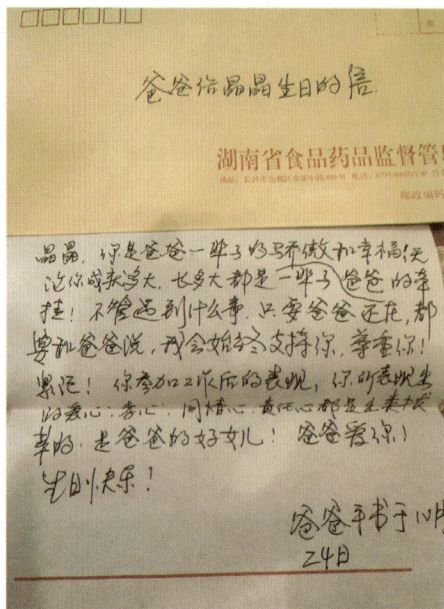

30岁生日时，父亲写给我的信

是爸爸一辈子的牵挂！不管遇到什么事，只要父亲还在，都要和爸爸说，我会始终支持你，尊重你！你参加工作以后的表现，你所展现出的爱心、孝心、同情心、责任心都是出类拔萃的，是爸爸的好女儿！爸爸爱你！生日快乐！"

这也是父亲给我唯一的一封亲笔信，我把它小心地珍藏在了抽屉里。以前，我很少拿出来看；父亲离开后，我总是控制不住时常翻阅，每次看到他熟悉的字迹和饱含爱意的话语，心中又揪得生疼。但我知道父亲不想我难过，所以又一再努力控制着自己的情绪。

三

2023年的情人节，和许多女生一样，我收到了爱人送的鲜花与礼物。然而，一想到父亲还在遭受感冒后遗症的折磨，我的心瞬间沉了下去，一整天都满心阴霾、郁郁寡欢。

我决心为父亲做点什么，好让他能开心起来。这一回，我不再犹豫，给父亲精心挑选了一束花，还附上一张卡片，上面写着："都说女儿是爸爸上辈子的小情人，我就想借着情人节，给我最最亲爱的爸爸送束花。爸爸，对我而言，您比世间任何珍宝都要珍贵，分量重过我的生命。因为有您，我的拼搏奋斗才有了意义，也让我觉得人间如此美好。阳光灿烂时，我们一同沐浴阳光；就算偶尔下雨，能陪您淋雨，我也甘之如饴。只要我们能相伴在一起，其他的一切都不足为道！"

母亲告诉我，父亲收到那束花时，激动极了，拿着卡片翻来覆去地看了好多遍。

当晚我回到家，父亲走过来，在我身旁坐下，他说："你写的卡片，我看到了，爸爸特别开心。不过，我得纠正你一句话，可不能把爸爸看得比你自己的生命还重要。"

我本能地想要反驳，可话到嘴边，却怎么也说不出口。望着父亲愈发消瘦的脸庞，还有那浓重的黑眼圈，我的鼻子一阵发酸。我生怕再多说一个字，自己就会忍不住哭出来，又怕影响到父亲的情绪，徒增他对我的担忧。

都说世上没有后悔药。可一旦面对真正在乎的人和事，那些大道理瞬间就变得无力又苍白。在父亲这件事上，我深陷无尽的后悔与自责之中，总觉得自己本应改变那个结局。所以，在许多回想起来的瞬间，我都会忍不住去想，如果当初我做了这些事，如今的一切会不会就不一样了。

四

最后那个周末，正值午后，天公格外作美，阳光暖煦，温柔地洒在大地上。我满心欢喜，拉着父亲就出了门，一家人打算去西湖公园散步。

我们把车稳稳地停在公园门口，随后一路慢悠悠地朝着园内走去。那天公园里人潮涌动，热闹非凡。随处可见家长带着孩子嬉笑玩耍，情侣们手挽手甜蜜约会，还有老年人悠闲地遛弯。

不远处，我瞧见有小朋友欢蹦乱跳地吹着泡泡水，那一个个五彩斑斓的泡泡在阳光下闪烁着迷人的光。我一下子被吸引住了，自己也跑去买了一个。我一边走，一边拿着泡泡圈在空中轻轻划圈，刹那间，五颜六色的泡泡便如梦幻般萦绕在我们周围。父亲看着我兴致勃勃的模样，脸上也露出了久违的、轻松的笑容。

又往前走了一会儿，前方树荫下传来一阵悠扬的歌声和伴奏声。原来是一支合唱乐队，虽说他们的演唱和演奏或许并不专业，但那曲调中流淌出的轻松与愉悦，却感染着每一个路过的人。

父亲像是被这氛围触动了心弦，在乐队面前停下了脚步。他微微侧身，轻声对母亲说道："原本你也能像他们一样，在外面自在地玩耍、唱歌，可现在却得陪着我。"

我听到他这话里满是消极的情绪，心里顿时有些不悦，转身反驳道："我们陪着您来公园散步，也特别开心呀。妈妈想唱歌，以后机会多得是！"

父亲像是个做错事被发现的小孩，略带不好意思地问我："你咋听到了？"其实他不知道，我一直都默默关注着他，即便他刻意压低了声音，我还是听得清清楚楚。话一出口，我就意识到自己语气欠佳，心中满是懊悔。我赶忙笑着指向远处，说道："爸爸，咱们往湖边走走吧。"

父亲点了点头，抬脚向前走去。我在后面紧紧跟着，目光一刻也没从他身上移开。好几次，我都忍不住想快步上前，挽住他的胳膊，可最终还是选择默默地跟在他身后。

路过湖边几棵刚刚抽芽的垂柳时，母亲停下脚步，拿出手机想要拍照留念。那一刻，我心里很想提议父亲和母亲合个影，甚至我们一家三口拍张全家福。可话到嘴边，不知为何，竟又莫名其妙地咽了回去。

那时的我，总天真地以为来日方长，却怎么也没想到，那竟是我最后一次有机会和父亲合影，而那一天，也成了我无忧无虑时光的最后绝唱。

五

走了约莫半个小时，我们的步伐渐渐变得沉重，周身都透着疲乏之意。恰在此时，一座临湖而建的茶馆映入眼帘，那环境清幽雅致，仿若尘世中的一方净土。茶馆的包间外面，还设有一处露台，宛如一个天然的观景台。

于是，我们点了一些精致的茶点，移步至露台，准备好好休憩一番。父亲慵懒地躺在沙发上，双眼轻阖，进入了闭目养神的状态。母亲、我和我先生围坐在一起，轻声细语地聊着家常，欢声笑语在空气中回荡。

露台紧邻着湖面，湖水波光粼粼，像是被阳光洒上了一层细碎的金箔。近处的草丛里，几只鸭子正欢快地划水嬉戏，它们时而把头扎进水里，时而又抬起头来，抖落身上的水珠，模样憨态可掬。对岸，似乎正在举行一场皮划艇比赛，远远地，便能依稀听到观众们此起彼伏的熙攘声。一艘艘皮划艇如离弦之箭般，从远处接踵而过，在湖面上留下一道道白色的浪花。

正值乍暖还寒时节，微风轻柔地拂过，却仍带着些许丝丝凉意。我不经意间瞥见父亲躺着，单薄的衣衫似不足以抵御这微风，便毫不犹豫地把自己的外套脱下，蹑手蹑脚地走到父亲身边，轻轻将外套盖在他身上。父亲像是有着心灵感应一般，立马就醒了过来，连连摆手推辞道："我不冷呢，我不要，你自己穿上。"那语气中满是对我的关切。

没过几分钟，父亲像是发现了什么新奇事物，忽然坐了起来，眼睛里

◖ 2022年，我在湖边玩泡泡水

闪烁着惊喜的光芒，冲着隔壁包间大声喊出对方的名字。那人听到喊声，转过头来，脸上瞬间绽放出开心的笑容，回应道："是赤群啊！"

隔空对话终究不太方便，那人很快就迈着轻快的步伐走了过来。一见面，两人便热情地寒暄起来。原来，他也是带着家人来公园游玩，顺便在这里用餐。从他们的言谈中，能深切地感受到他们关系极为要好。两人相互询问着彼此的近况，还不时提及一些共同的朋友，回忆着往昔的点点滴滴。

父亲一扫刚才的沉默寡言，整个人都焕发出不一样的光彩，又变回了那个侃侃而谈、谈笑风生的他。他的脸上洋溢着笑容，眼神中充满了活力。那一刻，我在心底默默许愿，多么希望他能一直保持这个状态，自此以后，所有的阴霾都能从他的生活中消散，一切都能好起来。

待朋友走后，父亲微微皱着眉头，有些担忧地问我们："他会不会觉得我瘦了很多？"

我向来神经大条，不假思索地说道："现在很多人都还要刻意减肥呢，父亲你状态很好！"试图用轻松的话语驱散他心中的忧虑。

见父亲没有反驳，我趁热打铁，又劝道："爸爸，今天我们一起出来走走感觉很好啊，我们找个时间一起去海边玩吧。"言语中满是期待。

母亲也马上在一旁附和："这是个好主意，大海广阔无垠，正好可以放松心情！"

父亲从来不会拒绝我，他微微点头，说道："可以考虑，我们再找个时间去吧。"

听到父亲这么说，我满心欢喜，心里开始迅速地盘算着，要尽快陪他去海边走走，满心期待着那片广阔的大海能让他换个心情，忘却所有的烦恼。

此后，无论是阳光明媚，天空湛蓝如宝石的日子；还是雨后清新，空气中弥漫着泥土芬芳的日子；亦或是放空闲适，时光仿佛都慢下来的日子，我总会不由自主、无可避免地回想并停驻在这个温暖的午后。记起跟父亲的海边之约，憧憬着能跟他一起，真正地来一场说走就走的散心旅游，在海边留下我们幸福的足迹。

◐ 2022年，我跟父亲在照相馆合影留念

六

那个春天，悄然逝去。本应是万物竞发、姹紫嫣红的时节，却陡然变得荒芜，万籁俱寂。

随后的夏天，暴雨一场接一场，极为罕见。每日里，惊雷裹挟着闪电，狂风卷动着乌云。

与至亲至爱的人分离，堪称人生中最为残酷之事。在每一个清醒的白昼，我都不得不承受痛苦与煎熬的侵袭。回忆越是美好，现实就越是令人绝望。我虽深知，红尘中的劫难需自我救赎，可有些因缘始终难以参透，有些遗憾此生也无法释怀。

我不断陷入相似的梦境，循环往复，周而复始。起初，我总会在梦里翻山越岭，长途跋涉，呼喊着父亲，苦苦追寻他的身影；有时，我看到他的背影，知晓他即将离去，便拼了命地奔跑，试图跟上他的脚步。

终于，有一次，我梦到父亲在公园里悠然散步，天气晴好，碧空澄澈，几只小狗和兔子在草地上欢快奔跑。我大声呼喊着父亲，他转过身来，面容依旧如往昔那般熟悉。这次，我顺利地飞奔过去，如愿牵住了他的手。

到了后来，父亲不再闪躲，不再离开。在梦中，他常常面带微笑，站在我的面前。有时，他在家里为我做饭；有时，带我外出游玩；有时，我还是孩童模样；有时，我已长大成人。这些梦境，让我真切地感受到父亲的陪伴从未缺席。我也渐渐明白，他并未真正离去，消逝的只是肉身，而不是生命。

曾看过一部电影《奇异精灵事件簿》，影片结尾感人肺腑。消失了几十年的父亲，容颜未改，踩着花瓣，一步步来到人间，出现在心爱的女儿面前。彼时，他的女儿已头发花白，满脸皱纹，在家人的簇拥下，激动地凝视着这一切。她呆立在原地，双眼泛红，声音不自觉地颤抖："爸爸！"父亲微笑着向她伸出手，双手相握的瞬间，她仿佛又变回了儿时的小女孩。两人相依相偎，踩着花瓣，缓缓走向远方。

我坚信，终有一天，我也会与父亲重逢。

七

我对父亲有太多的无法割舍和不能忘怀，有太多想做却无法再实现的心愿，有太多想说却没有机会再说的心声。我只能日复一日坚守着跟父亲的回忆，以此来获得救赎与力量。

崩溃沉沦很容易，坚持向前却很难。我对父亲的爱，是我坚定不移的信念，是在最黑暗时刻照亮我的那束光。往昔我愿为他赴汤蹈火，如今我也决意过好自己的人生，不辜负他的爱与骄傲。

父亲对我的爱，恰似一眼永不干涸的清泉，源源不断地滋养我、激励我。他曾说，我是他最大的骄傲，是他一生拼搏奋斗的意义所在。在艰难困苦的日子里，每当忆起这句话，我便会咬紧牙关，奋力前行。此后余生，父亲会是我最坚实的依靠，是我力量的源泉，我也将为了让他骄傲而不懈奋斗。

我们未曾来得及好好告别。或许这是冥冥之中命运的安排，又或许是命运对我们这对情深父女的一丝怜悯。我发给父亲的最后一条微信，结尾是——"我爱你"。

"他也是我的父亲"
——女婿眼里的他

在入土仪式上，那承载着父亲的骨灰盒，被红布轻柔包裹着。我伸出手，一遍又一遍轻轻抚摸，而后，小心翼翼地尝试将它抱起。盒子沉甸甸的，仿若承载着无尽的思念与不舍，前方还有一段不短的路程要走。我内心满是纠结，思虑再三，双手紧紧攥着，迟迟不愿松开。

"让我来吧，他也是我的父亲。"先生的声音在耳边响起，带着几分哽咽。

"太重了，我抱着更稳妥些，你放心。"见我面露犹豫，先生再次坚定地向我保证，他的眼眶早已泛红，满眼泪光闪烁。

看着先生悲痛又诚恳的模样，为了确保万无一失，我缓缓点了点头。先生无比郑重地伸出双手，稳稳地抱起那个盒子，动作轻柔却又充满力量。我紧紧跟在他身旁，工作人员迅速为父亲撑起一把黑伞，仪仗队迈着沉重的步伐，朝着墓地缓缓走去。

父亲的墓地，一直都是我亲手打理。从墓碑的精心设计，到碑文的逐字撰写，再到周围一草一木的栽种，每一处细节都倾注了我的心血。而先生，始终默默地站在我身后，给予我全力支持。他陪着我一趟又一趟地奔赴花卉市场，在琳琅满目的植物中仔细挑选，只为找到最适合装点父亲墓地的那几株。回到家后，他又拿起小铲子、小锄头，和我一起，在墓旁的土地里，一点点种下那些饱含思念的绿植。

每到祭祀的时节，我总会准备满满当当的祭品。不管东西有多少，先生总是毫无怨言，有的帮我搬到墓地，有的帮我找合适的地方焚烧。遇到酷暑天气，在墓地忙活几个小时下来，他的皮肤常常被晒得通红，汗水湿透了衣衫，可他从未有过一句抱怨。

父亲和我先生在新疆旅游时合影

后来有段时间，我因身体原因，不方便频繁前往墓地。先生无需我提醒，每个节日都会主动备好东西，独自前往墓地看望父亲，有时甚至瞒着我，就怕我奔波劳累。

在无数个思念父亲的日子里，我多次看到先生哭得伤心欲绝。在这之前，我几乎从未见他落泪。都说"男儿有泪不轻弹，只是未到伤心处"，先生是真真切切地把父亲放在了自己的心上，将这份亲情融入了血脉。

先生是重庆人，在湖南上大学，之后去了深圳工作，又机缘巧合回到湖南，从此在这里扎根。他自身勤奋上进，性格阳光开朗，内心充满了包容与善良。自我和他在一起后，父亲经过几年的观察，对他十分满意。

很多人都觉得父亲眼光高，毕竟在他心里，我是如珠如宝般的存在，不知什么样的女婿才能入他的眼。可我知道，父亲其实很简单，他唯一看重的，就是对方的人品和对待我的态度。父亲曾说，选择伴侣，要有爱心、同情心和上进心。我一直将这句话铭记于心，还悄悄在心里加上了一条：孝顺心。

先生对我父母的孝顺，常常让我感动不已。有时在家里，他见我爸妈看电视无聊，便会主动凑过去，和他们拉家常，逗得二老开怀大笑；碰上父亲需要出门，他总是毫不犹豫地开车相送，一路贴心照顾；他还会耐心地陪我和母亲逛街，看着母亲一遍又一遍试衣服，始终面带微笑，给出真诚的建议；他会精心安排我们一家四口外出旅游，去商场看电影，让家庭充满欢声笑语。

父亲对待先生的父母，同样充满尊重与关心。先生的父母在重庆工作时都是普通职工，在他们眼中，父亲的工作岗位算是个大领导，所以来长沙见面之前，心里颇为忐忑。父亲在生活中本就低调随和、没有架子，对待两位亲家的来访，更是拿出了十二分的重视。双方见面时，他早早安排好吃饭的地方，邀请了我的爷爷奶奶，还喊来叔叔婶婶们一起热情招待。席间，见先生父母不想喝太多酒，却又碍于我几位叔叔的盛情，父亲几次贴心地出面，为他们化解尴尬。

每到逢年过节，父亲都会主动给亲家打去电话问候，还不忘提醒我们要打电话、寄礼物。他还多次提出，要一起去重庆拜访先生的家人，只可惜因为疫情，这个心愿未能实现。

有一次，父亲兴高采烈地跟我们讲述，说他在电视里看到一个纪录片，拍摄地正是先生老家。他不住地赞叹那里风景优美、人杰地灵。我从未见他对一个地方表现出这般浓厚的兴趣和喜爱，这无疑是爱屋及乌的最好体现。

先生的父亲在他面前一直是严父形象，对他的教育和要求相对严格。而父亲则是慈父的角色，细心地照顾着先生的生活起居，给先生带来了全新的体验和感受。在我们共同居住的几年时间里，父亲从未对先生说过一句重话，始终和颜悦色。不仅如此，父亲还常常提醒我，让我别任性，要懂得包容对方。

父亲只要没有工作安排，下班回家后就负责为我们做饭。他留意着先生喜欢吃的每一道菜，知道先生爱吃腊肉，便会特意去菜场选购上好的食材，精心烹制。有时早晨起得早，父亲自己出去吃面，吃完还不忘给先生打包一碗回来。

父亲还会指导先生切菜、做菜。记得有一次，朋友送来两只土鸡，因为是整只的，需要切块后再放入冰箱冷冻。先生自告奋勇在厨房处理，父亲听到菜刀"咚咚咚"砍肉的声音，很是不放心，刚在沙发上坐下又起身去厨房察看。他一边走一边叮嘱："小心啊，别切到手了。"

我忍不住对父亲说："爸爸，他都这么大的人了，切个鸡而已，你别管他。""好好好，知道了。"父亲嘴上答应着，可眼睛始终盯着先生的一举一动。

没过多久，父亲又对先生说："你砍这个鸡，菜刀要垂直用力，不然很难砍断骨头，你看爸爸示范。"终究还是放心不下，父亲抢过先生手里的菜刀，亲自上手，三下五除二就把鸡切好了。

父亲用心记着先生的每个生日，总会精心为他准备礼物。先生对此十分感动，把每份礼物都珍藏在心里。因为他从未收到过父亲的礼物，父亲的这份心意，弥补了他多年的遗憾。

有一次先生感冒发高烧，父亲格外关心，每隔两个小时就过来查看情况，还为他开了中药方剂辅助治疗。后来先生有些咳嗽，父亲像照顾我一样，在家亲自为他熬煮中药。见疗效不明显，又特意联系名老中医，陪他一起去看诊。

父亲生病时，先生也会主动承担家务。有一次，晚饭后先生正在洗碗，父亲突然走过去，轻声说："辛苦你了啊，这本来是爸爸应该做的。"

这句话让我们都红了眼眶，父亲竟觉得照顾家庭、为我们做饭洗碗是他分内之事。要知道，父亲是个光芒万丈的人，本性不习惯囿于家务和厨房，可他为了我们，心甘情愿地付出。

先生和父亲相处的时间虽然不长，只有短短三年多，却父慈子孝，彼此关心，沉淀下了深厚的感情。父亲非常信任先生，在最后的日子里，多次委婉地嘱托他，希望他照顾好母亲和我。

而先生，不仅把父亲当成自己的父亲，更将他视为人生的楷模。他努力克制着内心的悲痛，鼓励并陪伴着母亲和我，一起勇敢地前行。

中篇

鲜衣怒马少年郎

第二章

长子及长兄

在期待中降生

一

　　1963年盛夏，炽热的阳光毫无保留地倾洒在湖南省宁乡灰汤镇这片土地上。彼时，蝉鸣在枝头喧嚣，仿佛在为这个季节奏响一曲独特的乐章。就在这个充满生机与活力的时节，父亲呱呱坠地，降临到了这个平凡却又充满爱的家庭之中。那时，爷爷刚好步入而立之年，作为家中的长子，父亲的诞生无疑如同一束璀璨的光芒，瞬间为这个家庭注入了无尽的喜悦与欢乐，让整个家都沉浸在幸福的氛围里。

　　这一点，从奶奶的相册中得到了印证。奶奶珍藏着几本已然泛黄的老相册，它们就像是岁月的使者，静静诉说着过去的故事。翻开相册，首先映入眼帘的是奶奶和爷爷年轻时的照片，照片里的他们，眼神清澈而明亮，脸上洋溢着青春的朝气与对未来的憧憬。在那些黑白照片中，时光仿佛凝固，将他们美好的年华永久留存。而在相册的另一部分，一组父亲婴儿时期的照片尤为引人注目，那是在父亲十个月大的时候拍摄的。

　　第一张是全家福，年轻的爷爷奶奶抱着还是小婴儿的父亲，旁边写着"天伦乐聚"四个字。还有一张是爷爷与父亲的亲子照，他单手抱着父亲，旁边应景地备注道"我要爸爸抱"。第三张是父亲的单人照，他笑嘻嘻地坐在一个大澡盆里，骄傲地写着"我已经十个月了"！

　　这些照片虽然历经岁月的洗礼，变得古旧，但却保存得十分完好，照片中的人物和字迹都清晰可见。轻轻抚摸着这些照片，一种独属于那个年代的气息扑面而来，陈旧的纸张散发着淡淡的历史味道。然而，在这股味

○● 1964年，父亲十个月时与爷爷奶奶的合影

道之中，却又有着一股熟悉的幸福感，这种幸福感穿越了时空的界限，与如今无数的父母和子女之间的情感并无二致。

二

父亲从小便在灰汤生活，在步入大学之前，他的足迹很少踏出这里。灰汤，这片位于宁乡市西南部的神奇土地，与毛泽东故居韶山、刘少奇故居花明楼毗邻，其历史的长河悠悠流淌了二千多年。上个世纪六十年代，灰汤供销社正式成立，到了八十年代，这里正式定名为灰汤镇，开启了新的发展篇章。

灰汤最为人所熟知的，便是那闻名遐迩的高温温泉。汤泉周边，一年四季都热气腾腾，水汽仿若轻柔的烟雾，袅袅缭绕。在冬春两季，南方地区湿度偏大，加之室外温度较低，水汽难以迅速蒸发，远远望去，只见一片朦胧之景，如梦似幻。或许正是有人将这灰蒙蒙的雾色与滚烫的汤水巧妙结合，才将此地简称为灰汤。这一独特的命名，虽不知始于何年何月，却被人们世代沿袭，沿用至今。

据康熙、嘉庆年代的《宁乡县志》记载，汤泉有三眼，各具特性，上沸、中温、下热。最上方的温泉水温极高，足以宰猪杀鸡，用于扯毛拔羽；下方的温泉则温度适宜，可供人们惬意沐浴。宋代状元易祓、晋才子薛暄、清文人廖森、御史王文清等诸多文人雅士，都曾慕名前来，在此沐浴身心，并留下了许多优美动人、流传千古的诗篇。老一辈革命家乌兰夫、王震、王首道、张震等也曾在此休养，他们的到来，不仅留下了著名的"将军楼"，还衍生出诸多脍炙人口的佳话，为灰汤增添了浓厚的人文底蕴。

三

我的爷爷李中民，他于1933年出生于宁乡灰汤镇。

爷爷祖上为湘乡金薮李氏，肇自江西丰城湖茫村，始祖胜公，系唐太宗李世民之十四子曹王明的第十三代嫡孙。明代嘉靖年间，家族第二十三派祖万俊公，官至长沙府同知，仕途顺遂。致仕后，万俊公选择迁至金薮，自此开启了家族在金薮四百余年的发展历程。

爷爷的高祖良木公（第三十五派祖）和曾祖父启兴公（第三十六派祖）均为清朝的五品官员。启兴公去世后，其兄弟子侄迁居灰汤，繁衍生息。值得一提的是，启兴公下葬时，风水师傅曾预言六十年后家中会再出一个官员。按他所说的时间推算是1995年，那年我父亲正好当选了县政协副主席，仕途开启，竟真的应验了这一预言。

爷爷的祖父佑潜公是高等巡警毕业，民国时期在益阳县衙当警务长，但不到三十岁早逝，其夫人黄氏携二子一女回到灰汤，在此终老。这位黄氏也正是抚养我父亲长大的太婆，关系十分亲厚。

爷爷的外公也颇有名望，曾跟随国民党高级将领叶开鑫（民国时期任为湘军将领，后任国民革命军军长），常年在其家中担当大管家一职。

四

爷爷虽然出自书香门第，小时候家境殷实，后来的经历却波折坎坷。在他二十多岁时父母先后去世，留下一个七岁的弟弟，爷爷既当爹又当妈，

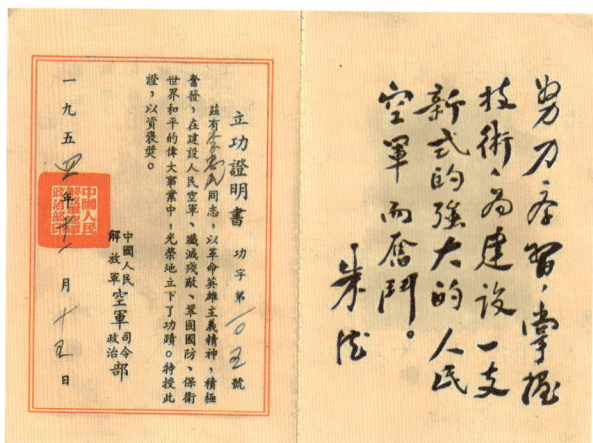

○ 1954年，中国解放军空军政治部授予爷爷三等功荣誉

○ 爷爷在教学工作中所获的荣誉证书

把弟弟带大。后来又因建国初期土改被判定为地主家庭，对他的学业、事业和家庭都造成了很大的影响。

1950年10月抗美援朝战争爆发，国家号召有志青年参军。当时爷爷十八岁，正在湖南私立衡湘中学（1953年更名为"长沙市第十二中学"，2012年更名为"长沙市湘一芙蓉中学"）读高三，成绩优异，即将参加高考，但为了积极响应国家号召，毅然参军报国。

1951年1月，爷爷成为他们学校入选参军的三名人员之一，如愿加入了中国人民解放军空军，在空七军担任地勤兵，曾随部队奔赴锦州训练，准备参加抗美援朝。谈到空军，很多人最先想到的是英姿勃发的飞行员。而在飞行员的身后，空军地勤兵也发挥着举足轻重的作用。1954年，爷爷因在工作中表现突出，荣获部队三等功。

爷爷的母家跟国民党高级将领渊源颇深，解放后，他的两个表兄弟相继去了台湾。1954年下半年，爷爷受此影响退伍转业，回到家乡成为了一名人民教师。

回乡后，爷爷起初在宁乡流沙河任教。一学期后，调回灰汤，先后于杨柳小学、灰汤中学执教。爷爷凭借自身高学历与渊博学识，在教学岗位上迅速崭露头角。长期担任班主任的他，负责教授语文、历史等课程。历年来，他所教授科目的考试成绩都十分优异，多次荣获全县"优秀班主任"称号，家中奖状积攒了厚厚一叠，还获得诸多瓷脸盆、被套等奖品。

爷爷在人民教师的岗位上兢兢业业，一直坚守到退休，可谓桃李满天下，在当地还赢得了"灰汤语文大师"的美誉。

五

我的奶奶喻青莲，于1938年出生于湖南宁乡灰汤镇，比爷爷小五岁。奶奶家中有六兄妹，她是排行最末的幺女。

奶奶属于贫下中农，家庭条件不好，但她从小聪颖好学，读小学时成绩就出类拔萃。邻居跟她家人说，你们女儿成绩这样好，一定要继续送她读书。而她的父母也一直在尽着最大的努力。

1955年，奶奶刚17岁，在宁乡二中读初中，假期回家时，她的婶婶来做媒，介绍的对象就是爷爷。奶奶一听爷爷是地主出身便不太乐意，开口婉拒。她婶婶劝道："这个小伙子已经参军了，没有过过一天地主的生活！"但她仍然不为所动。

缘分有时就是特别奇妙。一年后，奶奶的老师又来给她做媒。这个媒人恰是爷爷的同事，要介绍的对象还是他。媒人说爷爷曾经参军，退伍转业后来当了老师，在学校担任工会主席，又是大队辅导员，人很优秀。

听了媒人的话，奶奶思忖着时隔一年，两人仍是单身，兜兜转转又回到了彼此面前，心中动摇了。但奶奶当时一心想完成自己的学业，但家中实在贫困，供她读书已经很吃力，于是她提出，希望婚后爷爷能支持她读书。没想到，爷爷很爽快同意了。

1956年，爷爷奶奶喜结连理。婚后，爷爷全力支持着奶奶的学业和梦想，负担了她的所有费用。1958年，奶奶因成绩优异被保送到宁乡师范学校，在校的三年时间不需要交学费，只要基本的生活费和课本费。

1961年，奶奶学成毕业。老师热心地介绍她去新疆建设兵团发展，还可以帮忙联系工作。奶奶是个重情重义的人，想到爷爷这几年的付出，她毅然决定留在家乡。

○ 1992年，长沙市人民政府颁发给奶奶的荣誉证书

1962年，奶奶先到灰汤附中工作，在学校教语文并担任班主任；之后调到灰汤完小；又在丰华学校工作了17年，后又到卫东学校，直至退休。其中在丰华学校和卫东学校工作期间，奶奶担任了21年的学校校长，获得荣誉无数。

六

在那个年代的特殊背景下，爷爷的地主出身给他带来了许多艰辛。但爷爷无疑是十分优秀的，参军时曾跟随部队一起开赴东北准备对朝作战，家里现在还保留这他在军中获得的一些证书和勋章。退伍成为人民教师后，他在工作中迅速成为佼佼者，多次获得省市县及单位的荣誉。

父亲出生时，爷爷已然30岁了，作为家中长子，他的降临显得格外珍贵。在那个年代的农村，拍一组照片是极为困难的事。为了纪念这一意义非凡的时刻，爷爷特意请来在照相馆工作的同学，让他到家里来。奶奶则专门去扯了二尺五的新布，又拆了几件旧衣服，亲手为父亲做了一条包被和一些小衣裳。

后来出生的三个叔叔，可就没享受到这般"待遇"了。他们婴儿时期没有留下一张照片，而且由于家境不宽裕，童年和青少年时期只能轮流穿父亲的旧衣服。

奶奶是个雷厉风行的人，除了日常教学，还承担了学校里不少事务性工作。参加工作仅仅两年，她就成了全区工资最高的女教师之一，每月有38元收入。爷爷每月工资是43元，两人的收入加起来，在当地算是比较不错的水平。

然而，他们要负担家里老人、弟弟，还有四个儿子的开销，手头并不宽松。而且，亲戚朋友和邻里乡亲有困难时，都会来找他们帮忙。奶奶热心肠，每次都尽力资助。这么一来，他们的工资常常入不敷出。

奶奶早年一直在小学任教，期间有好几次调到中学的机会，可出于现实考量，她都放弃了。在小学任教时，奶奶家门前有块地，可以种菜养鸡，还有地方做饭，这节省了一大笔生活开支。要是去中学任教，就没这些条件了，光伙食费就得增加不少。如今回想起来，当年爷爷奶奶为了操持这个家，确实考虑得十分周全，也付出了很多。

爷爷由于出身的缘故，直到1987年才从灰汤中学调回卫东中学，得以和家人们生活在一起。这两所学校相距十几里地，走路得一个多小时，每天来回实在不方便，所以多年来，爷爷只能周末回家短暂团聚，家里大大小小的事儿都落在了奶奶一人肩上。

父亲出生后不到两年，奶奶怀上了我的第一个叔叔，她实在没时间和精力照顾大儿子了，无奈之下，只好把父亲送到他太婆黄氏家里抚养。

父亲小时候在父母身边的时间并不多。如今奶奶已经八十多岁高龄了，可她依然能清晰地回忆起父亲童年的许多事，言语间满是没能把父亲带在身边抚养的遗憾。

七

身为长子，父亲在家人无尽的期盼中呱呱坠地。彼时，爷爷已至而立之年，相较于那个时代的同龄人，生子一事明显滞后许多。因而，父亲的降临，在亲人们心中意义非凡。

也正因为是长子，父亲承担与付出得更多。自幼，他便不得不离开自己的父母，在太婆和叔叔家长大。虽说他们关系亲昵，但分离的经历，终究还是在一个孩子脆弱的心灵上留下了难以磨灭的印记。

在父亲一贯开朗的外表之下，藏着一颗细腻的心。他对家人无比珍视，或许这一切，都与他儿时的那段经历有着千丝万缕、难以割舍的联系。

灰汤飞出了金凤凰

一

父亲在仅仅两岁多的时候，就被安置在了叔叔家，自此，由太婆黄氏悉心照料。太婆，在老家这一带，是对爷爷的祖母的特定称谓。她早年嫁给了在益阳为官的太公，然而命运弄人，太公年纪轻轻便撒手人寰，太婆自此年纪尚轻便过上了守寡的日子，此后一生都在老家的村子里度过。

父亲和太婆之间，有着旁人难以企及的深厚情感。太婆对这个聪明伶俐的重孙子，那是打心眼里的疼爱，总是亲昵地唤他"赤伢子"。幼时的父亲常常想家，常常依偎在太婆身旁，带着哭腔说："太婆，我好想回去看看爸爸妈妈。"太婆看着心疼，便安排父亲的叔叔，用那老旧却结实的背篓装着父亲，而后徒步十几里的山路，送父亲回家看看。

每次相聚都如白驹过隙般短暂，到了分别的时候，父亲总是哭得撕心裂肺，小小的身躯在背篓里扭动，那哭声仿佛要把整个世界都震碎，可即便如此，还是不得不再次踏上离开父母的路途。

父亲从小就天资聪颖，对学习更是充满了热情，勤奋好学的劲头在村子里都是出了名的。太婆每每和邻居唠嗑，总会忍不住夸赞："要是我们赤伢子都考不上大学，那这十里八乡就别指望有人能考上咯！"她说话时，脸上洋溢着的自豪与期待，仿佛父亲已经站在了大学的校门口。

时光不负有心人，父亲果然没有辜负太婆的殷切期望。高考恢复后，他一路披荆斩棘，成功考上了省城的大学，成为了灰汤丰华大队（如今的灰汤镇丰华村）的第一个大学生。大学放假时，父亲特意从省城带回了新鲜的荔枝。太婆头一次见到、尝到荔枝，那满是皱纹的脸上笑开了花，一边品尝着荔枝的甘甜，一边不住地夸赞水果好吃，更夸赞重孙子的孝顺。

二

1982年，父亲的太婆与世长辞。他一接到消息，便心急如焚，马不停蹄地从学校往家赶。等他到家时，已然是第二天了。满心悲恸的他，"扑通"一声，重重地跪在了太婆的床前。

那时，太婆已阖眼许久。旁边的一位亲人凑近，轻声唤道："赤伢子回来啦！"话音刚落，令人难以置信的一幕发生了，太婆的眼角竟缓缓淌下两行热泪。在场的众人见状，无不大为震惊，同时，也深深感慨于太婆对"赤伢子"那深沉的牵挂。

我曾陪着父亲去太婆的坟前祭扫，真切地感受到了他心底那份浓烈的思念。那时的我，对生死之事的体悟并不深刻，或许是觉得这类事离自己还很遥远。可如今，我才彻悟，至亲的离去，带来的是怎样一种摧枯拉朽般的冲击。

曾经日夜相伴的那个人，早已化作生命中无可替代的部分，那些一同真切经历过的过往，早已深深扎根在记忆深处，融入身体的每一个细胞。然而，那个人却骤然消失，只留下无尽的回忆，在脑海中不断萦绕。恍惚间，你辨不清究竟是往昔重现，还是当下现实，仿佛他仍在身旁，可当你轻唤他的名字，却久久得不到回应，徒留自己，呆呆地伫立在原地。

留下的人，往往承受着更多的痛苦。对父亲而言，不必再历经如此多的生离死别，或许也算是另一种幸福吧。

三

十岁那年，父亲终于如愿以偿地回到了父母的身边。那一天，恰好是奶奶的生日。奶奶心疼在外面生活的大儿子，便把他临时接回家，想给他改善改善伙食。一家人围坐在一起，热热闹闹地吃完饭后，谁也没想到，父亲怎么都不肯再走了。奶奶先是好言哄劝，轻声细语地跟父亲说外面的生活也有诸多好处，可父亲就像个执拗的小牛犊，不为所动。见软的不行，奶奶又严肃责骂，板起脸来，可父亲眼眶红红的，委屈巴巴的模样，让奶奶的心瞬间就软了下来。

那时候，生活和工作就像两座沉甸甸的大山，把奶奶的时间挤压得密不透风。一开始，奶奶是坚决不同意父亲留下的，毕竟她要操心的事情太多了。但看着儿子那满是委屈的小脸，还有这个再正常不过的想留在父母身边的心愿，奶奶又怎么真的舍得拒绝呢？在内心的纠结与挣扎之后，奶奶最终还是选择把心爱的大儿子留在了家中。

没过多久，灰汤地区联校针对当年初中生源不足的问题召开了一场讨论会。奶奶作为学校代表，也参加了这次会议。在会上，奶奶认真思考后，提出了自己独到的看法：她分析道，当年的小学毕业生（那时是五年制小学，指五年级毕业学生）人数较少，这才导致初中生源缺乏；而次年的小学毕业生又比较多，这样一来，肯定会导致初中学位紧张。于是，奶奶建议采用优秀学生跳级的方式，对当年的小学毕业人数进行调剂。奶奶的建议有理有据，联校经过一番讨论，最终采纳了她的建议。全乡九所小学，每所小学各分配了两个名额，一共要选拔18名成绩优秀的小学四年级学生，允许他们跳一级，直接读初中。父亲凭借着平时优异的成绩，成功名列其中，顺利进入初中，成为了班里年纪最小的初中生。

到了读高中的时候，父亲便开始寄宿在学校。学校的伙食常常一成不变，餐桌上多是南瓜、红薯和海带汤一类的菜。每到周末，父亲回家时，奶奶就会格外用心地做一些茄皮子（用茄子的皮做成的干菜）、擦豆角（将新鲜豆角晒干后做成）和炸油渣（将猪油在锅里炸后做成）之类的开胃菜。奶奶把这些菜精心装在小坛子里，让父亲带去学校。也许是在学校食堂吃了太多南瓜和红薯，长大以后，父亲一看到这两样东西，就几乎不再碰了。

奶奶对父亲的关爱，还体现在生活的点点滴滴上。她偶尔会为父亲添置些新衣服、新鞋子。有一次，天下着雨，奶奶看到父亲光着脚走路回来，而那双刚买不久的新凉鞋，却被父亲小心翼翼地提在手上。奶奶又心疼又疑惑，便问父亲为什么不穿鞋子。父亲一脸认真地回答说，下雨不穿鞋子走路更方便。其实，大家心里都明白，作为当时家中唯一能拥有新衣服、新鞋子的小孩，父亲从小就懂事得令人心疼。他知道这些衣服和鞋子以后还要留给弟弟们穿，所以总是尽可能地爱惜着，哪怕是一双新鞋子，他都舍不得在下雨天弄脏弄破。

四

1979年，父亲参加高考。

自1977年国家恢复高考至今，已将近50年。到80年代，高考录入率为25%；到90年代，高考录取率提升至40%；此后一路攀升，到2020年已经达到90%。

尽管如今的录取率已经如此高，但对许多家庭和个人来说高考的重要性仍然不言而喻，诸多学子挑灯苦读，将其看作是开启或改变人生的希望之所在。

父亲那时参加的高考比现在竞争激烈千百倍，被称之"蜀道难难于上青天"。因为1979年，全国高考参考人数468万，录取人数28万，录取率仅为5.98%，为恢复高考后四十多年中的最低值，属实是千军万马过独木桥。

在那个骄阳似火的夏日，父亲满心欢喜地在家中翘首以盼着录取通知书的到来。一天又一天过去了，那承载着希望的信件却始终不见踪影。焦

1979年，十六岁的父亲（最后一排左三）跟高中同学毕业留念

急如同藤蔓一般，在父亲的心头疯狂蔓延。终于，父亲再也按捺不住，决定和奶奶一同前往位于韶山的招生办公室，去探寻那迟迟未到的通知书背后的真相。

抵达招生办公室时，里面人来人往，嘈杂的人声中夹杂着各种焦急的询问。父亲和奶奶好不容易挤到了工作人员面前，工作人员接过父亲递上的证件，在电脑前仔细地查询着资料。过了一会儿，工作人员抬起头，脸上带着一丝遗憾，轻声说道："同志，虽然您的高考成绩超过了分数线，但是很可惜，您并没有被第一志愿湖南大学录取。"父亲的笑容瞬间僵在了脸上，他急切地问道："为什么？我分数都达到了啊！"工作人员指了指电脑屏幕，无奈地说："是因为您的体检报告显示手部残疾，学校可能基于这个原因没有录取您。"

这消息犹如一道晴天霹雳，瞬间击中了父亲。父亲的身体一向健康，手部活动自如，与常人毫无差别。他怎么也想不到，儿时因为贪玩手肘受的那次伤，竟会在体检报告中被误写为残疾，从而让他失去了进入心仪大学的宝贵机会。父亲的内心波涛汹涌，久久无法平静。他有太多的委屈和不甘，想要抱怨这命运的不公，想要发泄内心的悲伤，但此刻，他知道时间紧迫，来不及沉浸在这些负面情绪中。

父亲和奶奶对视了一眼，两人眼中都闪烁着焦急的光芒。他们几乎同时开口，急切地询问第二志愿的录取情况。工作人员再次在电脑上忙碌起来，手指在键盘上快速敲击。过了好一会儿，工作人员皱着眉头说："也没有被录取，具体原因目前还不清楚。"听到这个消息，父亲仿佛被定在了原地，眼神中满是茫然和失落。

这时，招生办的工作人员轻声问道："那您是否服从分配呢？"父亲愣了一下，下意识地点了点头。他似乎也没有了更好的选择。

然而，刚走出招生办公室的大门，父亲突然像是想到了什么，叫住了奶奶："妈，我还是不想服从分配。"他的眼神中透露出坚定和隐忍。奶奶看着父亲，眼中闪过一丝惊讶，但更多的是理解和支持。于是，他们又转身，坚定地朝着招生办公室的大门走去，再次向工作人员表达了不服从分配的意愿。

五

7月、8月的湖南，酷热难耐。年仅十六岁的父亲，从招生办回到自己的房间，一头扎进大棉被里，一声不吭，也不去吃饭。

奶奶见此情景，心疼不已，在一旁不住地轻声安慰。父亲用被子蒙着头，想必是不愿让家人瞧见他伤心的泪水，更不想直面那残酷的现实。

数年寒窗苦读，父亲取得了优异的成绩，满心憧憬着金榜题名。然而，只因招生办工作人员的一个失误，他可能与大学失之交臂。当时听闻这段往事，我也为那个少年感到揪心。

好在，事情很快迎来了转机。两天后，父亲收到了第二志愿大学的录取通知书。原来是招生办工作人员查询时出了错。

父亲捧着录取通知书，心中百感交集。虽说没能被第一志愿录取，但他终究还是如愿考上了大学，成为高考恢复后，灰汤乡丰华大队的第一个大学生。家人喜极而泣，周围的邻居们也奔走相告："李家的赤伢子考上大学啦！"

为了分享这份喜悦，也为了感谢乡邻，奶奶特意摆了八桌升学宴。宴席间，一位表姊妹对父亲说："真羡慕你，十六岁就能出去读大学了。"父亲回应道："我十六岁就得独立生活，没了父亲做饭，没了母亲洗衣服，我还羡慕你能留在家里呢。"言语之中，满是对亲人的不舍与眷恋。

六

1979年9月，父亲踏入了大学校门。他在高考中取得350多分的成绩，被湖南中医学院（现更名为湖南中医药大学）录取。在那个时候，这样的分数堪称学霸级别，达到了重点名牌大学的录取分数线，远超湖南中医学院290分的录取线。

父亲就读的湖南中医学院创办于1934年，是全国首批具备中医类研究生教育资格的高等院校。尽管这是一所相当不错的本科院校，但父亲看着自己高出录取线一大截的分数，心中还是满是遗憾与失落。

奶奶给他做思想工作，说考上大学总归是件大喜事。当医生也很好，

父亲（右一）大学时期在爱晚亭跟叔叔合影

在医院能救死扶伤，还能帮衬乡里亲邻，都是为国家做贡献。父亲听了奶奶的话，不断调整心态，开始珍惜并享受这段求学时光。

在那个年代，考上大学就意味着端上了"铁饭碗"。上学不用交学费，学校还会发放甲、乙、丙三等不同金额的助学金，毕业后包分配工作。所以，这是无数莘莘学子，尤其是农村学子改变命运的重要契机。

父亲在学校拿的是乙等助学金，每月16元。他学的是中医临床专业，年级大概有200多人，组成一个大班，之后又分为八个小班，每个班30多人。父亲被分在了一大班三小班。

父亲很快在大学里开启了全新的生活。他本身学习功底扎实，是以年级最高分被学校录取的，而且思维敏捷、记忆力超群，平日里的功课只要在考前临时抱佛脚，就能达到合格线甚至取得高分，因此逃课成了常事。

他性格豪爽开朗，上大学没多久就结识了几个志同道合的好朋友。他们常常相约去各个茶馆看书、喝茶，谈天说地，话题从文学艺术到武侠哲学，无所不包。父亲爱好踢足球，常和同学们在球场上驰骋。据他同学回忆，父亲踢球技术不错，有一次还用背顶进了一个球。同学夸他厉害，父亲笑着说："正好球掉到我背上了。"此外，他还学会了打桌球和跳舞，各项社交技能都得到了充分锻炼，大学生活过得丰富多彩。

父亲还是个热血青年，曾经"一战成名"。

他们班有个同学来自东安县，那里是著名的武术之乡，被誉为"南国少林"，很多人从小习武，拳脚功夫了得。这个同学更是每天早上起来练习棍棒，耍得虎虎生风。

有一次，他仗着自己武艺高强，欺负其他同学。父亲见状，拍案而起，和他大打一架。不出所料，父亲没打赢。

经过这次打架，父亲意识到自己和对方实力悬殊。但他没有退缩，思索一番后，他捡了块板砖。在一次大班上课时，老师刚走进教室，值日生刚喊起立，父亲就一板砖拍到了那个同学的后脑勺，顿时鲜血渗出，同学们一片惊呼。

父亲心中有快意恩仇的江湖，有自己的热血豪情与正义勇敢，但板砖拍下去后同学渗出的鲜血，还是出乎了他的意料。从那以后，他再也没有如此鲁莽行事过。

这个第一次走出灰汤乡村求学的懵懂少年，身后已渐渐长出金色的羽翼，美好的未来之路在他脚下徐徐铺展。

回想起开学那天，爷爷送父亲到长沙，陪他在学校办好各项手续。爷爷正准备回去时，父亲开口挽留，想让爷爷住一晚再走。面对陌生的新环境，父亲心中有些迟疑和不安。但同时，进入大学让他有了更广阔的施展空间，也萌生出无限豪情壮志，满心期待着展翅翱翔的明天。

你还未老，儿已长大

一

父亲大学毕业后，便被分配到宁乡中医院工作。不久后，他结婚生子，早早开启了独立生活，组建了属于自己的幸福小家庭。虽说没能与爷爷奶奶朝夕相伴，但父亲对他们的关怀始终细致入微。

自参加工作起，父亲就一直想把爷爷奶奶接到宁乡县城同住。然而，爷爷奶奶在灰汤生活了大半辈子，对这片土地满是眷恋，离开故土，他们既不舍，又担心诸多不习惯。后来，叔叔们也相继到县城工作。在儿子们的再三劝说下，1997年，爷爷奶奶终于下定决心搬到县城。

为了让爷爷奶奶住得舒心，父亲和叔叔们费尽心思，在县城为他们盖了一幢新房。这房子承载了我无数美好的童年回忆。门前有条三四米宽的水泥路，对面是一堵围墙，让这条路显得相对封闭。奶奶在围墙边种了几棵树，为小院增添了几分悠然的气息。

房子共有三层。一楼设有客厅、厨房、主卧和客房；二楼和三楼各有两个房间，方便亲朋好友留宿。屋顶被巧妙设计成菜园，划分出不同区域，种满了辣椒、丝瓜、苦瓜、茄子等各类蔬菜，这里是爷爷最常光顾的地方，他每天都会来侍弄一番。

大门口用竹条围成了篱笆，里面是爷爷奶奶精心打理的花圃，各色鲜花争奇斗艳，煞是好看。考虑到爷爷奶奶的生活习惯，家人们特意在旁边打了一口老式摇水井。

摇水井旁常年放着一个装着小半桶清水的水桶，这是用来当"水引子"

◐ 1992年在宁乡拍摄的全家福。前排从右到左依次：爷爷和我妹妹、我、奶奶和我弟弟，后排从右到左依次：三位叔叔、父亲、母亲、三位婶婶

的。当摇水井干涸时，往井口里倒入些水，再摇动几下摇手，地下水便会被抽上来。小时候，我觉得这过程神奇又好玩，直到初中学习物理，才明白其中利用的是杠杆和活塞原理。

爷爷每天都会在井边打水，用于做饭、打扫和浇花。那水井摆动发出的吱呀声，仿佛一首古老的歌谣，伴着源源不断涌出的井水，深深印刻在我的脑海里。

二

在宁乡生活的时候，每逢寒暑假，我都会和堂弟堂妹到爷爷奶奶家小住。爷爷奶奶家的屋顶有个菜园，我们几个调皮鬼常常跑去那儿，把还没长熟的丝瓜和茄子扯下来。为此，爷爷好几回气得追着堂弟打。

父亲只要一有空，每个周末必定会去看望爷爷奶奶。他到了那儿，就安安静静地坐一会儿，陪爷爷奶奶一起吃顿饭。

逢年过节，家里最是热闹。每到过年，父亲四兄弟都会带着家眷齐聚在爷爷奶奶家，共度除夕。大家要一直待到正月初二才离开。一屋子满满的人，大人们有的挤在客厅看电视、烤火聊天，有的在厨房忙前忙后。小孩子们则在屋顶菜园或者门前院子里嬉笑玩耍。吃饭的时候，通常得安排两桌才够坐。客厅摆上一张大桌子，一楼客房再加一张小桌子。爷爷奶奶和男士们坐在外面，女士们和孩子们坐在里面。

吃完饭，紧接着又是一阵忙碌，收拾碗筷、洗碗、打扫卫生。之后，大家围坐在一起看春晚。大约九点多，就到了小孩子最喜欢的放烟花环节。一家人的笑脸在焰火的映照下忽明忽暗，嬉戏打闹声在院落里回荡。

爷爷奶奶家一直遵循守岁的传统，到了十二点整，会在门口点燃鞭炮。那场景，就像诗里写的一样："爆竹声中一岁除，春风送暖入屠苏。千门万户曈曈日，总把新桃换旧符。"放完鞭炮，大家一起吃着热气腾腾的饺子，除夕夜才算圆满结束。叔叔们嫌折腾，就留在那儿留宿，父亲母亲则带着我回家。

还记得除夕夜回家的路上，街上车辆和行人都很少，想必大家都在家团圆过年。望向车窗外，万家灯火，满城通明。远处和近处，不时有鞭炮声此起彼伏，还有烟花在夜空中绽放。

过年，是辞旧迎新的时刻。大人们忙碌了一年，终于有了收获，也能闲下来聚聚。小孩子则无忧无虑地享受着热烈的新年氛围。我们的新年，过得温馨、团圆又满足。

三

在接下来的几年间，父亲和叔叔们的工作相继变动，先后在长沙安了家。于是，爷爷奶奶也跟着他们迁居至长沙，一直生活至今。

爷爷奶奶的适应能力与独立能力堪称一绝。年逾古稀之际搬到新的城市，居住环境从一幢自建房变成了一套小平层，再也无法养花种菜，大环境与小环境都发生了翻天覆地的变化。然而，凭借着对生活的满腔热爱以及对他人的热忱，他们很快便与周围的邻居打成一片。新家被打理得有条不紊，新生活也过得有滋有味。

在小区里，爷爷奶奶结识了不少新朋友，有时下午会相约一起打打麻将。他们还熟知了周边的公交路线，摸透了附近的公园与菜场的位置。

2017年，父亲和爷爷奶奶在杭州合影

甚至不知从何处寻得几颗酸枣树，捡回一大袋酸枣，打算做成老家的特产——酸枣粑粑。

为了重新实现种菜的自由，他们在叔叔家的屋顶"开辟"出一片菜园，每周都会过去种菜、浇水、施肥。没过多久，菜园便又郁郁葱葱起来。

即便爷爷奶奶搬到了长沙，父亲依旧保持着每周前去探望的习惯。有时他会特意早点到，想着帮他们做饭，可奶奶总是事事包揽，摆摆手，把父亲赶到客厅去休息。

奶奶干活十分麻利，没过多久，一大桌子菜便摆满了餐桌。父亲一看到这么多菜，总会念叨几句："妈，说了不用弄这么多菜，吃不完，下次少做几个。"

奶奶每次都答应得极为爽快："好，下次不弄这么多了，快来吃饭，我特意多炒了些叶子菜，知道你爱吃！"可到了下次，依然会做上满满一大桌菜。

吃饭时，奶奶常常问道："味道还行不？我也就这手艺了。有妈妈的味道吧？"一边问，一边把好吃的菜往我们面前推，"来，尝尝这个，这是灰

　　●　2018年在长沙拍摄的全家福。前排从右到左依次：两位妹妹、爷爷、奶奶、我和弟弟，后排从右到左依次：赞叔叔和婶婶、父亲、母亲、伟叔叔和婶婶、大叔叔和婶婶

汤的亲戚前几天送来的土菜，特意留着等你们来吃呢！"

　　父亲点点头，大口大口地吃着饭，尤其会把面前那盘蔬菜吃得干干净净。有时他会叮嘱："妈，您炒菜要少放点盐，对身体不好，饮食习惯得慢慢改。"也会关切地询问两位老人的身体状况："爸，您最近尿酸还正常吧？腿痛没发作吧？冬天里暖气要24小时开着，别舍不得花钱。"

　　"赤伢子可真是个蔬菜大王，把一大碗都吃光啦！"奶奶这般感慨道，接着又说："等会儿带几条苦瓜回去不？这是你父亲亲手种的，今天刚摘下来的。南瓜要不要？再带点辣椒不？"

　　只要父亲答应，爷爷奶奶便会满心欢喜地起身去拿袋子装菜，心满意足地让父亲带回去。

四

　　为了让爷爷奶奶的晚年生活不孤单，父亲除了常去看望他们，还想尽

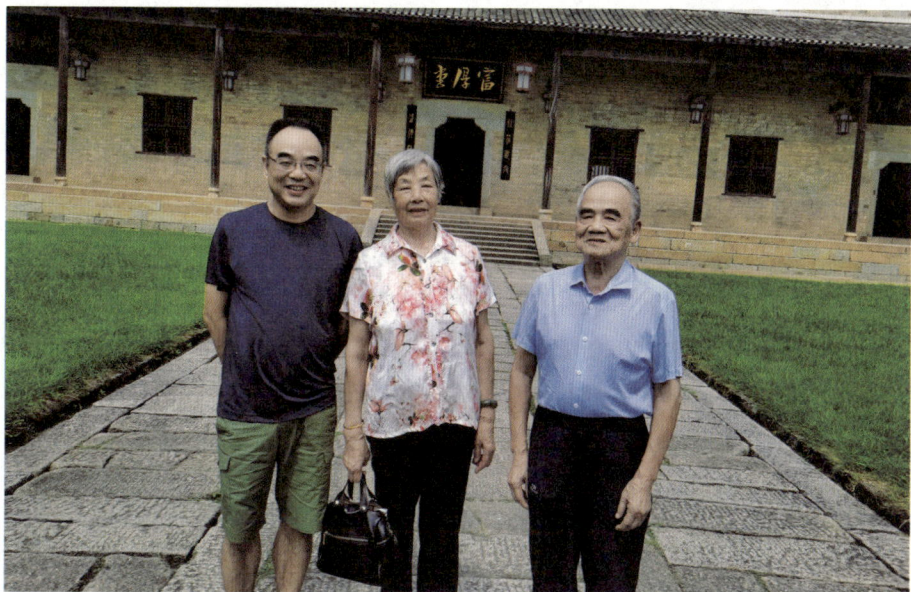

○● 2020年，父亲带爷爷奶奶参观曾国藩故居

办法带他们出去游玩。

2017年夏天，父亲休年假，带着爷爷奶奶去杭州玩了几天。值得一提的是，这次旅行是父亲专门陪他们去的，并非顺带。在他这个上有老下有小、工作又繁忙的年纪，父亲这种特意的陪伴实在难能可贵。他的付出也有了回报。合照里，奶奶开心地靠在他身旁，比着"耶"的手势，爷爷也笑得合不拢嘴。

多数时候，父亲利用周末带爷爷奶奶在长沙周边转转。

2020年，我们全家陪着二老参观了曾国藩故居。漫步在明清风格的回廊建筑间，仿佛穿越回了那个风云变幻的年代。

富厚堂的一间屋子门楣上，挂着写有"八本堂"的横匾。这是曾国藩对其家训要义的总结，一共有八句话："读书以训诂为本，诗文以声调为本，事亲以得欢心为本，养生以少恼怒为本，立身以不妄语为本，居家以不晏起为本，居官以不要钱为本，行军以不扰民为本。"

爷爷奶奶在这家训前伫立许久，感慨万千。这个封建王朝的鼎盛家族，历经多次改朝换代，始终保持着严谨的家风，其后人在各个领域都有所建树，声名远扬。

我想，他们肯定想到了自己的儿子们。父亲和叔叔们从灰汤农村奋斗至今，在不同领域都取得了不错的成绩。作为长子，父亲给弟弟们树立了很好的榜样，起到了带头作用，让爷爷奶奶深感欣慰。

　　我见证了父亲对父母的一片孝心。知道他工作繁重，时间和精力有限，我也尽力多带爷爷奶奶出去走走看看。

　　早在2015年，我就和弟弟妹妹一起带着爷爷奶奶出国，领略了泰国的风土人情。2020年，我和先生带着爷爷奶奶，还有父亲母亲一起去了三亚。那也是父亲最后一次陪爷爷奶奶出游。大家都玩得很开心，父亲特别高兴。后来他还跟我说，下次一起带爷爷奶奶去深圳看看。可惜，由于种种原因，我没能及时安排，这次旅行未能成行。

愿报三春晖

一

父亲对爷爷奶奶的身体非常关心，每回去看望都要详细询问他们的近况，一遍遍耐心叮嘱："爸妈，有什么不舒服就要说，不要怕麻烦，任何一点不舒服都要随时给我打电话。"

父亲不止这样说，也身体力行。爷爷奶奶虽然一直身体硬朗，但也时常有些小病小痛，他们对父亲很是信任和依赖，每每有事都第一时间想到他。每一次陪着去医院，从挂号、问诊到取药，父亲都亲力亲为，全程包办，把爷爷奶奶健康方面的问题处理得妥妥帖帖。

记得有一次，爷爷因为痛风腿脚疼得厉害，父亲知道后马上带他去医院治疗。由于爷爷当时痛得无法行走，更加爬不上楼梯，父亲见状二话不说，背着他一趟趟上下楼梯，把自己也累得够呛。

那时父亲也有五十多岁了，平时又少于锻炼，回家母亲知道后，心疼他："你不知道请人帮忙啊？"父亲回答："当时也顾不上那么多。"

其实我心里明白，以父亲的能力，找个人帮忙并非难事，可他之所以坚持亲力亲为，是因为在他心中，这是为人子女应尽的责任，是一份无法用言语替代的深情厚意。

二

父亲对爷爷奶奶的关心，融入在日常的点点滴滴中，也体现在生活的

2021年奶奶过生日

2022年奶奶过生日

方方面面。既受父亲的影响，也因爱屋及乌，一直以来，我对爷爷奶奶也格外关心。

每年爷爷奶奶的生日，都是家里的大事，大家会齐聚一堂为他们祝寿，我每次也都精心准备。奶奶总说我眼光尖，瞄一眼就能知道他们缺啥。以至于我去看望他们时，奶奶还会特意多戴几件首饰，就怕我又给她买东西。

其实我送出的礼物，承载着我和父亲的双份心意，自然也能收获双倍的快乐。爷爷奶奶开心，父亲也高兴，所以我格外乐意。

2022年，正赶上爷爷九十大寿。为筹备好这场寿宴，我们一大家子早早地就开始出谋划策，儿孙两代人齐上阵。作为长孙女，我担当起活动的总策划，把弟弟妹妹们约出来一起商量。

虽说只有我们四姐弟，可个个都有本事。妹妹学播音主持专业，弟弟是编导专业毕业，很快，我们就梳理好了整个流程。妹妹理所当然地成了活动主持人，接着，我们敲定了录制VCR暖场环节，内容是采访每个家庭成员；开场重头戏是我们四个孙辈合唱《生日祝福歌》；还准备穿插PPT作为背景播放，主要内容是回顾爷爷前半生的重要经历和高光时刻。

为让现场氛围更温馨、更热烈，我们一致决定，父辈们也得表演节目，比如合唱一首《父亲》。于是，我们建了个微信群，马上把这个提议发在群里。三个叔叔很快就响应了，在后续准备过程中，还时不时分享自己练歌的小视频。

但父亲对此却没有明确表态，也一直没动静。我估计他不会参加合唱了，不过肯定在谋划着什么，这让我满心好奇。

三

那天，爷爷的寿宴热闹非凡，宛如一场盛大且温馨的庆典，每一个瞬间都洋溢着喜悦与幸福，深深烙印在我们每个人心间。

家人们精心准备的VCR，恰似一条时光隧道，将对爷爷的祝福与心声娓娓道来。那一句句饱含深情的话语，仿佛带着温度，在空气中悠悠流淌。我们孙辈同样用心制作了PPT，把爷爷往昔的岁月一一呈现。看着PPT里爷爷走过的光荣前半生，那些奋斗的足迹、坚毅的眼神，让我们对爷爷的敬意愈发深厚。

宴会期间，叔叔婶婶们纷纷登台，一展歌喉，歌声里满是对爷爷的祝福。音符在空气中欢快跳跃，传递着浓浓的亲情。而父亲的节目，一直像神秘宝藏，令人满心期待。当他作为代表发言祝辞后，朗诵了一首《龟虽寿》：

神龟虽寿，犹有竟时。
腾蛇乘雾，终为土灰。

● 2022年，爷爷90岁寿宴上，父亲现场朗诵《龟虽寿》

老骥伏枥，志在千里。

烈士暮年，壮心不已。

盈缩之期，不但在天；

养怡之福，可得永年。

幸甚至哉，歌以咏志。

这是曹操在晚年写的一首哲理诗，诗里洋溢的乐观精神，恰似冬日暖阳，流淌在这方小小的空间里。父亲满心期望借由这些诗句，将无尽的鼓励与美好的祝福传递给爷爷。

在家人们的鼓励下，爷爷奶奶激动地发言了感言，一度激动到落泪。爷爷更是表态："我要健健康康再活十年，迎来百岁寿辰！"

父亲坐在爷爷身旁，听到他的表态后满脸欣慰，爽朗大笑。看着自己的父母高寿且健康，父亲的心中一定是幸福快乐的，他也期待着这个百岁寿辰的到来。

父亲吟诵《龟虽寿》的样子清晰如昨。他认同和践行着诗中的理念，在职业生涯的每个工作岗位上，始终兢兢业业并锐意进取，取得了令人瞩目的成就。

爷爷后来也常念叨，他为有这样一个儿子感到无比自豪。

◐ 2022年春节，爷爷奶奶跟父亲合影留念，我为他们准备了红色新衣

"其实做个普通人也幸福"
——老二赞群与大哥

赞叔叔排行老二，比我父亲小两岁，在兄弟中，他俩年龄最为相近。虽说如此，赞叔叔童年时和我父亲相处的时光却并不多。

爷爷因家庭成分的缘故，工作单位离家很远，平日里都不回家，家里大大小小的事务全靠奶奶操持。奶奶一边工作，一边照顾家庭，精力实在有限，所以我父亲从一岁多起，就被送到太婆和叔叔们那里抚养。

上小学后，父亲每个周日和寒暑假才能回到自己家，这也是他们兄弟一起玩耍最多的时候。

"我印象最深的，就是大哥的胆子特别大。"赞叔叔说。他提及一件至今仍让他心有余悸的事。

乡间田野上有一种常见的辣蓼草，别称醉鱼草，是一种带有辛辣味道的植物，叶子和茎杆会散发出辛辣气味。把它砸碎后扔到池塘里，不久就会有鱼儿自动浮出水面。

有一次，父亲带着三个弟弟，扯了些辣蓼草弄碎后丢到池塘里去"闹鱼"。他径直朝着池塘深处走去，想捞浮出来的鱼，没想到走进了一个泥潭漩涡，陷了进去。他挣扎了一会儿，却无济于事，反而越陷越深。

站在岸上的三个弟弟顿时急得手足无措，赞叔叔年纪稍长，赶忙也往池塘里走，伸手去拉我父亲，一时竟拉不动。另外两位叔叔也来帮忙，他们去拉赞叔叔，三个人费了好大的力气，终于把我父亲拉了出来。

上岸后的四兄弟吓得不轻，知道自己闯了祸，回家后默契地对这件事绝口不提，从未向父母说起过。从那以后，他们再也不敢去池塘"闹鱼"了。

赞叔叔回忆道，大哥从小就非常懂事，也很乐意带着他们几个弟弟一起玩。除了"闹鱼"，还带他们去附近的山上玩，去河里网鱼、抓黄鳝、捉青蛙。有时候，四兄弟也会和别人打架，在那一片，几乎没有他们打不赢的架。

除了闲暇时的玩乐，他们平时也要面对生活的艰辛。每逢暑假，他们都要去舅舅、姑妈和叔叔家帮忙"双抢"，大概一个月时间，先抢收早稻，再抢种晚稻，收割、扮禾、插秧，十分忙碌。

虽然爷爷奶奶都是教师，家庭条件在村里相对较好，但家中人口多、负担重，并不宽裕。父亲常带着弟弟们勤工俭学，贴补家用，一起摘茶叶、收木薯、捡菌子。

有时候奶奶工作忙，放学后不能按时回家，她就早上把菜做好，父亲和赞叔叔负责煮饭。他们俩，一个才六七岁，一个四五岁，那时还没有电饭煲，煮饭是用铁链吊着铁锅，里面装好水和米，再在下面烧柴火，一顿操作下来很不容易。

有一次，奶奶要去偕乐桥中学培训两天，几兄弟在家里把准备的菜都吃完了，最后吃了几十个黄皮辣椒，都被辣得不行！奶奶培训结束回家那天，我父亲带着弟弟们站在山坡上，远远望着她回来的路，一看见她的身影出现，就高兴地挥手，父亲还特意提前泡好了一杯茶。

1979年，父亲考上了湖南中医学院（现更名为湖南中医药大学），离开灰汤前往长沙读大学。不久后，赞叔叔也来到了长沙，就读于电子技工学校，父亲去车站接他，并陪他去学校办好了各项入学手续。

在读大学期间，两兄弟往来比较频繁。父亲的学校在东塘，赞叔叔的学校在南门口附近，相距不远，有空时他们都会去对方的学校看看。

父亲跟赞叔叔还留下了几张珍贵的合影，一张是在湘江一桥底下，一张是在爱晚亭。"那张我俩在一桥的照片，直到现在都深深印在我的脑海里。"赞叔叔说。

赞叔叔是个很勤快的人，小时候就承担起照顾弟弟们和做家务的责任，长大后，四兄弟中只有他选择下海创业，走上了另一条奋斗之路。

90年代，赞叔叔创业之初，父亲曾为他牵线卖了几台发电机，但赞叔叔心里过意不去，觉得不应该依靠大哥和弟弟们做生意，决意靠自己闯荡，也表明了内心想法。

因此这么多年来，虽然父亲的人脉越来越广，拥有的资源也越来越多，但他和两位叔叔从来没有为赞叔叔的生意打过招呼。赞叔叔的生意一直中规中矩，规模小，也没赚到什么大钱，但他心里踏实，对现状安稳知足。

父亲跟弟弟们多年来一直兄友弟恭，相互支持，从未红过脸。他对赞叔叔唯一一次说过重话，是在新冠期间。

疫情之初，因为爷爷奶奶都已是八九十岁高龄，家里为了保护他们不被感染，商量出不让二老出门，子女们也不上门探望的方案，只把生活必需品送到他们门口。

但赞叔叔担心二老长期不出门在家无聊，于是趁着有天下午天气晴好，叫他们下楼来散步，并陪他们聊了会儿天。

没过两天，奶奶出现了疑似新冠症状。一时间，大家都很着急。赞叔叔结合自己之前陪二老散步的观察，推测奶奶之前就疑似感染了，只是潜伏了几天才发作。当即就表示要上门去探望。

他把想法跟父亲说了之后，父亲罕见地在电话里发了很大的脾气，他直接喊了赞叔叔的名字："李赞群啊！现在情况不明朗，我说了不要上门你就不要去！"

父亲一直是个极为孝顺的人，在新冠期间，更是因为爷爷奶奶属于高危人群而担心不已，时刻密切关注着他们的情况。在严防死守的情况下，奶奶被感染了，他感到十分懊恼，也觉得在这关键时刻，大家必须统一行动，不能各自为战。作为大哥，他必须表明态度，组织大家以科学的治疗方案陪伴爷爷奶奶度过危机。

"我们儿时的一些小吵小闹，我根本不记得了，这是唯一一次大哥对我发脾气。他很孝顺，可能是误会我带爷爷奶奶出去散步导致他们感染了，所以很生气。"赞叔叔补充道。

"大哥是个非常了不起的人，他一个人承担了很多。以前他非常开朗，到了后面那些年，我觉得他的话越来越少，比较沉默。其实我觉得做一个普通平凡的人，幸福感并不会减少，不需要背负那么多，反而自在快乐些。"赞叔叔感慨着。

诚然，作为父亲的亲人，关心的并不是他能飞得多高多远，而是关心他是否自在快乐。

"上阵亲兄弟"

——老三伟群与大哥

伟叔叔是我爷爷奶奶的第三个孩子。他的成长经历和工作环境与我父亲极为相似，朋友圈子也时有重合。因此，在一众兄弟当中，他们俩最有共同话题，也最能相互理解。

伟叔叔在宁乡一中读高中时，我父亲已经在县中医院参加工作了。闲暇之际，父亲时常挂念着伟叔叔。他会亲自下厨做好饭菜，然后带着母亲一起送去学校，给弟弟改善伙食。周末放假时，父亲也会喊伟叔叔来家里吃饭。父亲比较拿手的菜是煮鱼，在那个时候，市场上鱼的种类并不多，常见的主要是鲢子鱼。难得从学校出来吃上一顿家常饭，伟叔叔对父亲做的鲢子鱼赞不绝口，这道菜也成了他记忆中大哥独有的味道，他总是念叨着："大哥煮的鱼真好吃！"

高中毕业后，伟叔叔前往湘潭读大学。他每次回灰汤，都要路过宁乡县城，所以也会顺道来家里看看。我出生的时候，恰好伟叔叔过来。他和我父亲兴奋地讨论着，女孩子长大后应该去学跳舞和弹琴。

在20世纪80年代，大多数人家里都没有安装电话，通讯极为不便。于是，父亲让伟叔叔赶紧回灰汤，给我爷爷奶奶报喜。我是大家庭中这一代的长孙女，而且奶奶生的四个孩子都是儿子，所以得知我出生的消息后，爷爷奶奶欣喜万分。他们收拾好东西，就从灰汤赶到家里来看我，还送上了一个100元的大红包。

又过了两三年，父亲当上了宁乡县中医院院长，伟叔叔也在宁乡参加了工作。他最初在乡镇锻炼，后来回到了县城。因为两家住得很近，伟叔叔经常过来走动。早年间，他的长相和我父亲有七八分相似，有时候他来家里，隔壁邻居会傻傻分不清，冲着他就打招呼："李院长，回来了啊。"

据父亲说，他有时候走在外面，也会被别人错认成伟叔叔。

伟叔叔和我父亲的兄弟感情极为深厚。有一次，几个病患家属因为医疗纠纷来我家里闹事。一帮人来势汹汹地堵在家门口，不停地用脚踢着铁门，其中还有人扬言随身携带了枪支。母亲拼命拉着父亲，让他躲回卧室，任凭对方如何叫骂，坚决不开门。他们闹了半个多小时，见没有回应，便渐渐散去，临走时还撂下狠话，晚上还会再来。

父亲当时年轻气盛，白天被迫躲了一次，晚上说什么也不愿再躲。考虑到对方人多势众，他打电话叫了几个单位的年轻小伙子，还打电话叫来了伟叔叔帮忙。傍晚时分，那帮医闹的人果然又上门了。这一次，父亲敞开了门，等着他们。对方气焰嚣张，上来就开始叫骂。伟叔叔比我父亲小五岁，当时才二十多岁，本就天不怕地不怕。见对方跑到自己大哥家寻衅滋事，他冲上去，结结实实地扇了对方领头的那个人一个耳光。伟叔叔的强大气势顿时震慑住了那帮人，对方见他是个硬茬，气焰不由自主地弱了几分。再加上看到父亲这边已有准备，知道讨不到便宜，便只能就事论事，向父亲提出诉求，坐下来商量解决方案。

后来，伟叔叔因为工作表现优秀，被调到了长沙工作。几年后，父亲也通过干部遴选，调到了省直单位。这一时期，我们两家依旧住得比较近，相距大约只有两公里，依旧保持着密切的往来。加上父亲刚到新单位，对环境和人员都不熟悉，所以和伟叔叔的往来更为频繁。父亲母亲经常带着我去青少年宫伟叔叔家玩，他们也时常来我家做客。

父亲对伟叔叔十分关心。有一次，他们俩一起在朋友家玩，吃完饭后，伟叔叔突然晕倒，从凳子上跌落在地。父亲见状大惊失色，赶忙跑过去将他抱起，简单查看后，迅速掐他的人中，帮助他恢复意识。事后，父亲再三叮嘱伟叔叔一定要去医院检查身体，好好调理，平时不要太劳累，还打电话给婶婶特意强调了这件事。此后，几乎每次家庭聚餐，父亲都绕不开一个话题，那就是提醒伟叔叔要注重保养，注意身体。

堂弟高考完办升学宴那天，伟叔叔邀请了许多亲朋好友一起庆祝。席间气氛热烈，可他突然接到上级领导的电话，需要回办公室处理一件紧急工作。于是，他委托我父亲留下，替他主持大局。父亲和伟叔叔有很多共同的朋友，有些人即便没见过面，也早有耳闻。伟叔叔离席后，他的朋友们把原本要敬他的酒，纷纷敬给了我父亲。而父亲为了招待好大家，几乎来者不拒，最后喝得酩酊大醉。伟叔叔后来跟人打趣道："儿子办升学宴时，我提前走了，最后大哥替我留在那醉得不行。"

父亲对这个弟弟寄予厚望。伟叔叔和父亲一样，都年轻有为。他们先后从灰汤农村走出来，考上大学，并凭借自身的才能，很快闯出一番名堂，得到了社会的认可。党的十八大之前，工作上应酬喝酒颇为流行，父亲酒量不好，难免有喝醉的时候。我印象比较深刻的是，有一次父亲喝醉后回来，躺在沙发上，口中无意识地嘟囔了一句："伟群啊，你要争气啦！"父亲虽然一直是弟弟们的榜样，但他心里也很希望伟叔叔能够青出于蓝，比自己更优秀。

父亲对这个弟弟还给予了别样的信任。他在工作方面的事情，很少跟家里人交流，唯独和伟叔叔在重要事情上保持着充分沟通。后来父亲受到新冠后遗症的影响，精神十分困顿，可他始终选择自己默默承受。直到那年春节，我们照例陪着爷爷奶奶一起过年，从除夕的中餐开始团聚，一直到初二吃完中餐，之后叔叔们就要带着妻儿各自前往岳父母家中。初二那天，分别之前，父亲思虑再三，对伟叔叔简单说了一句："伟群啊，春节早点回来，回来后联系。"伟叔叔神情中有些惊讶，但他对大哥的性情比较了解，便没有多问，只是点头回了句："好！"

父亲的事情发生后，成了伟叔叔心中深深的伤痛。面对父亲的照片，他除了哽咽和沉默，几乎说不出任何话。"大哥，既然这样，那你就一切都放心吧！"伟叔叔最后这样说。他有很多遗憾，有很多想为大哥做的事情，他决心撑起这个大家庭。

"他是我的人生榜样"
——老幺大群与大哥

大叔叔在兄弟中排行最小，比我父亲小了整整八岁。他读小学时，我父亲就已离开灰汤去上大学了，所以他儿时记忆里关于大哥的印象较为模糊。

唯一印象深刻的，是放暑假时四兄弟去抓青蛙的经历。在大哥的带领下，他们大晚上打着手电筒向池塘进发。四个人分成两组，形成包围圈，所到之处，收获颇丰。一个暑假下来，抓到的青蛙熏干后足有几十斤。

有时候，他们还会一起去抓"鱼嫩子"。拿个灯笼网，在里面放点米饭之类的食物，再压上一块石头，把网沉到水里。过一会儿来取，网里就会布满小鱼和小虾米，每次都能捞上好几斤。

父亲参加工作后，就没太多时间回灰汤了，只有逢年过节才有空回去一趟。那时交通不便，父亲带着母亲先坐公交车到灰汤，从车站到家里还有十几里路。大叔叔便主动承担起了接送他们的任务。

在乡间小道上，这个十五六岁、风一般的少年，兴高采烈地踩着自行车去车站接大哥大嫂。虽然每趟只能接一个人，需要来回好几趟，但他丝毫不觉得辛苦。

大叔叔回忆道："大哥是个很友善的人，对身边的人都很关心。同时，他也是个深受中国传统文化熏陶的人，中国讲究家文化，他对父母的孝顺、对兄弟的关心，都深深印在我心里。"

大叔叔早年在宁乡工作，2007年通过选调来到长沙，在园区驻深圳办事处做招商工作，几年后又到街道一线锻炼，负责拆迁等事务。那些年，他几乎没日没夜地拼命工作，生活中与我父亲的交集并不算多。

大叔叔虽在兄弟中年龄最小，却最为热心和勤快。2016年，大叔叔调回园区，负责重大项目招商，时间相对宽裕了一些。他自告奋勇担当起大家庭的"秘书长"，每逢家庭成员过生日，他都会在群里发消息提醒。从那以后，我们的家庭聚会变得比从前更加频繁。

他们家也成了我们逢年过节的"驻点"。大叔叔对待家庭聚餐格外用心，尤其是除夕夜。他提前几天就会写好菜单，备好食材，为了方便做菜，还特意买了一个超大号蒸锅。

我父亲有时会带一些他觉得不错的酒，和大家分享。到了餐桌上，他会颇为满意地逐一品尝大叔叔做的菜，并不忘点评一番："这个菜不错""那个菜有点咸了"。面对大叔叔的拿手好菜清炖甲鱼，两兄弟还会互相"吹吹牛"。

大叔叔说："这个甲鱼是我自己宰的，只用了半个小时！"我父亲则说："我在家里做甲鱼也是自己宰的，跟你讲，下次还可以在里面加一点肥肉提鲜。"

后来，很多家庭流行去外地过年，大叔叔也向我父亲提议过，但父亲没有同意。"反正有大哥在，这些事都是他拿主意，我听他的。"大叔叔无奈地笑着说。

谈及对大哥的印象，大叔叔沉思良久，说道："大哥在我心里是长兄的概念，俗话说长兄如父，他可能一直觉得我还是个小孩子，所以在我面前比较严肃。我们之间不是平等的交流，更多时候是大哥在提点和帮助我。"

父亲对弟弟们很关心，也很细心。早些年大叔叔刚起步时，父亲一到过年就会主动打电话给他，为他准备好一些过年的物资，让他送给同事朋友，叮嘱他处理好人际关系。

后来，大叔叔事业上了新台阶，每次家庭聚餐，父亲总会不厌其烦地提醒他，要坚守底线，坚持原则，不能犯错误。他们平时关于具体工作交流不多，但在大叔叔需要的关键时刻，父亲总是会充当他坚强的后盾，支持和鼓励他。

那时我年纪也不小了，对这个场景印象深刻。家庭聚餐的结尾，酒过三巡后，必定是父亲以长兄的身份，从工作作风和生活习惯等方面提点几个弟弟。大叔叔作为年龄最小的弟弟，除了接受大哥的教导，还有其他两位哥哥的补充发言。但他非常理解哥哥们的良苦用心，每次都谦虚配合地点头回应。

大叔叔不仅这么说，也把这些落实到了行动中。他说："大哥是我的标杆，也是人生的榜样，给了我很大激励，同时也让我内心有约束。因为榜样的力量和家族的荣誉，让我常感敬畏，人很多时候要内化于心，才能外化于形。"

　　除了严格要求自己，大叔叔还认为，兄弟情深体现在站在对方的角度想问题。因此，他在工作上尽量不麻烦哥哥。他们兄弟间也达成了一种默契，工作方面从不相互打招呼，不给彼此添麻烦，更多的是理解和支持。

　　大叔叔负责招商工作时，父亲正在筹划建立全省的医疗器械产业园，并将其打造成全省医疗器械的标杆，成为"政策洼地"和"产业高地"。如果这个项目落户在大叔叔工作的园区，无疑对他的工作会有极大的帮助。

　　大叔叔小心翼翼地询问，是否可以考虑放在他那里，毕竟长沙产业更为成熟，园区实力也更强。但父亲一口回绝了他的提议，理由是产业园区要打造成标杆，离不开当地政府的高度重视和大力支持，相较而言，湘潭的综合条件更为成熟。

　　对此，大叔叔表示深刻理解和敬佩。在他心里，大哥是一个有梦想、有激情的领导干部，很多领导在退休之际都求稳，但他大哥却一心想在平台上干成一些有意义的事情，甘愿担着风险推动医疗器械行业的改革与发展。面对大哥的梦想，大叔叔觉得自己一时的业绩并不那么重要。

　　当然，对于大叔叔的需求，父亲也不是全然拒绝。疫情期间，大叔叔有个朋友，看到学校里的师生买不到口罩，觉得自己应该出份力，于是购买了口罩生产线。大叔叔被他的大义所感动，不仅为他提供场地用于生产，还带他去了父亲的办公室。父亲听闻后，向他讲解了疫情期间应急审批的政策，并安排专家进行指导，在很短的时间内就拿到了批文。之后，大叔叔的这位朋友加班加点生产了几批口罩，并无偿捐赠给了学校。

　　父亲对这个最小的弟弟倾注了很多关心，他总是以长兄的视角关注着他的成长，为他操心。而大叔叔也没有辜负他的期望，一直以他为榜样，激励自己不断进步。在后来的几年中，父亲也逐渐意识到这个弟弟已经长大了，可以独当一面，开始以信任和欣赏的眼光看待他，并为他感到骄傲。

　　大叔叔和我父亲之间并没有太多惊心动魄的往事，而且由于年龄差，他们兄弟俩相对相处的时间更少一些。"我觉得兄弟之间这种细水长流的亲密更为难能可贵，在我需要的时候，大哥一直都在。"大叔叔这样说道。

第三章 温情的丈夫

期待春花开

一

我的母亲，是一位聪慧善良、美丽纯真的女子。年轻时，她常年留着一头如瀑布般的黑色长发，柔顺地披散至腰间。那灵动清澈的眼眸，笑起来顾盼生辉，恰似夜空中闪烁的繁星。

母亲十分时髦。夏天，她钟情于无袖长裙，纤细的腰身与垂至脚踝的宽大裙摆相得益彰，再配上一双高跟鞋，走起路来摇曳生姿。到了冬天，因怕冷，她最常穿的是一件毛领皮大衣，那是父亲花了几个月工资特意跑去省城购置的。

母亲以优异成绩从衡阳医学院（现南华大学）毕业后，先后在宁乡县人民医院和湖南省人民医院工作，早早便晋升为主任医师。数十年相对单纯的工作环境与生活圈子，加上父亲的悉心呵护，即便年过六十，母亲依旧保养得宜，还保留着几分少女心性。

在母亲与父亲结婚的近40年里，有过浪漫心动与海誓山盟，也经历过小吵小闹和委屈心酸。但最终，定格在岁月里的，是他们相见两欢、坚定守护且不离不弃的爱情。

二

1962年，母亲出生在湖南宁乡县的一个知识分子家庭，父母皆是老师。外公当了一辈子初中数学老师，在县城北中学等多所学校任教；外婆起初是语文老师，后来改行到百货公司做了会计。外公外婆仅育有两个女儿，取名极具时代特色，分别是"又红""又专"，母亲作为小女儿，名为"又专"。

母亲的童年与父亲颇为相似。她的父母忙于工作，还要照顾三岁多的大女儿，精力和时间都捉襟见肘。于是，七个月大的她被送到外婆家抚养。

外婆给予了她无微不至的关怀，两人感情极为深厚。可也正因从小在外婆身边长大，母亲性格有些内向、敏感，与自己的父母并不亲近，甚至一度抗拒回到自己家中。这一点，与父亲儿时闹着要回家截然不同。

母亲上小学时，父母提出接她回去，可她宁愿每天上学放学多走五六里路，也要回到城郊与外婆同住。直到小学三年级，她才拗不过父母，回到家中。

母亲自幼聪颖好学，成绩在同龄人中出类拔萃。她在宁乡一中读高中，1978年参加高考，成功从千军万马中脱颖而出，成为那个年代难得的大学生。

母亲赌气般想去远方的城市读大学，填报志愿时偷偷报了黑龙江商学院。填报完回家后，遭到外公外婆的强烈反对。外婆要求母亲只能填报湖南的大学，而外公则要求她只能在医生和老师这两个专业中选择。

母亲以为志愿已成定局。然而，外婆执拗地一路寻到保管档案的招待所，恰巧负责的老师是她朋友，热心表示可以更改志愿。于是，在外婆的要求与监督下，母亲满心不情愿地将志愿改为——第一志愿湖南医学院（如今的中南大学湘雅医学院）、第二志愿衡阳医学院（如今的南华大学医学院）。

原本母亲对被第一志愿录取胸有成竹，可后来发现语文试卷她只做了80分分值的题，另外20分的古文题漏做了；加之物理考试发挥失常，最终竟以一分之差与重点本科失之交臂，被第二志愿录取。

三

1983年，母亲参加全国医学院统考，取得了益阳市的最高分，以优异成绩大学毕业。

同年，宁乡县从益阳划出，归至省会长沙管辖。那一届宁乡籍学生的

⬤◯ 1985年时的父亲和母亲

工作分配仍由益阳市卫生局负责，但无法分配到长沙市，只能分配到下面的区县。一番波折后，母亲被分配到了宁乡县人民医院。

到了医院，母亲想去妇产科工作，院长却以她体格和力气小为由，建议她去大内科，认为大内科接触的疾病种类繁多，能积累更丰富的知识与经验。

1984年，大内科来了一个年轻人，是宁乡县中医院送来进修的。他身形瘦削，戴着一副黑框眼镜，下巴上留着不修边幅的胡茬，穿着当时流行的大喇叭裤。他，便是我的父亲。

起初，父亲的到来并未引起母亲的注意。甚至在最初的一个多月里，他们都未曾说过话，一切看似风平浪静。

直到有一天，医院工会主席来到科室，说要组织活动，通知每个科室准备两个节目。就在大家相互推让之时，父亲突然主动报名，"我会唱歌，我可以表演一个节目！"

工会主席听后十分高兴，问父亲准备唱哪首歌。父亲顺势提出想要一个女搭档表演男女合唱，并且点名要母亲一起。

母亲性格腼腆，又与父亲不太熟悉，本想开口拒绝。可工会主席哪肯放过这现成的节目，不由分说便将合唱定了下来。

> "我从山中来，带着兰花草。种在小花园，希望花开早。
> 一日看三回，看得花时过。兰花却依然，苞也无一个。
> 转眼秋天到，移兰入暖房。朝朝频顾惜，夜夜不相忘。
> 期待春花开，能将夙愿偿。满庭花簇簇，添得许多香。"
>
> ——《兰花草》

这是胡适的一首诗，后被改编成歌词，也是父亲母亲第一次合唱的曲子。

单位的食堂就是演出场地，他们一同登上舞台，同事们里三层外三层地围聚观看。彼时，父亲看着面前娇俏的女孩，心中爱情的种子已然萌芽，满心期待着花蕾绽放的时刻，唯有母亲还浑然不知这曲中的深意。

第二天，母亲查房时，有个病人问她，"胡医生，昨天跟你一起唱歌的是你男朋友吗？"

母亲不假思索地回答道："当然不是啦！"

四

之后的一段时间，母亲和父亲又恢复到从前的状态，交流依旧不多。但毕竟同在一个科室，又有过同台表演的经历，关系还是渐渐熟络起来。

那时母亲经常值夜班，从下午五点一直到次日早上八点交班。一天清晨，刚过七点左右，母亲正在写病历，父亲也早早来到科室。他穿着大喇叭牛仔裤，一边啃着馒头，一边有一搭没一搭地和母亲聊天，陪着她值班。

母亲对他依旧爱答不理，可女孩子脸皮薄，只能礼貌性地敷衍着。

一个有意靠近，一个不好意思拒绝，他们接触的机会愈发多了起来。

有一次，父亲故意和母亲打赌，约定输的人请客。

不出所料，父亲打赌输了。

母亲说："算了，不用你请客了。"

父亲坚持道："君子一言驷马难追，那必须得请！"

于是，他们一同来到单位附近的副食品店。父亲给母亲买了她平日里最爱吃的零食和糖果。

母亲吃着糖果，那甜甜的滋味，仿佛带着爱情的味道。

从这一天起，母亲和父亲之间发生了微妙的变化。

缘定终身

一

1985年，宁乡县组织医疗系统在文化宫举办文艺汇演，要求每家医院都准备一个节目。父亲母亲分别代表不同单位，在舞台上再度碰面。母亲与另外三个女孩代表县人民医院表演舞蹈，父亲则和几位同事代表县中医院跳交谊舞。

演出前那几天，大家频繁在文化宫彩排、熟悉场地。有一回排练结束，天色渐晚，父亲关心地询问母亲住在哪里，想送她回家。母亲说家就在文化宫旁边，走几分钟就到，便婉拒了父亲。

两天后的黄昏时分，父亲敲响了母亲家的门。当时母亲和父母住在一起，开门看到这位不速之客，她满脸惊讶，害羞得手足无措。外公外婆热情地招待了父亲，关切地询问他的个人情况。父亲早有准备，对答如流，大方地介绍了自己的家庭情况：父母都在灰汤当老师，家里有四兄弟；也介绍了自己：毕业于湖南中医学院，在县中医院当医生。

外婆听后，对这些情况颇为满意，说自己也曾在灰汤教过书，便问父亲父母的姓名。父亲如实回答。外婆听后十分欣喜，说道："我和你父亲是老同事啊！你父亲非常优秀，是个大好人，在学校还帮我担过水呢！"因为和爷爷是旧相识，再加上父亲大方得体的谈吐，外婆对这个小伙子很认可，事后还说："他父亲为人那么好，儿子肯定错不了！"外公则没有明显表露好恶，只是对父亲穿的大喇叭裤和留的胡子不太满意，说："多观察观察。"

父亲一直对外公外婆孝顺又周到。多年后，外公病重，父亲不仅安排

父亲和母亲的结婚照

了医院和护工，还不辞辛劳，一趟趟从长沙跑去宁乡探望，更是一手操办了后事。种种举动，不是亲儿子却胜似亲儿子。我想，外公观察了一辈子，心里对这个女婿肯定十分满意。

二

由于在县里文艺汇演中表现出色，单位决定送母亲和其他三个女孩去舞蹈班学习。母亲一开始不太愿意，担心自己没基础学不好。父亲便自告奋勇，说先教母亲跳交谊舞。单位宽敞的楼顶成了他们练习跳舞的场地，跳的是慢三。

"一二三，二二三，转！"父亲带着母亲翩翩起舞，母亲的裙摆随着舞步摆动，发丝在风中飞扬，唯美又优雅。"哎呀，又踩到你啦！"母亲又一次踩到父亲的脚，停下舞步，一脸歉意。父亲捂着脚，又疼又觉得好笑。

年轻时的父亲充满活力，开朗热情，爱时髦，能唱歌、会跳舞，还喜欢踢足球。父亲的出现，为母亲打开了新世界的大门，让她原本有些单调的生活瞬间变得丰富多彩。

"你跳舞是在哪儿学的啊？"

"读大学的时候学的！"

"那你平时都去哪儿跳呢？"

"就去宁乡大饭店的舞厅跳，下次我带你去。"

"你足球是在哪儿踢呢？"

"体育场有足球场，那儿有很多足球爱好者，去了就能踢。"

"那你能踢进球吗？"

"那当然！虽然我不打全场，但上场一般都能进球！"

三

往后的日子，母亲上夜班时，父亲会去看她，陪她聊天。下班后，他们相约去南门桥边散步，有时周末也会一起外出郊游。母亲当时一门心思想考研，每次好不容易坐在宿舍看书，父亲总会出现在她面前："别看书啦，跟我出去玩。"母亲便又放下书本跟他出去。在父亲坚持不懈的"捣乱"下，临近考试，母亲书还没看完，最后虽然专业成绩不错，但英语没达标，与理想的西安医学院失之交臂。医学院的教授爱惜人才，看母亲专业成绩好，写信鼓励她来年再考。

"别考研究生了吧？"父亲把信丢到一边，生怕母亲去西安。

"都怪你，每次都打扰我学习！"母亲嗔怪道。

春天到了，父亲约母亲去郊外摘映山红。那天风和日丽，漫山遍野的映山红开得娇艳欲滴。父亲不停地把摘来的花递给母亲，不一会儿，母亲手里就捧了一大把。突然，父亲又递给母亲一张纸。那是张信纸，被整齐地折起来，里面是父亲写的表白诗。母亲读完，害羞地用手中的映山红挡住了脸。

四

他们谈恋爱时，有一次父亲去北京出差，一回来就兴高采烈地跑去母亲宿舍。他递给母亲一个大盒子，说："这是我在北京给你带的礼物，打开看看。"盒子里是一双皮鞋，内里有绒毛，既保暖又洋气。母亲很惊喜，问他："这皮鞋多少钱啊？""不贵，就两个月工资，你喜欢就好。"父亲霸气地回答。

父亲不仅在恋爱初期用心，在之后的岁月里，他的浪漫和对母亲的挂念也从未间断。在物流没现在发达、物资没现在充裕的时候，父亲每次去外地出差都会给母亲带礼物。我参加工作后，有一次父亲去欧洲公务考察，途经意大利时，特意给我打电话。他说和大家一起在逛商场，听导游介绍当地的羊绒大衣特别有名，想给母亲买一件带回来，问我哪个款式好。父亲说的羊绒大衣价格昂贵，又是他几个月的工资。因为每个款式对应的尺码不太好确定，我便回复父亲说我会帮他买好。近几年，长沙发展越来越好，父亲出差便不再带东西回来，但他对生日、节日和纪念日的仪式感从未减少。母亲一直都是那个能收到礼物和花的人。

五

恋爱几个月后，父亲带母亲回了灰汤，正式向爷爷奶奶提出第二年结婚的想法。爷爷奶奶看着如此般配的两人，喜出望外，当即表示支持，还特意为小两口赶制了一套全新的家具，床、桌子、凳子、书柜一应俱全。

当时，母亲和父亲都住单位的房子，和室友合住一间。得知母亲要结婚，她的室友马上申请搬出去，正好单位有空房，很顺利就办成了。就这样，母亲拥有了自己的一间屋子。

爷爷奶奶定制的家具做好后，运到了这里。母亲又托朋友帮忙，给家具仔细地上了一遍好看的漆。他们把婚纱照挂在墙壁中间，再买来一套喜庆的被褥换上，新房就布置好了。虽然屋子不大，但两人心里都无比满足

○ 1986年，父亲在杭州旅游时留影

和甜蜜。

1986年5月，父亲母亲举行了婚礼，在饭店摆了十桌酒席招待宾客。婚礼结束后，两人还剩1200块钱，准备用来蜜月旅行。临行前，外婆给父亲缝了一条布腰带，把钱放在里面。父亲带着这条"金腰带"，和母亲去了首都北京，接着围着江浙沪玩了一圈，途经杭州、苏州、无锡、南京、上海。这对年轻的小夫妻第一次见识到外面广阔的世界，领略了首都的庄严大气、上海的繁华摩登、苏杭的秀美精致。一切都让他们倍感新奇，也激发了对未来美好生活的无限憧憬。他们在天安门打卡，在西湖泛舟，在黄浦江边漫步，在狮子林欣赏亭台楼阁，在夫子庙品尝地道小吃。

蜜月结束后，"金腰带"已经空了，只剩下100块钱。

"面包会有的！"父亲有着千金散尽还复来的豪情。

天上星，亮晶晶

一

1987年春节刚过，母亲发现自己怀孕了。这个消息让她和父亲既欣喜又忧虑。欣喜的是，他们迎来了爱情的结晶；忧虑的是，母亲患有关节炎，那段时间一直在接受治疗，不仅服用了抗风湿的药物，还照过X光。

身边的医生同事从专业角度考虑，都劝说他们放弃这个孩子。父亲母亲陷入了深深的纠结之中。当时母亲关节炎症状较为严重，身体十分虚弱，于是他们决定先观望一段时间，至少要先把身体调养好。

那段日子，母亲过得十分煎熬。她孕吐反应强烈，吃什么都难以下咽。按常理，孕期最好不要服用止吐药，但母亲实在难受，只能依靠药物来稍微缓解。父亲心疼不已，每天无微不至地照顾着她，承担了所有的家务。原本打算先养好身体，再决定是否留下孩子，可由于母亲身体一直未能恢复，这个计划只能被迫搁置。

就这样，我在母亲的肚子里慢慢成长。

一天，母亲正躺在床上休息，突然想起春节前和父亲一起看电影的场景。电影里有个镜头，许多小朋友在欢快地奔跑、追逐、嬉戏。父亲当时看着屏幕，流露出羡慕的神情，说想要拥有自己的宝宝。

母亲从床上坐起来，坚定地对父亲说："我想好了，不管这次结果如何，我们都要坚持到底，一定要把孩子生下来！"

父亲见母亲做出了决定，也鼓励她："我们一起加油，坚持到底！"

二

从这天起，母亲更加注重养护身体，开始保胎。

她每天都感觉肚子不太舒服，只能一直喝中药维持，有时甚至需要去产科打吊针。由于身体虚弱，承受不了冰冷药水的刺激，每次打吊针前，都得先用热毛巾包住吊瓶加热。

父亲变得更加勤快体贴，白天上班，下班后就忙着做饭、洗衣，无微不至地照顾和陪伴着母亲。

他们对宝宝充满了无限美好的期待与憧憬，可又止不住地担心药物和X光会对宝宝产生不良影响。这几乎成了他们每天必谈的话题。

母亲说："我们这么努力地想保住宝宝，她应该不会有问题的。"

父亲点头赞同："我也觉得不会！"

母亲又问他："你喜欢男孩还是女孩？"

父亲想了想，回答道："喜欢男孩吧。"

母亲说："我想要女孩。如果是女孩，我就给她织毛衣；要是男孩，就去外面买现成的给他穿。"

父亲笑着补充："其实男孩女孩我都喜欢。"

母亲接着说："那如果是女孩就跟我姓，如果是男孩就跟你姓吧。"

"好呀！"父亲爽快地答应了。父亲母亲虽然心怀担忧，但更多的是乐观积极地面对，这种心态也鼓舞着肚子里的小生命更加坚强茁壮地成长。

三

时间一天天过去，父亲和母亲数着日子，终于熬过了七个多月。

母亲很开心，觉得宝宝应该保住了。根据医学常识，此时的宝宝基本发育完成，即便早产，也能在保温箱里存活。

一想到这儿，她的内心便充满了动力。于是，她又给自己定了个小目标，希望宝宝能尽量在肚子里待到足月。

10月下旬，正值层林尽染的深秋。母亲离预产期只有三周了。这天，是她怀孕以来第一次去做B超，想看看胎儿是否入盆，胎位正不正。检查结果显示，离入盆大概还有一段时间，于是母亲安心回家继续等待。

没想到，当天晚上，父亲母亲刚看完电视准备睡觉，临近十二点时，母亲的羊水突然破了！

他们瞬间紧张起来，赶忙准备去产科。母亲是医院职工，住的单位宿舍离产科只有几分钟路程，但她当时疼得无法走路。父亲只得在大半夜去找邻居帮忙，慌慌张张地敲开了隔壁的门，找人一起把母亲抬去了产科。

不知是太过焦急，还是不好用力，母亲体重不足百斤，可抬着她走完这短短一段路，父亲已是满头大汗。

四

好不容易到了产科，母亲马上被推进了产房，父亲作为家属也一同进去了。

生产的阵痛让母亲每分每秒都备受煎熬，父亲在一旁干着急，却帮不上忙，只能手足无措地站着。

母亲后来回忆说，当时肚子剧痛，自己完全使不上劲，多亏我踩着她的肋骨主动往外挤，她便隔着肚皮用手托着我的小脚，给我助力。父亲每次听到都觉得不可思议："哪有宝宝会自己爬出来的，别听你妈瞎说。"

但我还是相信自己是那个天使宝宝。

我从母亲肚子里出来后，"哇哇"地哭了起来。

父亲立刻凑上前观察，兴奋地向母亲汇报："是个女儿！挺好的，外表看起来没问题！"

母亲说："宝宝一直在哭，说明不是哑巴，你快拿听诊器看看她心脏正不正常。"

父亲拿来听诊器，在我的心脏部位听了半天，左看看右看看，又仔细检查了一遍我的手脚。他再次向母亲汇报："心脏没问题，手指脚趾也都正常！"

循着父亲说话的声音，我的头转向了他。母亲说："你看宝宝的头会跟着声音转，她能听见声音。"

至此，父亲母亲经过一番仔细检查和"科学讨论"，确认我是个健康的宝宝，心里悬着的大石头终于落了地。

五

这一刻，父亲母亲被巨大的喜悦所笼罩，觉得自己得到了上天最慷慨、最珍贵的馈赠。先前困扰了大半年的担忧彻底烟消云散，所有的付出和坚持，因为我的降临都变得无比值得。

母亲似乎忘却了生产的疼痛，兴奋地和父亲讨论起给我取名字的事。她对父亲说："之前说好的，是女孩就跟我姓哦。"

父亲果断反悔："那可不行！女儿还是得跟我姓，名字归你取吧。"

母亲见状觉得好笑，也不再坚持，应允道："那我们先给她取个小名吧，正式的名字回去后再慢慢想。"

"叫什么呢？"父亲问。

彼时，透过病房的窗户向外望去，漫天繁星在夜空中闪烁。母亲看着怀中晶莹剔透的我，思绪万千。

她提议我的小名叫"晶晶"，既隐喻了他们的爱情结晶，又应和了窗外的星辰，同时还饱含着对未来的美好期许。

"晶晶……，晶晶，晶晶！这名字好！！！"父亲喃喃自语。

这个名字成了父亲母亲生命中最美好的词汇，从小到大，他们无数次温柔地呼唤着我的小名。我的出生，也成为了连接父亲和母亲感情的桥梁，从此以后，他们有了共同的奋斗目标和期许。

初为人父

一

出生当晚，我便被安置到了婴儿室。母亲的病房恰好就在婴儿室隔壁。她能精准地分辨出我的哭声与其他婴儿的不同。只要我一哭，她就会对父亲说："这是我们晶晶在哭呢。"父亲便立刻跑到婴儿室门口，趴在窗户边瞧我。

出生第二天清晨，护士把我抱到病房。母亲将我接进怀中，刚看我一眼，就激动地惊呼："快看，晶晶睁开眼睛了，她在看我！"父亲一听，赶忙凑过来看。我裹在褟褓里，戴着一顶蓝白相间的帽子，睁着两只大眼睛，笑眯眯地望着他们。在光线映照下，脸上尚未褪去的绒毛隐约可见。

"晶晶真可爱！"父亲满心欢喜，忍不住夸赞起来。

两三天后，母亲出院了。由于身上有伤口，走路会牵扯着疼。和来医院时一样，父亲又一路把她背回了家。

二

回家没几天，母亲发现原本皮肤白皙的我，变成了"黄宝宝"。父亲也纳闷："我们晶晶怎么不白了？"

他们还瞧见，我的脑门上有个乒乓球大小的凹陷，这可把他们吓了一跳，赶忙跑去问新生儿科医生。医生说没事儿，凹陷是因为出生时压力过大，会自然恢复，皮肤变黄也正常，多晒晒太阳就好。父亲母亲这才放下

● 半岁时的我和父亲母亲拍照留念

心来。

因为母乳不够，我平时还得喝牛奶补充。那时我的"饭量"很大，其他宝宝一顿大概喝60到80毫升，我一顿却要喝100毫升。也正因如此，我长得很快，不到40多天，就有了别的宝宝百日时那般大小。

父亲总爱逗我玩，假装在奶瓶另一端抢牛奶喝。我一边使劲儿喝，一边目不转睛地盯着他。一瓶牛奶喝完，我的额头上渗出细密的汗珠。父亲觉得有趣极了："难怪都说使出了喝奶的劲儿呢，晶晶喝牛奶都喝得出汗了。"

我的到来，让父亲母亲的花销陡然增加。母亲每月工资40多块，一半要给我买奶粉，另一半请了个保姆照顾我。父亲的工资比母亲稍低些，用来负担家庭日常开销。一个月下来，两人的工资基本花得精光。

或许是为了纪念买奶粉花的钱，母亲把我喝完的奶粉袋子都收集起来。在我儿时的记忆里，家里厨房的角落，奶粉袋子堆成了一座小山。

爷爷奶奶得知我出生的喜讯，风尘仆仆从灰汤赶来探望，还特意包了个100元的大红包，这抵得上母亲两个多月的工资了。

父亲打开红包，略显惊讶："我妈送了这么大一个红包啊，估计就因为是个女孩，她才这么高兴。"母亲附和道："有道理，毕竟你妈生的四个都是儿子，看见我们是个女儿，她肯定欢喜。"

三

尽管家里生活开销大，手头并不宽裕，但父亲对母亲向来大方。母亲怀孕前就患有关节炎，还比较怕冷，冬天要在外面套两件厚毛衣，显得很臃肿，活动也不方便。

我出生在深秋，母亲坐完月子后不久，冬天就快到了。于是，父亲特意用自己的积蓄，给母亲买了件黑色的兔毛大衣。穿上新大衣的母亲格外好看，多了几分雍容的气质，更重要的是，这件大衣让她冬天不再寒冷。

兔毛大衣价格不菲，在当时算是稀罕物件。母亲的同事们纷纷夸赞，忍不住伸手去摸，嘴里啧啧称叹："这是兔毛的衣服呢，手感就是好。"母亲心里乐开了花，一想到父亲这份疼爱，心里就暖烘烘的。

父亲母亲在生活中很有仪式感。在我出生后的半年时间里，我们一共正式去照相馆拍了三次全家福。

刚开始我长得快，40天的时候，父亲母亲带着我拍下了第一张全家福。照片中，父亲双手相扣，把我环抱在怀中，我穿着绿色毛衣，外面裹着一件有兔子耳朵造型的斗篷。母亲穿着那件黑色兔毛外套，戴着黑白混色的兔毛帽子，手轻轻搭在我的胳膊上。年轻的父亲母亲脸上洋溢着幸福的笑容。

百日时，我们第二次照全家福。我戴着蓝白相间的毛线帽子，穿着蓝毛衣，外面配了个白色围兜，上面写着"祖国花朵"。父亲母亲各自用一只手把我举在中间，我咧开嘴笑，眼睛眯成了一条缝。

半岁时，我们第三次照相。父亲母亲穿着情侣白衬衣，母亲搭了件同色系外套，衬衣领口系着红色蝴蝶结。与她相呼应，我穿了件红白格子的毛衣，戴着粉色小帽子。父亲将我托起，母亲拉着我的小手，眼角眉梢都是笑意。照相时，父亲跟母亲打趣："你女儿长得好可爱，睫毛这么长，都快比你长了！"

四

那时，父亲母亲虽然各自分得了单位的房子，但都是单间。所以，我们平时住在县人民医院分给母亲的房子里，请来的保姆阿姨单独住在县中医院分给父亲的房子里。

这位阿姨平日里带我十分用心，盛夏炎热时，因为我不睡觉，她就抱着我从楼上踱步到楼下，时间长了，身上都起了痱子。因此，父亲母亲对她也挺满意。

每天早上，她会从中医院走过来，到我们家一起吃早餐。这位阿姨才二十多岁，正是年轻力壮的时候，饭量也大，早餐能吃四五个馒头。当时家里经济条件紧张，母亲有时心里也犯嘀咕，她对父亲说："我们请的这个保姆阿姨还挺能吃的。"

父亲应和道："确实吃得有点多，不过她人挺好的。"接着又补充："只要她能把晶晶照顾好，多吃点刚好有力气。"母亲听了，觉得很有道理："这一点倒是没错，那我们以后每天多给她准备几个馒头。"

保姆阿姨只负责白天带我，晚上就交给父亲母亲。母亲说我小时候特别乖，睡前喂一次奶，就能睡到天亮，夜间基本不哭闹，不会吵到他们。

但小宝宝的情况哪能十拿九稳，总有例外的时候。有一次，父亲给我喂完牛奶，把我放到婴儿床里。他刚走去看电视，我就哭了起来。母亲喊他："你把晶晶抱到我们大床上去，她不喜欢睡婴儿床。"

父亲坐着不想动，说道："她刚喝完牛奶，怎么还哭啊？"我好像听懂了父亲的话，为了表示不满，哭得更凶了，"哇哇"声持续不断。母亲不忍心，跑过来看，发现我吐奶了，差点还被呛到。

她责备父亲："你看，晶晶把喝的牛奶吐了，棉袄都弄湿了，你还说让她自己哭。"父亲赶紧跑过来看，我的小脸已经哭花了，衣服上全是吐出来的牛奶。他满心懊悔，默默拿了一件干净衣服给我换上，再轻拍着哄我睡觉。

从那以后，只要听见我哭，父亲都会第一时间跑到我身边。

关于不喜欢睡婴儿床这件事，我好像从不理会父亲母亲在做什么，甚至专挑他们忙的时候，比如吃饭时间。平时父亲母亲都是一手抱着我，一手吃饭。五个多月时，有一次他们把我放在婴儿车里，准备去吃饭，可还没动筷子，我就哇哇大哭，父亲只好又把我抱回怀里。

父亲对这一幕印象深刻，多年后还跟我提起："你小时候可调皮了，真是拿你没办法。有次我吃饭没抱你，刚拿起筷子，你就看着我哭。"言语中满是无奈与宠爱。

后来他们又试过一次。把我放到床上，先陪我玩一会儿，见我开心地靠在枕头上，心想这下应该没事了，便放心地去吃饭。可刚坐下还没吃，我又哇哇大哭起来。

五

初为人父的父亲，不仅带娃尽职尽责，对母亲依旧悉心照料。因为母亲不能沾冷水，父亲不仅包揽了洗尿布的活儿，还帮母亲洗所有的衣服裙子。

我们住的筒子楼里，每层只有几个共用的水龙头，一楼门口会额外多几个。父亲每天都端着一盆尿布，认真地蹲在门口洗。洗完拿回去后，母亲会再用开水烫一遍消毒，然后晾晒在楼顶。

很多楼里的邻居从门口路过，都会跟父亲搭话："李医生，又在给女儿洗尿布啊。""是啊！"父亲边洗边答。

母亲的同事们都特别羡慕她："胡医生，你可真幸福，全院也就你老公每天帮忙洗尿布吧。"

母亲后来回忆这些事时跟我说："你父亲他从不嫌尿布脏，也不嫌麻烦，从没让我洗过一次。我那会儿心里特别感动，你父亲帮我洗了一年的衣服，连袜子都是他洗，他人真的没话说。"

温馨的一居室

一

我们一家三口，在母亲单位的房子里住了四年多，直到我三岁。

那是个一居室，大家都在走道里做饭。我们家楼道放着个藕煤炉，差不多水桶那般大小，生上火，把铁锅往炉子上一搁，就能炒菜。旁边有张桌子，一半放着碗筷，另一半用来切菜。在这儿，最常看到的是父亲做饭的身影，他最拿手的菜是红烧鱼，营养丰富，做法也简单。

除了做饭，做藕煤也是个辛苦活儿。藕煤是南方的叫法，北方叫蜂窝煤，在八十年代，那可是家家户户必不可少的燃料。做藕煤，对现在的年轻人来说，稀罕得很，好多人连见都没见过，可在当时，却是年轻人的"必修课"。

父亲也"修"了这门"必修课"。他得先把散煤买回来，再按一定比例，把黄土和散煤搅拌混合。第一次做藕煤时，父亲啥工具都没有，也不知道去哪儿弄黄土。还是母亲去找同事借了两个簸箕，陪着父亲一起去城郊找黄土。没车，全靠步行，父亲来回挑了好几趟，才挑够了黄土。

材料备齐，就该正式做藕煤了。父亲把买来的散煤在水泥坪上摊开，一边把大煤块敲碎，一边把煤里的矸石、树枝等杂物清理出来。接着，把挑回来的黄土按煤四泥一的比例，加水搅和均匀。

和煤炭可是个技术活。黄泥多了，火烧不旺，烧不透煤心；黄泥少了，不经烧，很快就烧完了，而且煤渣容易烂，一夹就碎。所以得格外仔细，让煤和泥混合得恰到好处。煤泥充分搅匀后，在煤泥堆顶上扒个椭圆形的坑，把水一桶桶倒进去，再用铲子把边上的干煤泥慢慢铲进去，直到看不见水。然后用铲子把煤炭、黄土和水揉在一起，就跟揉面似的，水不多不少，揉熟了才行。

母亲又找同事借来藕煤模具，也叫"藕煤机"，父亲用它把煤做成形。做好藕煤后，要是天气晴好，晒一下午，再阴干一晚上，第二天就能收煤，放到小煤屋，一层层码好。我们家一天得烧三四个煤，父亲每次做藕煤都要做几百个，做一次够烧大半年。

二

除了做藕煤，换季整理衣物也是件费劲事儿。我们住的一居室空间有限，放不下太多东西，就把不应季的衣物放在父亲单位的房子里。每年一到换季，父亲母亲就得在两个房子间倒腾衣物，从中医院搬到人民医院，又从人民医院搬回中医院。

两座医院之间大概相隔两三里地，过了南门桥，再拐个弯就到了。这条他们走了无数次的路，留下了许多难忘的回忆。有天晚上，父亲母亲从人民医院回中医院，路过几个卖衣服的地

● 1988年，父亲带我在动物园游玩

摊。父亲停下脚步，看中了一件夹克，穿上身试了试，问母亲："咋样，这衣服还成吧？"

母亲想着平时父亲给她买衣服都在商店里，不想让他委屈自己，便劝道："算了吧，咱下次一起去商店里挑。"

父亲却说："没事儿，地摊上的衣服也挺好，我觉着不错，就这件了。"

母亲心里挺不是滋味，她知道父亲想要一件夹克，又舍不得花太多钱，才在地摊上凑合。

父亲对自己节俭，对母亲却向来大方。有一次，母亲看中一套红色呢子连衣裙，在镜子前试穿，觉得挺满意，一问价格，将近300块，在当时，那可是大半年的工资。母亲对父亲说："太贵了，还是别买了。"

父亲不想委屈母亲，干脆地说："你穿这裙子好看，买！"

类似的事儿发生过不少回。母亲爱赶时髦，喜欢款式新颖漂亮的衣服，逛街时看上的衣服常常价格不菲。可父亲对母亲很纵容，只要买得起，从不犹豫。

父亲就是这样，在自己能力范围内，愿意为家人倾尽所有。

还有一天晚上，也是在这条路上，父亲母亲带着我，搬完换季衣服一起回家。我大概是累了，没走多会儿就停下，嚷着要父亲抱。父亲刚忙完，也累得很，没答应，让我自己走。

我脾气倔，见父亲不抱我，就赖在原地不走，怎么哄都没用。父亲生气了，打了我几下屁股。可我也不服软，就算挨了打，还是不肯走。一时间，我俩僵持不下。

过了一会儿，我实在疼得受不了，哭着喊母亲。母亲赶紧把我护在身后，可她抱不动我，只能牵着我，哄着我一路走回家。到家后，母亲拿了些零食给我吃，我很快就破涕为笑了。

睡觉前，父亲来陪我玩，我还气呼呼的，不理他。父亲问母亲："晶晶咋不理我了？"

母亲不高兴地说："你看她屁股，红得还有手指印，你打得也太重了！她能理你吗？"

那一晚，因为我不理他，父亲满心后悔和自责。第二天一大早，就想法子哄我开心，我们父女俩这才和好如初。从那以后，父亲再没打过我，连重话都没说过一句。

1989年，我们一家三口在宁乡人民医院合影

　　父亲大概不想让我记住这件事。其实我的记忆也模糊了，是听母亲讲，才有了印象。那时我太小，不懂事，现在想想，父亲也是头一回当父亲，才三十岁不到，应付工作和生活就不容易了，还得照顾家庭和我，肯定特别辛苦。如今的我，心里满是对当时不体谅父亲的愧疚。

三

　　我一岁多的时候，父亲母亲打算带我去岳阳玩，那儿有个挺大的游乐场，而且路上还能坐火车。为此，他们准备得很充分，带上了我的奶粉和换洗衣物，提前一天出发，先到长沙。

　　第一次出远门的我，没表现出多少好奇心，反倒老嚷着要回家。我们从宁乡坐车到长沙，住在叔叔家。本来打算第二天坐火车去岳阳，可我在叔叔家怎么都不肯睡觉，一心想回去。

　　"爸爸妈妈都在这儿，你要回哪儿去呀？"他们不停地哄我，可没啥用。最后，父亲母亲只好带我去火车站玩，等我玩累了，再抱回去睡觉。

"爸爸，妈妈，我们回去好不好？"第二天早上六点，我一醒来，就凑到他们跟前，第一句话就这么问。

睡眼惺忪的他们，看着我这么坚持，又好笑又无奈，只好放弃去岳阳的计划，打道回府。

虽说没去成岳阳，父亲母亲还是想尽量带我去好玩的地方多转转。过了一两周，他们带我去了长沙的烈士公园和动物园。这样当天就能往返，不用在外面住。

小小的我，第一次见到那么多动物，兴奋极了。我在父亲怀里，好奇地看着小动物，笑得合不拢嘴，还不时用小手拍打着铁丝网，想去摸摸它们。看到我这么开心，父亲母亲脸上也满是笑意。

那些年，我们住的一居室空间狭小，父亲母亲工作经常加班，下班后还得做家务、照顾我，可他们一点儿都不觉得苦，心里眼里，全是平凡日子里的幸福，还有对未来美好生活的憧憬。

大方的"月光族"

一

1990年，父亲当上了宁乡中医院的院长，为了工作便利，我们搬进了医院的家属楼。这栋建于80年代的家属楼，共有六层，分为三个单元，对应着一房、两房、三房三种户型，每个单元两户，总共36户，被中医院的人称作"三十六套间"。

我们在这栋楼一住就是10年。期间，随着人员变动，原有住户陆续搬走，我们家也在三个单元间辗转，从最初的一室一厅，换成两室一厅，最后住进了三室一厅。

十年间，我们在这栋楼里过得温馨又幸福，它见证了我们一家人的成长与变迁。从幼儿园到小学，再到初中，我从一个小孩子出落成亭亭玉立的小姑娘；母亲从普通医师一步步晋升为主治医师、副主任医师，在医院成为独当一面的专家；父亲先是担任中医院院长，后来又出任宁乡县副县长，直至省药监局副局长，在不同领域追逐理想，不断在更高平台奉献力量。

那些年，父亲母亲工作虽忙，却在家庭中倾注了大量的爱与陪伴。我感受着那个年代的人间烟火，被父亲母亲的进取精神所感染，还时常沉浸在他们"诗和远方"的浪漫之中。那段时光，是我世界观和人生观逐渐丰富的重要阶段，父亲母亲不厌其烦地带着我领略世界的多彩，让我的童年满是美好的回忆。

● 1992年，父亲母亲在海南游玩　● 1993年，父亲带我到天安门打卡

二

1992年的一个晚上，母亲把我送到外公外婆家，打算让他们照顾我几天。可我哭闹着，怎么也不让她走。没办法，母亲只好和外婆牵着我下楼去玩。路过一个烧饼摊时，母亲买了几个烧饼给我吃，然后趁我吃得专注，悄悄溜走了。没过一会儿，我发现母亲不见了，意识到自己被骗，生气地把烧饼扔在了地上。

原来，父亲母亲想去海南旅游。母亲回去后，满心欢喜地收拾行李，为第二天和父亲去海南的旅行做准备。她对这次旅行充满期待，毕竟结婚后很快就怀孕生下了我，此后除了工作，还要天天照顾我，已经很久没有机会出去游玩了。

80年代末，素有"海角天涯"之称的海南岛从广东省划出，设立海南省，并将海南岛划定为海南经济特区。一时间，"到海南，淘金去"成了那个时代风靡全国的口号。父亲母亲把旅行目的地定在了这个新成立的省份，想去领略海角天涯的风光。

在海南，海浪滔滔，椰树成行，父亲母亲沉浸在南国风光中，开心又惬意。他们去了三亚，在海上相拥泛舟，在沙滩牵手漫步，还在海南岛最南端的"南天一柱"旁合影留念。呼吸着海岛咸湿的空气，品尝着新鲜的椰子汁，尽情享受着这难得的放松时光。

这次三亚之行给母亲留下了"难忘"的记忆。母亲每天都穿着漂亮的连衣裙拍照，可海岛的太阳太过毒辣，由于没做好防晒，没几天她的手臂

🔘 1994年，我和父亲在深圳锦绣中华　　🔘 1995年，父亲母亲在杭州西湖

和后背就被晒得脱皮，回去后脸上还开始长斑，过了两三年才恢复过来。反观父亲，他平时习惯穿"的确良"长袖衬衫，这个习惯在海南也派上了用场，无意中起到了防晒作用。

三

尽管家里并不富裕，但父亲母亲的生活理念依旧保持着度蜜月时的豁达与浪漫，在日常开销上毫不吝啬，相当长一段时间里，他们都是"月光族"。

母亲起初有个记账本，上面密密麻麻地记录着平日的生活开支，可每到月底，基本没有结余。"我们怎么每个月都把钱花光了？"父亲有时也会纳闷。母亲便把本子拿给他，打算详细讲讲各项开支。"算了，花完就花完吧。"父亲并不想深究。

父亲对生活琐事向来不太操心，多年来，他的工资卡一直交给母亲保管，甚至对自己的收入也不是很清楚。母亲是家里的大总管，水电煤气费、电话费以及生活所需，都由她操持。

母亲依旧热衷于买漂亮衣服，父亲也总是大方地为她买单。

有段时间，皮衣在大江南北流行起来，年轻男女都以此为时尚，皮大衣更是凭借不菲的价格和华丽的款式，成为无数女孩梦寐以求的新衣。我们楼下有个邻居买了件皮大衣，院子里的人都羡慕不已。

冬季临近时，父亲带着现金，领着母亲和我去长沙的商场买皮大衣。我们先在中山商业大厦逛，因为有熟人，还能打折。但逛了一上午，母亲

1996年，父亲母亲在珠海

1997年，父亲母亲在长沙世界之窗

都没看到中意的款式。

父亲立刻对母亲说："我们再去友谊商店看看，既然要买，就得选自己最喜欢的。"

友谊商店是当时长沙最好的商场，母亲在那里看中了一件意大利进口的长款皮大衣。衣服是棕色羊皮材质，配有同色系毛领，既保暖又时髦，手感极佳。

这件衣服要四千多块，是一笔不小的开支，但父亲买得十分爽快。母亲格外爱惜这件衣服，直到现在还珍藏着。

四

1993年，我快6岁了，父亲母亲带我去首都北京旅游。

在机场，我第一次见到庞大的飞机，吓得连连后退；飞机起飞后，我透过窗户看到外面的云朵，又满是惊喜与好奇。

九十年代，信息不像现在这么发达，无法提前在网上了解和预订酒店。父亲事先联系了一位在北京工作的老乡，原本计划住在他们单位的招待所，可到了才发现当天停水，我们只好拖着行李临时另找住处。

由于人生地不熟，走了很久都没找到合适的地方。为了安抚我的情绪，父亲母亲在路边给我买了一个很大的水蜜桃，我捧着桃子，瞬间忘却了旅途的疲惫。

后来，我们在胡同里遇到一个骑三轮车的师傅，他拍着胸脯说能帮我们找到合适的住处，于是我们上了车。母亲向他强调："师傅，我们想住在

1998年，我和父亲在厦门南普陀寺

1999年，我和父亲在四川峨眉山

天安门附近，方便带我女儿看升旗仪式。"

没过多久，师傅把我们带到了一个招待所。父亲觉得地方有些偏，心里有些犹豫，试探着问："这地方靠谱吗？"师傅说是太原驻北京办事处的招待所，肯定靠谱，还带父亲进去查看了住宿环境。

折腾了半天，我们终于有了落脚的地方。

第二天天还没亮，我们就起床了，母亲特意为我穿上漂亮的花裙子，只为让我在观看升旗仪式时能美美的。之后我们去了天安门和故宫游玩，首都的一切都让我感到新鲜，心情格外雀跃。父亲搂着我在天安门城楼前合影，我坐在栏杆上，好奇地看着广场上自行车来来往往。

参观完故宫，从后门出来就到了景山公园。门口有一些小摊，其中有卖一串串烤麻雀的，我好奇地问是什么，父亲母亲也没吃过，便买了两串一起尝鲜。

我从小活泼好动，父亲说我特别喜欢爬石头山。在景山公园，这一点体现得淋漓尽致，我兴致勃勃地在石头上攀爬，父亲满脸笑容地紧跟在我身后，双手时刻护着我。

这次旅游发生了许多趣事。我们去北京动物园玩，里面有个游乐场，我们玩了高空项目大荡船。一上船，父亲就提议："我们坐到最后面那排吧，这样荡起来更刺激！"于是我们仨径直走向船尾，坐下后父亲为我系好安全带，他和母亲分别坐在我的两侧。

等所有人都坐好，一阵铃声响起，大荡船开始启动。随着船在空中摆动的幅度越来越大，船尾每次被摆到更高的地方，俯冲下来的失重感也更强。没荡多久，父亲就感到头晕，他顾不上照顾我，只能在座位上煎熬地等待大荡船停下来。

几分钟后，结束的铃声响起，大荡船的节奏越来越慢，最终稳稳停住。父亲跌跌撞撞地从船上走下来，面色有些苍白，"哎，头晕，我的头好晕！"他一边说着，一边走向路边的长椅，然后躺了上去，"你们先去玩吧，我在这儿缓缓。"

由于大荡船是我们玩的第一个项目，母亲不想扫我的兴，只好自己带着我去别处玩。大约过了两三个小时，我们回到长椅这边。父亲还躺在上面睡觉。"爸爸、爸爸，你好点了吗？"我走过去把他摇醒。

父亲坐了起来，有些歉疚地朝我们笑笑，回答道："现在好多了。"下一秒，他低头四处寻找，"我的眼镜哪去啦？"

原来，在他睡觉的时候，眼镜不见了。

在北京的旅途中，我还"解锁"了拍照的新技能。在长城上，我第一次拿起照相机给父亲母亲拍了合影，他们对这张照片十分满意，一直夸赞不已。

五

有了北京之旅的成功经历和愉快体验，之后每年暑假一起出去旅游成了我们家的惯例，这也是父亲和母亲交流感情、放松心情的好方式。毕竟，那时的父亲母亲才三十出头，还有着少年心性，对世界充满好奇。平日里繁忙的工作和育儿生活，让他们很少有休息的机会，因此一年一度外出旅游度假的十来天，成了他们都十分珍惜和期待的时光。

1994年，我们一起去了广州和深圳，在小梅沙尽情畅游，在世界之窗领略异国风情；1995年，我们游玩了上海和杭州，在黄浦江乘坐游轮，在西湖悠然泛舟；1996年，我们在珠海感受城市的宁静与惬意；1998年，厦门鼓浪屿和南普陀给我们带来别样的体验；1999年，父亲带我到成都参观了都江堰和乐山大佛，在峨眉山与小猴子嬉戏玩耍。

这些快乐的记忆，如同一个个闪亮的光点，汇聚成我六年小学时光里的太阳，照耀着我的童年，也温暖着往后的岁月。这同样是父亲和母亲之间珍贵的回忆，有些城市他们度蜜月时就去过，时隔几年故地重游，爱人依旧在旁，又多了女儿的陪伴，更添了几分幸福。

千禧年的新屋

一

2000年，对父亲而言是意义非凡的一年，于我们家而言，亦是如此。这个年份深深烙印在父亲母亲的脑海里，直至如今，谈及年份时，他们仍会偶尔出错，不经意间把当下的年份说成2000年。

那年，父亲从报纸上看到一则新闻，省政府正推进机构改革，部分厅级干部岗位面向全省公开选拔。他兴奋不已，当即报了名。回到家，他心里有些担忧，对母亲说："我报的那个岗位只招1人，可报名的有162人，竞争太激烈了，我不一定能选上。"

母亲为他加油打气并分析道："报名的人虽多，但凭你的经验和能力，在这个岗位的竞争者中很有优势。不管怎样，都得努力尝试一回！"

在母亲的鼓励下，父亲坚定了参加考试的信念。备考时间仅有一个月左右，且题目范围极为广泛，一开始准备时，他有些无从下手。于是，父亲采用了书海战术，找人借来几箱书，涵盖了政治、经济、文化、历史等各个方面。他卧室的床上，一半是睡觉的地方，另一半被各类书籍环绕；床对面的墙边，一摞摞书整齐地摞着，每一摞都有一米多高。

作为从农村走出来的孩子，除了高考，这又是一次知识改变命运的机会。面对这个重要机遇，父亲展现出了非同一般的钢铁意志。他常常看书至深夜，第二天醒来又接着学习。白天，除了工作和吃饭，其余时间都用于看书。他还用信纸把重点内容摘抄下来，到最后，用过的信纸堆了一尺多高。

2004年，父亲和我参观岳麓书院

那段时间，母亲正好被安排去云南开会，又正值暑假。为了不让父亲分心，她特意带着我一同前往，我们在云南游玩了大半个月，给父亲创造了安静的学习环境，让他能够专心备考。

旅游途中，我们参观了一座寺庙。在庙中，我第一次见到壮观的高香，便说要为父亲祈福，母亲欣然应允。于是，我兴高采烈地背着三根比自己还高的香，到菩萨面前虔诚地祈福许愿。当天晚上，我梦见父亲笔试得了第三名，第二天一早，我就迫不及待地把这个梦告诉了母亲。等我们从云南回来时，父亲的笔试已经结束。母亲把我做的梦告诉了父亲。没想到，几天后成绩公布，父亲榜上有名，且恰好是第三名。

笔试成绩公布后不久，面试就接踵而至。

父亲的普通话说得不太标准，心里有些紧张。母亲安慰他："你在县里面做过那么多报告，开了那么多会，都是脱稿发言，谁能比得过你。别担心，面试肯定是你的强项！"接着，母亲又建议他，不要过于在意普通话是否标准，最重要的是讲出来的内容。

在母亲的劝说下，父亲渐渐平复了心情，重拾信心，确定了发挥自身优势的策略，蓄势待发，只等面试。

面试地点在长沙，父亲准备提前一晚过去。那天，他收拾好东西，正准备出门坐车。没想到，一出家门，父亲的鞋底"咔嚓"一声突然坏了，他愣在门口，看着坏掉的鞋底，神情有些为难。门还没来得及关上，母亲在屋内瞥见了这一幕，赶忙跑过去，对父亲说："别动，你就站在那儿！"

母亲从鞋柜里拿出一双新皮鞋，递到父亲面前，安慰道："这双新皮鞋本来是留着给你过生日穿的，今天正好派上用场！你穿新鞋走新路，加油向前冲！"

父亲听了这番话，心情格外舒畅，换上新鞋，继续踏上征程。

父亲果然在面试中表现出色。不久后，湖南省委组织部到宁乡对他进行考察。最终，父亲不负众望，从众多竞争者中脱颖而出，晋升为副厅级干部。当时听到这个消息，县中医院家属楼瞬间沸腾了，人们奔走相告，为昔日的院长感到无比自豪。从1997年到2000年，父亲三年连升三级，从县中医院院长走上副厅级领导岗位，成为了他们行业里的传奇人物。

母亲作为父亲背后的女人，多年来用无私的付出和默默的担当，为父亲撑起了一片宁静的港湾，让他得以休憩和沉淀，积蓄起更强的能量。

二

随着父亲工作的变动，他的办公地点从宁乡搬到了长沙。为了一家人能够团聚，父亲母亲很快决定举家搬迁。紧接着，我们面临诸多现实问题，母亲的工作需要调动，我要转学，家里还得在长沙买房。

作为家属，母亲的工作由省委组织部直接下达调令，再由卫生厅分配具体单位。她专业素质过硬，毕业于衡阳医学院，是科班出身。在县人民医院工作时，她就是一名年轻的呼吸内科副主任医师。

母亲的首选是省妇幼保健院，因为那里工作相对轻松，便于她照顾家庭，而且上班地点离我们打算买的房子也近。但卫生厅方面觉得母亲非常优秀，劝她去综合型的三甲医院。后来，母亲又与湘雅医院对接，院长是她的同学，对她比较了解，当即表示欢迎。不过，湘雅医院归属国家卫生部管理，人员手续流程较长，需要等待几个月。

为了能更快在长沙安家，母亲权衡再三，最终选择了归卫生厅管理的湖南省人民医院，这里手续流程便捷。

接下来就是办理我的转学事宜。读完初二上学期，父亲母亲把我转学到了师大附中的广益初中部，为此还交了两万的择校费。

后来我问他们："我在宁乡读中学是寄宿，在广益读初中也是寄宿，为什么还要花钱急着把我转过来呢？"

父亲说："晶晶，爸爸妈妈当然不能把你一个人留在宁乡。钱是次要的，一家人在一起才是最重要的。"

剩下要做的就是买房。

当时整个市区的高层楼房并不多，结合单位距离考虑，可供父亲母亲选择的楼盘就只剩下一两个。他们在湘雅路选了一套162平米的房子，每平米2000多元，首付是13万。因为有政府补贴的20万安家费，他们很快就买好了房。简单装修后，这里便成了我们在长沙的家。

2001年，我们从宁乡中医院的家属楼搬到了新居，正式开启了在长沙的工作和生活。

三

父亲刚到新单位时工作十分繁忙，母亲不久后晋升为主任医师，会议和工作也日益增多。因此，我的初中和高中大部分时间都是在学校寄宿。

每逢周末我回家，父亲都会特意做个炖菜。炖菜比较费时间，但营养丰富。食材有时是鸡，有时是排骨，偶尔还有寒菌炖肉。母亲打趣他："只有女儿回来时，我才能跟着一起吃顿炖菜呢。"

虽是不经意的一句玩笑话，父亲却记在了心里。没过几天，他选了个我不在家的时候，又炖了一只鸡，端到母亲面前。

父亲母亲的感情并未因时间而淡化。父亲始终很在意母亲的感受，还时常为她制造一些小惊喜。

有一次，母亲过生日。回到家，她发现家里摆了一束花。她开心地问："你怎么学会送花了，以前在宁乡的时候都没怎么送过。"

父亲笑而不语。从那以后，每年母亲生日和结婚纪念日，他都会送上一束美丽的鲜花。

● 2006年时的父亲母亲　　　　● 母亲在云南祈福

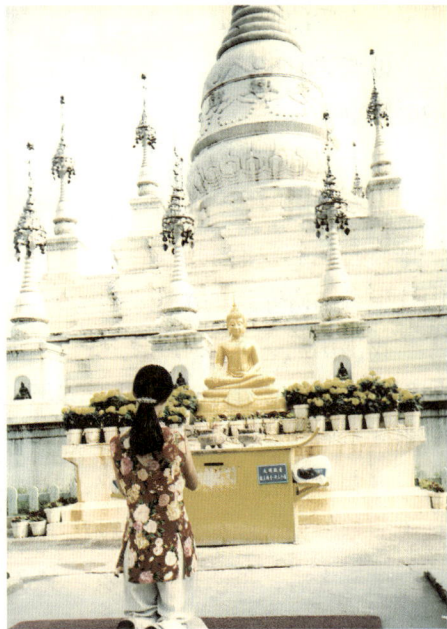

四

读完高中后，父亲母亲计划送我出国留学。为了这件事，他们商量探讨了许多次。

起初，他们打算等我读研究生时送我出国。母亲跟父亲商量："我们一定要把女儿送到国外去读大学，让她看看外面的世界，有跟我们不一样的体验。"

父亲十分赞同："我们奋斗就是为了给女儿更好的未来，去国外读书挺好。但她是个女孩子，我不太放心，还是等她长大些，在国内读完大学再出去读研究生吧。"

母亲又说："你不怕女儿出国后就不回来了？"

父亲没有说话。为了降低我不回来的风险，他把留学目的地选在了英国，那是个非移民国家。

到了高二高三时，父亲母亲身边一些朋友已经把子女送到了国外读书，听说出去后的情况还不错，他们的想法又有了转变。

母亲这时提议："要不就让晶晶出国读本科吧，在国外多待几年，适应的时间也长些。"

父亲很犹豫："晶晶这么小，一个人出去，我实在不放心啊！我有个朋友，送女儿出国后，他女儿在电话那头哭，他老婆在电话这头哭。"

当时他们没有商量出结果。最后，征求了我的意见，才做出了让我出国读本科和研究生的决定。

我出国后，父亲母亲一度很不习惯，母亲有次在家里倒开水时，失神地倒在了自己手上。为了让母亲开心些，父亲提出给她买辆车，这样每天上班就不用挤公交车了。

母亲舍不得买，觉得买车又是一大笔开销。为了说服她，父亲特意带她去朋友家玩，顺便试驾了他们家一辆红色别克小轿车。

试驾之后，母亲比较满意，父亲便带她一起去4S店把车买了回来。

父亲是个很有家庭观念的人，工作之余，他会尽量多抽时间陪伴家人。以前在宁乡工作时，他们中午会回家吃饭和休息。到了长沙以后，母亲单位没有休息的地方，所以她起初也保持着中午回家的习惯，后来才慢慢减少频率。

为了陪伴母亲，父亲单位虽有食堂，自己也有单独的办公室可以休息，但有时中午他会特意赶回家和母亲一起吃饭。

也正因如此，父亲并不热衷于应酬，很少参加饭局。他更喜欢下班后回家，炒上两个小菜，和母亲还有我一起简单地吃顿饭，然后泡杯茶，坐在沙发上看看他们都爱看的抗日电视剧或者谍战片。彼此间无需太多言语，却构成了一幅最温馨的画面。

从2001年开始，湖南选派了一批厅级、处级干部，组成10期"中青年领导干部中长期培训团"赴美学习，这是新中国成立以来湖南最系统的干部海外培训工程，父亲也在被推荐参加的名单之中。但考虑到去培训需要半年时间，当时母亲和我刚到长沙不久，一家人都还在适应环境，为了更好地照顾家庭，父亲便放弃了这次培训的机会。

其实他放弃的不止这些。父亲作为当时很年轻的厅级干部，在仕途中有过一些调整岗位去外地任职的机会，但他不愿意离开长沙，不想离开家人。

父亲虽身在官场，却始终内心清明，淡泊名利。他常说，自己从农村走出来，能走到如今的平台已经知足，认真工作、踏实为民，再经营好家庭、让家人幸福快乐，就是圆满的人生。

我们穷极一生追求的幸福，其实不过是"家人闲坐、灯火可亲"的当下，是眼中景，碗中餐，身边人。

一家三口的团圆时光

一

我们原先居住的小区没有规划地下车库。随着长沙经济飞速发展，家庭用车日益普及，有限的地面空间变得拥堵不堪。大约在2007年，父亲母亲萌生出换房子的想法。

起初，他们也不清楚想买什么样的房子，便跟着朋友四处看房。他们先看了一栋别墅，可那别墅距离较远，价格也昂贵。考虑到我还在读书，完成学业需要不少花费，于是放弃了购买别墅的念头。后来，他们沿着湘江边看楼盘，虽然有中意的，但江边都是优质地段，每平米单价过万，高昂的价格再次让他们却步。

有一天，父亲母亲一边闲逛一边看房，在距离湘江边两个路口、离长沙开福寺不远处，碰到一个新楼盘。他们临时起意走进售楼处了解情况，没想到房子的户型、价格和位置都令他们十分满意。"就买这个房子了！"父亲在关键时刻总是能果断拍板。于是，他们登记了购买意向。

当时买房已经需要摇号了。登记后没多久，母亲就接到了摇号通知。摇号那天，父亲在家做饭，母亲独自先去了。过程出乎意料地顺利，很快就摇到了她的号码。她赶忙打电话给父亲："你快点带两万块钱过来交订金，我已经摇到号了，可以选房啦！"

于是，父亲从家中匆匆赶去。交完订金后，就开始登记选房。因为临街比较吵，他们选择了小区里面的楼栋。至于具体选几栋几楼，他们没太多想法和经验，便稀里糊涂地定了下来。

2014年，父亲在人民大会堂拍照留念

父亲在生活中是个大大咧咧的人，母亲的生活经验也不丰富。因此，许多看似重要的事情，比如买房、买车、装修这些，在他们那里都很容易做出决策，也从来不会有争执。

接着，又顺顺利利地进行了装修、搬家、入住。在开福寺路的这个房子里，我们从2009年一直住到2019年底。

对我而言，儿时的许多记忆已经模糊。读中学时大部分时间寄宿，高中后又出国留学了好几年，每年只有放假时才在家，和父亲母亲聚少离多。直到2011年底，我毕业回国，在长沙参加工作，此后便一直和父母住在一起。在这个房子里的时光，我们一家三口团团圆圆，过得幸福快乐且十分满足。

二

2012年，母亲和朋友一起报了个去美国的旅行团。大约在出行前两周，她在例行体检中发现身体有问题，CT结果显示疑似肿瘤。母亲忐忑地回了家，把这件事告诉了父亲。

"我还是先去美国旅游，回来后再去医院检查吧。"或许是因为已经交了团费，她还心心念念着这件事。

父亲坚决反对："肯定不行，明天就去湘雅医院检查，需要手术就马上手术。"

第二天上午，父亲便陪着母亲去了湘雅医院，找了权威专家进一步检查，结果确诊为恶性肿瘤。父亲当机立断，让医生马上开了入院单。与此同时，他紧急托人联系了美国的肿瘤专家，请教治疗方案，再将美国专家的方案与湘雅教授进行讨论并确定下来。

第三天是做术前准备。在家里吃饭时，父亲跟我说："妈妈明天要做个手术，是恶性肿瘤，医生已经确定了治疗方案，没关系的，你不要怕。"我惊恐地看着他。父亲又拍了拍我的手，强调道："没事，别怕。"

父亲对母亲也是如此。他一边安慰和鼓励着母亲，一边雷厉风行地安排着手术和治疗事宜。行动如此迅速，让母亲没有时间胡思乱想。

第四天清晨，母亲进行了手术。我和父亲一起守在手术室外。大约一个多小时后，他对我说："你先去上班吧，手术要到中午才结束，父亲守在这里。"

为了让父亲安心，我离开了医院，开车在附近漫无目的地转悠。临近中午，我又回到了手术室门口。父亲静静地坐在那里，一刻都未曾离开。他伟岸而坚定的身影如同守护神一般，让我感到心安。

几十分钟后，手术室门打开了，母亲被推了出来。"手术很成功。"主刀医生对父亲说。

我们跟着一起到了病房。母亲麻醉还没醒，因为长时间没喝水，她的嘴唇有些干裂。我站在床边，眼泪不由自主地大颗大颗往下掉。父亲搂着我，"相信父亲，母亲没事的。"

他边说边用棉签沾了些水，为母亲润了润嘴唇，随后，把她从麻醉中唤醒。"手术很成功，别担心。"父亲对母亲说。

手术后，伤口还有恢复期。父亲这么多年来第一次请了公休假，不分昼夜地陪护在母亲的床前。除了回家洗澡和换衣服，父亲就没有离开过医院，晚上他就睡在狭小的陪伴床上，每天如此。

我很心疼，也试着说服父亲回去休息一晚，但他执意留下，坚持亲力亲为。在他的悉心照料下，母亲恢复得很快，好于医生的预期，没多久便

● 2014年，我们一家三口在呼伦贝尔大草原

出院了。

为了驱散生病的阴霾，母亲完成治疗后，我提议带她去美国旅行，实现未完成的愿望。母亲非常开心，父亲也很支持。

父亲贴心地叮嘱母亲："你记得要随身带点西洋参片，觉得累时就含一片。"他又反复跟我说："你要照顾好母亲，不要让她太辛苦了。"

出发那天，父亲把我们送到登机口，"玩得开心，回来时我接你们！"他总是这样，每次我和母亲出去旅游，父亲都会到机场接送，从未落下一次。

三

2013年，父亲当选为全国政协委员。

他兴奋地把这个消息告诉了母亲。母亲特别开心，她说："你记得吗？我们结婚时去北京旅游，在人民大会堂那里我说以后你也来这开会，现在真的实现了！你到了人民大会堂多拍点照哦！"

父亲果然拍了很多照片带回来。每年全国"两会"新闻中有他的采访或者镜头时，他也会提前告诉母亲。母亲便早早地守在电视前，举着手机

2015年，父亲在结婚纪念日给母亲送的花

2015年，我们一家三口在四川甘孜藏族自治州

把父亲出镜的片段录下来。

有一次，父亲开会回来，喜滋滋地跟母亲分享自己的见闻："我参加了全国政协主席组织的座谈会，大家坐在一起研究和讨论问题，还上了新闻联播呢。"

对于父亲的梦想和事业，母亲十分尊重和支持，她积极回应道："我在新闻联播里看到你啦，我特意用手机拍下来啦，我们同事都说你像明星一样！"

四

父亲依旧会给母亲准备惊喜。

记得有一年母亲过生日，不巧那天她被安排去北京开会，出发时她的心情显得有些低落。父亲默默看在眼里，记在心里。

母亲抵达北京后，去预订的酒店办理入住，刚到大堂，迎面走来一个人向她打招呼："您是胡教授吗？"

2018年，父亲母亲在一起喝茶

母亲一脸茫然地点头。

来人递给母亲一大束热烈而灿烂的鲜花，"这是您先生送的花。"

面对突如其来的礼物，母亲感动不已。"哇，李叔叔好细心、好浪漫哦！"随行的年轻同事感叹道。

一进房间，母亲顾不上收拾行李，把那束花放在桌上，拿出手机左一张右一张地拍照。

那几年，我们还组织了好几次家庭旅游。我们一起到了云南、四川甘孜、呼伦贝尔大草原和哈尔滨，到处都留下了欢声笑语和美好的回忆。

记得那次在甘孜旅游，父亲刚好牙疼，他忍着疼陪我们吃火锅，饭后一起逛街时，他被土特产店所吸引，特意挑选了一些上好虫草。父亲说那里的虫草品质好，买了给母亲补身体。

五

父亲母亲一直有着一起散步的习惯。搬到开福寺路后，离湘江边近，他们更是经常保持这个习惯。

我刚回国那段时间，经常和朋友聚会或者有客户应酬，在家吃晚饭的机会比较少。父亲下班后，一到小区门口就会给母亲打电话："下来咯，我们走几圈再做饭。"

母亲接到电话后便兴高采烈地下楼，他们常常边散步边聊天，在小区走上四五圈。父亲给她普及散步的好处："我有个朋友每天散步，三高降下来了，效果很明显，他从中切实受益了，散步对身体好着呢。"

母亲很乐意陪父亲散步，不仅能锻炼身体，也是她和父亲交流的一种很好方式。

有时父亲散步会用手机放点音乐。他听的是一首佛乐，因为有个朋友车上常年循环播放，父亲听着觉得很是欢喜便找到歌曲，保存在手机里了。

有时他会跟母亲倾诉自己的心里话，"我们女儿工作真的努力，特别上进，其实我不想让她有这么大压力。"那几年我刚参加工作，正是拼搏劲头很足的时候。

母亲说："是啊，她是个女孩子，我也不想她那么辛苦，只希望她能开心。"

突然父亲话锋一转："晶晶这么优秀，要找到让她满意的男孩子也比较困难。我朋友介绍了一个人，你看看怎么样？"他从手机里翻出一张照片给母亲看。

母亲说："这个男孩显得很成熟稳重，但感觉晶晶不一定喜欢。你可以拿给她看看呀，晶晶喜欢跟你沟通，你们正好可以聊聊这方面的想法。"

父亲连忙摆手："还是你先跟她沟通一下吧。"

他俩小心翼翼讨论了许久，谁都不愿意在我面前表现出焦急和催促的态度，最后只得不了了之。

又是一天的傍晚，夜幕渐渐降临，小区里锻炼和玩耍的人陆续变多了。有年轻小伙在篮球场里奔跑，有小姑娘出来遛狗，有大妈推着婴儿车带小孩，有孩童三三两两在嬉戏。人间烟火，熙熙攘攘，如诗如画，令人陶醉。

母亲唤着父亲："走，我们回家吃饭吧。"

父亲紧赶几步追上她："回家！"

一如初见时

一

毕业回国后，我便一直在长沙工作。得益于这座"全国房价洼地"的城市，工作几年后，我在长沙的滨江购置了房产。此前我一直住在开福寺路，所以新房子并未着急装修，装修工程断断续续，直至2019年才宣告完成。2019年底，春节前两周，我们收拾好居家常用物品，满心欢喜地准备搬到新房过年。谁能料到，2020年初，刚入住没多久，新冠疫情突然爆发，全国大范围实施居家隔离措施。父亲、母亲、我男朋友和我，就这样被隔离在了家中。

我男朋友是重庆人，原本计划在我家过个年就返回，没想到这一隔离，回不去了。隔离期间，大家朝夕相处，他和我父亲母亲相处得十分融洽，最后索性搬来一起长住了。在这三年疫情时光里，我们一家四口生活在一起，每个人都步入了人生的新阶段。母亲退休了，结束了多年的忙碌，终于拥有了属于自己的休闲时光；父亲也从领导岗位退居二线，有了更多时间陪伴家人；而我和男朋友则携手步入婚姻殿堂，决心让自己变得更加成熟，挑起家庭的重担，好好照顾彼此的父母。

二

2020年，母亲从省人民医院退休。自和父亲一同来到长沙，母亲在这个单位辛勤工作了整整二十年。这么长的时间，她早已习惯了上班的节奏，习惯了集体带来的归属感，习惯了和同事们的日常交流与陪伴。临近退休，母亲的情绪有些复杂。

父亲贴心地宽慰她："人生都会经历这个阶段，总统都有退休的一天呢。退休后，你就可以尽情玩耍，去做自己想做的事了。"他鼓励母亲好好享受生活，培养自己的兴趣爱好。

母亲起初想学习摄影，想着以后出去旅游能拍出美美的照片。父亲全力支持，不仅帮她报了培训班，还购置了单反相机。学了一段时间后，母亲说："拍了这么多照片，好像没什么成就感，感觉没拍出什么特别的东西。"

父亲提议道："那你可以聚焦一个主题，比如专门拍湘江，拍不同季节、不同地段的湘江景色，然后制作一本影集，说不定还能出版呢。"母亲眼睛一亮："这个主意太棒了，咱们家离湘江近，我确实可以多去拍拍。"从那以后，许多个上午，母亲都会背着相机，带上水，前往湘江边拍摄风景。

后来，母亲还参加了唱歌班。她学习热情高涨，买了个话筒，上完课回家就跟着手机里的唱歌软件练习，家里时常回荡着她的歌声。父亲下班回家，一开门就能听见，笑着夸赞："你这歌声越来越嘹亮，唱得越来越好了啊！"

母亲想拉着父亲一起唱，"你跟我一起唱吧，我教你。"父亲一开始不置可否。母亲不断劝说，父亲实在拗不过，慢慢地也跟着母亲一起唱起来。印象中，父亲唱得最多的是《父亲的草原母亲的河》。

2022年，爷爷过九十大寿前，父亲母亲和几个叔叔婶婶相约去KTV。在热闹的氛围感染下，父亲主动拿起话筒，唱了一首《北国之春》。婶婶第一次听到父亲唱歌，不禁感叹："大哥，原来你歌唱得这么好啊！"印象中，那是父亲他们四兄弟唯一一次相约去KTV唱歌。那晚，他们都抛开了平日里在社会中的身份与角色，忘却了生活和工作中的压力与烦恼，尽情歌唱，仿佛回到了无忧无虑的青年时代。

三

往后几年，父亲担任了单位一把手，工作愈发繁忙。但即便如此，他

⬤◖ 母亲拍摄的湘江夜景

也从未忽视对家人的陪伴，每周依然会陪母亲散步三四次。他甚至还继续承担着为一家四口做饭的重任。母亲想为父亲分担一些，提议道："我每天上午练完瑜伽，可以顺路先把菜买回家。"父亲没有同意："夏天太阳那么大，你去买菜多辛苦。我下班回来，在门口菜市场就能直接买好。"

　　在许多平凡的日子里，父亲就像超人一样，工作开展得有声有色，同时也始终如一地悉心照顾着家庭。下班后，只要没有饭局，他就会先去旁边的菜市场买菜，回家后便在厨房忙碌起来，洗洗切切，为全家准备美味的饭菜。如今回想起来，那些平凡的日子，因为有父亲的爱与付出，变得无比闪耀与珍贵。

　　夏天的时候，母亲想去拉萨旅游，总在家里哼唱："我要去拉萨，我要去拉萨……"父亲问她："你怎么老唱这首歌？"母亲说："唱给你听呀，我们一起去拉萨旅游吧，我还没去过呢！"父亲工作繁忙，又觉得出远门有些麻烦，沉默着没有回应。母亲又说："你看我那个朋友，他自己都去过西藏好几次了，上个月还特意陪老婆又去了一次。你为什么就不能陪我去呢？"父亲很少和母亲争辩，只是实在碍于工作繁忙，无奈地回答："那行吧，我们找时间去。"

○● 2021年春节，我们一家三口的合影

父亲可不是嘴上说说，答应母亲后，他认真地安排好了去西藏的行程，计划8月份出发。可那几年疫情反复无常，临行前几周，西藏突然爆出感染病例，这次旅行最终遗憾未能成行。

四

有段时间，母亲身上长了疹子，疼痛难忍。一开始无法判断是什么病，为保险起见，父亲立刻联系医院，安排母亲做全身检查。检查那天，父亲早早起床，陪着母亲前往医院。为了检查结果更加准确，做的是PET-CT。这种检查耗时两三个小时，等母亲做完检查，已经快中午一点了。她走出CT室，惊讶地发现父亲就坐在门外，"你怎么知道我这会儿做完啊？"父亲淡定地回答："我一直在门外等你。"

父亲对母亲的爱，常常显得有些"笨拙"。母亲生病住院时，他每晚都守在病房，蜷缩在一张小小的行军床上，从不让别人代劳。而这次，父亲

◑ 2022年，我们一起拍的全家福

明知检查等待时间长，却没有中途离开，也没去做别的事，就选择坐在门口干等。他总是这样，坚定地守护在爱人身旁。

五

新冠后遗症给父亲的身体带来许多不适症状，他心情不太好，出门次数也减少了，待在家里的时间比以往更多。母亲细心地照顾着他，为他煮粥，准备小零食，主动承担起做饭洗碗等家务。天气好的时候，她想尽办法拉着父亲出去散步，带他去逛超市，给他讲生活中的趣事。

一向坚强的父亲变得对母亲十分依赖。他常常想起年轻时的往事，好几次在书房翻看他们的相册，回味曾经的点点滴滴。父亲还主动提议退休后一起去旅游，重游蜜月时去过的地方。他也变得愈发温柔有耐心，以前偶尔会嫌母亲唠叨、做事磨蹭，后来却无比包容。有一次吃晚饭，母亲一颗一颗地夹着豌豆吃。我看了半天，说道："你可以用勺子吃，这样快些。"

父亲破天荒地反驳我："你让她慢慢吃，没关系的，不着急。"

母亲开心地笑了，继续一颗一颗地吃着豌豆，还得意地说："你们看我，像不像吃豆子的机器？"我们一家人被她逗得哈哈大笑。他们还是会像以前一样出去散步，但更加亲密温馨。父亲不再一个人走在前面，而是放慢脚步，牵着母亲的手一起前行。

有天黄昏，我陪他们在公园湖边散步。在阳光的映照下，父亲注意到了母亲头上的白发，他伸出手，从母亲的头顶轻轻抚摸着她的头发。他的脸上满是深情与心疼。这一幕，深深地印在了我的脑海里。我忽然想起那句话：初见乍惊欢，久处亦怦然。

记忆中的时光斑驳流逝，那个青春靓丽的姑娘，裙摆飞扬，迎着夏日微风，缓缓走来，走进了父亲的心。携手走过三十八载，心爱的姑娘已生白发，但在父亲眼里，她始终是最美的模样，一如当初。

下篇

男儿壮志酬家国

第四章

光辉岁月
在宁乡奋斗的

开创宁乡中医院的辉煌时代

一

宁乡中医院院志载："20世纪90年代是中医院发生巨变的辉煌年代，以李赤群为代表的年轻化、知识化的管理人才登场创业，以全新思维，审时度势，开拓奋进，把中医院带入空前的壮大发展阶段。"

宁乡县中医院是父亲职业生涯的第一站，他在这里度过了一段激情燃烧的青春奋斗岁月。彼时，单位面临诸多困难，挑战重重，但初出茅庐的父亲在这里结识了一群携手奋进、不计个人得失的伙伴。大家相互支持、彼此包容，齐心协力为建设更好的中医院而拼搏，这段经历在他的记忆中无疑是熠熠生辉的快乐篇章。父亲也不负众望，带领单位摆脱困境，开启了辉煌的新篇章，他的作为赢得了全院干职工的高度赞誉。

我对宁乡中医院的记忆大多停留在小时候，与父亲的旧识也多年未曾联系。为撰写这本书，我数次前往医院收集资料，并与父亲的一些老同事进行访谈。在这一过程中，他们对父亲的深厚感情，令我数次热泪盈眶。

为找寻父亲当年的工作资料，我拜访了医院的党群办公室，工作人员热心地为我提供了院志。当我提出想要一本留作纪念时，她们询问缘由，我告知她们书中有关于我父亲的内容，想以此作为纪念。当时，那个女孩并未过多表露情绪，只是告诉我办公室仅有一本院志，可以扫描后将电子版发给我。于是，我们互加了微信。几天后，她如约发来电子版，还主动表示愿意帮忙寻找一些老照片。后来，她果真给我发来了几张父亲九十年代的工作照片，并表示暂时只有这些，更多的需去档案室查找。这对我而言已是意外之喜，我小心翼翼地保存了这些照片。没想到，一个月后，她又给我发来一个照片文件夹，里面是从档案室找来的照片。

面对我的感谢，她说道："李局长是我的长辈，也是前辈。我也是中医院的干职工子弟，我妈妈从这里退休。李局长在我们医院的发展进程中，发挥了至关重要的作用。这是我应该做的。"

⬤ 父亲（右一）在宁乡县中医院跟同事们的旧照

这突如其来的表达，让我瞬间泪崩。父亲的奋斗留下了痕迹，且意义非凡。不仅与他一同奋斗的那代人铭记着他，下一代也依然缅怀和感恩他。

父亲在宁乡中医院工作了13年，在这个平台上，他从懵懂的毛头小伙成长为宁乡副县长。他与一群志同道合的伙伴在这里并肩作战，度过了激情燃烧的青春岁月，收获了无数快乐与感动，也书写了一段堪称传奇的经历。

1984年7月，刚大学毕业的父亲被分配到这里当医生。那时，中医院有80多人，大部分职工以大中专学历为主，父亲和他的大学同学是仅有的两个大学生，属于稀缺的知识人才。

分配到医院后，父亲住在单位的集体宿舍，六个人一间，上下铺。尽管条件艰苦，但大家相互陪伴，日子过得倒也有趣。

同年，作为单位重点培养对象，父亲被送往县人民医院进修；1985年底，他进修结束回到县中医院；1986年，医院启用年轻有为的科室管理骨干，父亲被任命为住院部主任。

当时，医院人员少、规模小，临床方面仅设置了住院部和门诊部两大部门，其中住院部为综合型科室，次年才单列为内科和专科。

1990年9月，宁乡县委组织部到中医院考察干部，十分看重父亲的年轻干劲、学历专业和综合能力。这一年，27岁的父亲被任命为县中医院院长。

父亲的职业机遇来得颇为突然。从毕业分配到中医院工作，外出进修一年，回来就被任命为科主任，四年后又被选拔为院长，连副院长都没当过，可谓顺风顺水，是命运的宠儿。

得知组织的任命后，年轻的父亲心情复杂，既激动又有些忐忑。他回家后对母亲说："他们突然说要我当院长。"

母亲鼓励他："中医院都快发不出工资了，你当院长肯定能比现在做得更好！"

父亲一想，觉得母亲说得在理，便信心满满地走马上任。

那年我才三岁。因此，从有记忆起，我眼中的父亲就是一个意气风发、才干出众的领导者。在我心中，若世上有超人，大概就是父亲的模样。

话说回来，当时的院长并不好当。

宁乡县中医院始建于1956年，是由十多人组成的集体所有制医院，建院初位于县城南门童家巷9号，1967年建成土木结构门诊楼。1980年在南

○● 20世纪80年代宁乡县中医院旧貌

正街34号新建门诊、住院综合楼。

医院占地面积仅4000平米，房屋建筑面积3265平米，因场地狭窄，四周无发展空间，已无法满足群众的就医需求，病人住院难、就诊难的问题严重制约了医院的发展。

在医院体制方面，1987年6月，虽经县人民政府批准，中医院由原来的集体所有制单位转为全民所有制单位，但其经费来源、干职工性质和机构级别均未变动。即经费上自负盈亏，机构不具备行政级别。

至1989年，医院仅有病床115张，工作人员118人，其中副主任医师2人，主治医师11人。医疗器械落后陈旧，只有高倍显微镜、恒温箱、电脉仪、200mAX光机、心电图机、超声波机和黑白B超等有限的医疗设备，医诊多依靠物理检查，化验也仅局限于四大常规和基础生化。医院固定资产为51万元；医院总收入151.7万元，其中医疗收入143.6万元，入不敷出，发工资都极为困难。

20世纪80年代末期的中医院面临着院区破旧、专业人才和经费匮乏、医疗设备不齐全以及医疗水平不尽人意的艰难局面。

二

　　父亲上任后，主持修订了宁乡中医院"八五"工作规划，确立了"立足自力更生，努力争取外援，加快基本建设步伐，振兴中医药事业"的发展方向。

　　针对医院的现状，他分析形势，厘清思路，大刀阔斧地施行变革举措，带领医院迅速冲破困局，驶入发展的快车道。他做了三件对医院发展意义深远的大事。

　　一是争取中医院为副科级全民事业单位。

　　父亲单枪匹马多次向时任县委书记王柏林汇报医院的经营情况和工作思路，邀请其前往医院实地调研和指导，争取县里的政策支持。

　　县委书记被父亲的干劲和想法所打动，在全县干部大会上公开表达了对父亲的认可和期许："我们全县都要搞改革开放，改革开放就要看中医院！"

　　◕ 1991年，父亲（右二）主持宁乡县中医院迎新春活动

1991年4月，父亲上任仅半年，在书记的大力支持下，宁乡编制委员会转发市编字（1991）第30号文件，明确宁乡县中医院为副科级全民事业单位。

这一具有举足轻重意义的文件，使宁乡县中医院从原来不具备行政级别变为副科级全民事业单位；经费来源发生了根本性改变，可获得财政拨款；全体干职工的性质也随之改变。这对医院后续的人才引进、筹集资金和经营发展起到了决定性作用。

二是建成"一院两址"的发展格局。

1990年12月，父亲为解决院区面积不足、发展空间受限的问题，决定建设新院区。次年，在玉潭镇新山村杉木塘组以每亩13900元的地价，第一次征地4500平米，第二次扩征土地8000平米。

1991年，新址门诊大楼、病人食堂破土动工。门诊大楼面积2236.15平米，病人食堂250.91平米，于1992年8月8日竣工。

1994年6月，住院大楼及配套用房破土动工，住院大楼建筑面积4611平米，于1995年8月竣工。至此，新院建筑面积为8852.02平米，是老院区的2倍多。当年10月，老院向新址主体搬迁。

父亲奠定了后续多年中医院"一院两址"的格局，为医院发展开拓了广阔空间，注入了源源不断的动力。

在新院动工建设前，中医院全年总收入才151万，减去运营开支和职工工资后所剩无几，历年也无盈余。对于父亲征地扩建的决定，大部分干部职工并不完全理解。而建设新院区的投资约为587万元，这几乎相当于全院将近4年的收入，无异于天文数字。

尽管父亲当时不到30岁，但他拥有超乎常人的远见和胆识。他在会议室的黑板上奋笔疾书，为在场众人描绘出一幅医院发展的美好蓝图，最后还补充道："医院发展好了，医院干职工的子弟未来也能有好的出路。"父亲这番激动人心的发言，最终赢得了大家的认可，会议上一锤定音，推进新院建设。

为凑够买地和动工的钱，父亲想尽了办法。比如，他引进了许多"万元户"到中医院，交一万块钱可以拿到城市户口，并在医院安排非专业岗位的工作。同时，积极向财政争取补贴，并向银行贷款200余万，东拼西凑，终于得以开工。

◑ 1992年建成的宁乡县中医院新门诊大楼

　　1992年，五层的新门诊大楼落成开业，当年医院收入较上年度增加了300多万元。1995年，新住院大楼投入使用，当年医院收入骤增到600万元，是建新院前收入的4倍。

　　医院主体搬迁后，服务功能迅速强大，住院病人、门诊人次、业务收入成倍增长。面对医院的蓬勃发展，全院干部职工喜出望外，纷纷鼓掌叫好。

　　1997年，基于对医院未来发展的考量，父亲再次启动扩建方案。医院出资52万元购买了杉木塘住宅基地4.34亩，同时出资183万元拍买了临街土地5.3亩，共计新获得土地9.34亩，耗资235万元。

　　在这次购买土地的过程中，也出现了不同声音，尤其是拍买土地的价格在当时来说十分昂贵，令大部分人望而却步，觉得没必要投入这么多资金。

　　时间证明了父亲的格局和远见。在后续城市发展进程中，中心区域的土地愈发宝贵和紧张，而中医院依靠早先购置的土地资源，于2003年完成了医院扩建，并在此址不断发展壮大，直至2023年整体搬迁。

　　父亲离开中医院时，上级部门对他进行了离任审计，尤其在新院建设方面审查得极为细致。令人惊讶的是，审计结果显示，父亲主导的新院区建设成本竟然低于市场平均造价，他在保证质量的前提下，将每一分钱都用在了建设上，用在了刀刃上。

兴建新院区那几年，正值宁乡县流行自建房，许多人都买地自建房子。父亲却将所有时间和精力都投入到了单位大家庭的建设中，无暇顾及自己的小家。从科主任，到院长，再到后来担任副县长，我们家一直住在老院区建于1985年的家属楼中，直到2000年父亲调离宁乡。

三是全省以最高分争创"二甲"医院。

从1991年到1994年，在建新院区的同时，父亲也在想方设法配备各类医疗设备。他不等不靠，采取内引外联、自筹资金等多种方式，使医疗设备从种类有限逐渐变得完备。

1991年、1992年，医院先后购置了"八达"牌和"神女"牌救护车两台，创建了宁乡首家急救中心。1993年，医院引进了广州白云山的Bris-89型体外震波碎石机。1994年，引进了美国产的第四代全身CT机和日本东芝彩色B超及300mAX光机。

除大力改善医院硬件设施外，父亲也极为注重医院的学科建设和队伍建设，始终狠抓内功。在他的管理下，学科建设发展迅猛。住院部由原来的两大科室，单列设置了内科、外妇科、眼科、针灸理疗科；门诊部设立了急诊科和内、外、骨、妇、针灸、烧伤等多个科室。医技科室由原来的门诊统管，单列为放射科、检验科。

干职工从90年代末的118人增加到200余人，人才结构有了全新变化。一方面争取大专院区的科班生，另一方面不拘一格降人才，积极引调和发掘各乡医院的技术精英。人才的引进极大地提升了医院的医疗水平和专业能力，技术开展由原来纯粹的中医诊治走向中西医结合的格局，能够开展各类高难度手术。如1993年成功开展颅内肿瘤切除术，眼科首创白内障囊外摘除加人工晶体植入术。

成立了以父亲为组长的教育领导小组，每年制定各科人员的培训计划，坚持以"三基"（中医基本理论、基本知识、基本技能）强化训练为重点，频繁开展各类培训，取得了良好成效。1993年和1994年，医院代表队分别荣获含金量极高的全市、全省中医医务人员"三基"知识比赛的冠军！

经过四年的努力，医院的硬件设施大为改善，必备的医疗设备置办齐

　　● 1993年，宁乡县中医院取得长沙市中医医院"三基"知识竞赛第一名，父亲（后排右四）与参赛人员合影

　　● 1995年，父亲（主席台右一）主持召开宁乡县中医院创"二甲"誓师大会

全，队伍专业能力不断增强，临床科室的"三基"培训成绩斐然。

1995年1月，父亲将中医院创"二甲"正式提上议程。当月，成立了创"二甲"领导小组，设立了"二甲"办公室。3月15日，邀请县长立湘出席了中医院创"二甲"办公会议。

二级甲等医院是依据医院的设施条件、技术建设、医疗服务质量和科学管理的综合水平进行等级评定而确定的医院等级，对医院的长远发展和临床医疗水平提升具有极其重要的意义。因此，全院上下团结一心，将创"二甲"作为当年的头等大事。

由于白天要保证正常的医疗运转，所以大量的创建任务常常安排在晚上进行。父亲带领团队不分昼夜地工作，加班加点，对照标准，逐条研讨和落实。

在医院质量管理方面，年初成立了以父亲为主任委员，三位副院长为副主任委员，质控科主任为办公室主任，各科室主任、护士长为成员共计27人组成的质量管理委员会。专门制定了"医院三级质控网络体系图"悬挂在办公室，制定了以医、药、护、技等科室为主的质控标准、《医院质量管理实施细则》和科室各项规章制度，建立了质量管理登记8大本。

在创二甲期间，调整和增设临床、医技、管理科室29个；制定各类管理制度102项、岗位职责82项目、管理条例和办法8项，并汇集成册。那时没有复印机、打字机，所有制度经父亲审定后，都需要同事们手工抄写清楚，常常抄到深夜。临床科室狠抓三基培训和病案书写，不断提高质量。整个医院团结一心，干劲十足。

除了软实力要达标，硬实力也是创"二甲"的关键环节。因此，父亲一手抓创"二甲"各类工作，一手紧抓大楼建设，兴建了200个床位的住院大楼，完善了配套设施，并于10月投入使用。当年还投入了100多万元改建制剂室、汤剂市、供应室；添置了全县第一台德国产AI-4800型彩色B超机和万东牌300mAX光机。

1995年12月9日，在全院职工夜以继日的艰苦奋斗下，宁乡县中医院以全省"二甲"验收评审总分第一名的成绩通过验收！整个医院顿时沸腾了，大家奔走相告，难以抑制内心的激动。

时任宁乡县委书记周里冰特意为此召开表彰会，对中医院短时间内取得的突出成绩给予了高度肯定，并提出了"中医立院，西医兴院"的方针。

○ 1996年，父亲（主席台左一）参加宁乡县中医院建院四十周年暨二甲医院挂牌庆典

○ 1996年，父亲参加创建全国中医先进县座谈会（圆桌左二）

宁乡中医院也一举成名。从当月到次年6月，全省42所市、县级中医院，共1775人次相继到医院参观和学习经验。1996年2月6日，国家卫生部中医管理局医政司陈士奎司长在省卫生厅、省中医药管理局、市、县卫生局负责人陪同下，来院考察，称赞宁乡县中医院为全国县级中医院树立了一座丰碑！

1997年2月14日，宁编字（1997）第4号文件，明确宁乡县中医院为正科级事业单位。

由于历史原因，宁乡中医院基础差、底子薄，硬件不足成为多年来制约其发展的瓶颈。父亲任院长后，带领大家励精图治、团结奋斗，医院整体面貌焕然一新，综合实力显著增强，不仅以全省最高分通过二甲医院验收，还成为全国县中医院学习的榜样。在崭新的平台和起点上，中医院的发展步入了快车道，进入辉煌时代！

三

20世纪90年代是宁乡中医院发生巨变的辉煌年代，它引领全县中医行业全面发展，加快了全县中医事业全面复兴的进程。父亲担任院长期间，带领宁乡中医院从百业待兴的发展困境中闯出，昂首阔步迈入崭新时代。

宁乡中医院的院志中，浓墨重彩地记录了那些年发生的大事件：

1990年

9月，李赤群接任院长，从此医院进入了壮大发展的新时期。

12月，在玉潭镇新山村杉木塘组第一次征地4.51亩，第二次征地8000平方米，新院易地建设拉开序幕。

1991年

1月，李赤群院长主持修订了中医院"八五"工作规划，确立了"立足自力更生，努力争取外援，加快基本建设步伐，振兴中医药事业"的发展方向。

3月，资源自筹资金3.2万元，购置了第一台"八达"轻型救护车。

4月7日，宁乡编制委员会转发市编字（1991）第30号文件：明确宁乡县中医院为副科级全民事业单位。

6月5日，宁乡卫生系统中药理论知识和操作技术选拔赛，荣获第一名。

1992年

5月，安装10KW发电机组。

8月8日，建筑面积约2236.15平方米的新院门诊楼投入使用。成立了宁乡县首家创伤急救中心。

1993年

8月，首创第一例颅内肿瘤切除术获得成功。

10月12日，医院与广州白云山医疗电子器械厂签订了合作经营合同，为医院提供Bris–89型体外震波碎石机1台；18日，成功进行第一例白内障囊外摘除+人工晶体植入；27日，中医院组队参加长沙市中医院医务人员"三基"竞赛，获团体第一名！

11月，投资13万元安装160KVA变压器1台，配电瓶3台。

12月，为创建"二甲"医院，加强了急诊科和供应室建设。

1994年

12月3日，医院代表长沙市参加全省中医医务人员"三基"知识比赛，荣获团队总分第二名，医疗组第一名！

1995年

1月，成立创"二甲"领导小组，设立了"二甲"办公室。

3月15日，县长陈立湘出席中医院创"二甲"医院办公会议，县委、县政府、县纪委、县卫生局主要领导陪同出席。

5月，全国中医眼科学术研讨会在医院召开。

8月，开通24小时门诊电话。

9月13日，为全县教师免费体检并赠送就诊优惠卡。

10月，投资90万元，购置全县第一台德国产AI–4800型彩色B超机；自筹资金购进1台万东牌300mAX光机。

11月，宁乡县财政局确认宁乡县中医院为会计工作达标单位；医院制剂室通过省医院管理局验收，领取了《制剂许可证》；同月，新大楼投入使用。

11月30日，成功施行了第一例开胸手术。

12月9日，获全省"二甲"医院验收评审总分第一名！18日，医院骨科成立并正式开业。

12月至次年6月，全省42所市、县级中医院，共1775人次相继来中医院参观学习经验。

1996年

1月，医院将眼科、骨科列为重点专科。

2月6日，国家卫生部中医管理局医政司陈士奎司长在省卫生厅副厅长、省中医药管理局、市县卫生局负责人陪同下，来院考察，称赞宁乡县中医院为全国县级中医院建起了一座丰碑。

2月28日，湖卫中发（1996）1号文件：明确宁乡县中医院为二级甲等中医院。

4月，进行了第一例乙状结肠代膀胱器官移植手术获得成功。

5月，长沙市共青团授予宁乡县中医院眼科病室为"青年文明号"；同月，与南京迈特公司合资引进全县第一台经颅多普勒机。

6月，投资7.18万元更换160KW发电机组；与湖南中医学院联合引进CTE8800型全身扫描机1台；第一例肢体延长手术获得成功。

7月，购"蓝鸟"牌小桥车1辆，"月神""狼山"牌救护车各1辆；成立急救站，开通急救专线电话。

9月，全国首届中青年眼科学术研讨会暨优秀论文评奖会在医院召开。

1997年

2月14日，宁编字（1997）第4号文件，明确宁乡县中医院为正科级事业单位。

3月，医院被评为宁乡县企业和社会保险工作先进单位；被评为卫生系统"职工道德建设"先进单位称号。

4月，宁乡县委授予中医院骨科"青年文明号"。

5月，医院参加县卫生局举办的知识抢答赛荣获第一名。

7月，长沙市中医学会眼科专业委员会在中医院挂牌成立。

8月13日，医院投资52万元与妇幼保健院签订购买杉木塘住宅基地4.34亩合约，并拍买临街面土地5.3亩，价值183万元。

9月，投资11万元，够北京万东双床双管500mAX光机1台。

12月，院长李赤群提升为副县长，1998年3月调出中医院。

四

我一直称呼宁乡中医院原党委书记黄建强为黄伯伯，他是我父亲的大学同班同学。毕业后，两人都被分配到了县中医院，起初住在同一间宿舍，后来又先后成长为科主任、院领导。他们相互陪伴、彼此支持，共同走过了一段难以忘怀的青春创业岁月。

1979年，父亲和黄伯伯一同考入湖南中医学院，所学专业为中医临床。当时他们年级有200多人，统称为一大班，随后又分成了八个小班。父亲在一大班三小班，黄伯伯则在一大班一小班。

虽说不在同一个小班，但整个年级里只有父亲和黄伯伯是宁乡人，再加上平时大班都是一起上课，所以他们很快就熟络起来。

"你爸爸是学霸，我高考考了310多分，这已经超出录取线很多了，而你爸爸考了350多分，应该是我们年级的最高分。"一谈及父亲，黄伯伯便打开了话匣子。

他回忆说，那时候只要考上大学，就不用发愁了，读书期间还能拿到助学金。他拿的是甲等助学金，一个月有20多块钱，比工人上班的工资还高些。父亲拿的是乙等助学金，一个月大概16块钱。

毕业之后，国家还包分配工作。黄伯伯当时其实有很多好地方可以选择，可因为对那些地方都不熟悉，最终还是选择回到了宁乡。

1984年7月，他和父亲都被分配到了宁乡中医院，他们也是当时医院仅有的两个大学生。起初，他们一起住在单位的集体宿舍，一间宿舍住6个人，用的是上下铺。直到1986年搬到青年楼，每个人才拥有了属于自己的一间屋子。

黄伯伯一边笑着，一边说道："那时候我们虽然都没什么钱，可每天都过得特别开心。我们经常一起吃饭、喝酒，还一起下棋、打桥牌、三打哈。我和你爸爸搭档打牌的时候，几乎没人能赢得了我们，他能把对方手里的牌算得清清楚楚。"

"我们打牌也不涉及金钱，输了的人就罚钻桌子、喝凉水、吃辣椒，或者在脸上夹夹子。"黄伯伯问我："你应该有点印象吧，我们在你家钻桌子的事儿。"

我点了点头，回应道："是的，我记得小时候站在旁边看你们钻桌子。还记得吃完晚饭后，爸爸经常打开门朝着楼道里喊，黄满建强，过来下棋嘞！"

"满"在湖南这边是表示亲切的语气助词。就像黄伯伯，虽然之前很多年我都没和他联系过，但当我在电话里自报家门时，他高兴地喊起了我的小名："原来是晶晶满哦！"

他对往事满是回味，感慨道："我们两个人真的是一对油盐坛子，哈哈！"

"油盐坛子"是我们方言里用来比喻两个人关系亲密的说法，在老式的调味罐中，油罐和盐罐是连在一起的一对。

他接着说："你爸爸先去人民医院进修，比我早一年去的，他进修最大的收获就是在人民医院结识了你妈妈，然后谈恋爱结婚啦。"

"我们进修回来后，两人都担任了科主任。当时院里只有门诊部和住院部，根本没有细分那么多科室，反正就是我和你爸爸轮流担任这两个科室的主任。"

"1990年，县里推行干部年轻化，来医院考察干部。我和你爸爸都是考察对象，我当时还推荐了你爸爸，我说李赤群综合能力更强一些。"

"1994年，你爸爸来找我，想让我担任副院长。我自己更热衷于钻研专业，想去湘雅医院进修，后来就去进修了一年。等我进修回来，科主任的位置已经没有了，你爸爸就说让我担任院长助理、党委委员。我就是这样才同意的。"

黄伯伯把一辈子的青春都奉献给了宁乡中医院。他长期担任医院主要领导职务，1994年任院长助理，1998年任副院长，2002年任党委书记，直到2017年退居二线。即便退居二线后，由于对自己的专业和工作满怀热爱，他每周依旧坚持坐三天专家门诊，为病人看病。

我问他，父亲当院长时为医院做了哪些有意义的事情。

黄伯伯郑重其事地回答道："你爸爸做的事情，绝对是宁乡中医院发展史上浓墨重彩的一笔！"

他说父亲为医院做了许多有意义的事，其中最主要的可以归纳为三件：一是把医院转成了国营单位，让医院有了行政级别，也能获得财政补贴；二是新建了院区，形成一院两址的格局；三是成功创建了"二甲"医院。

回忆起往昔共同奋斗的岁月，黄伯伯的脸上满是自豪，他说道："我们那时真是干劲十足，特别团结。医院后面院子里的水泥坪，还是职工们自发利用下班时间修建的，都没人要加班费。"

"创建二甲那年，我们对照标准反复培训、反复研究。每次只要达成一个小目标，你爸爸就会请客，叫大家去吃饭。他酒量一般，但是喝酒很猛，喝醉了经常在家里打吊针。我们中医院可以说是白手起家，相当不容易。"

他感慨道："我们工作起来不分白天黑夜，搞三基知识比赛的时候，每天都拼命学习、背书，最后在全省和全市都拿了第一名。"

我问他："为什么大家都会那么努力呢？"

他笑了笑，回答说："因为我们有共同的理想啊，就想一起把中医院搞好。"

透过黄伯伯的笑脸，我仿佛看到了父亲和他们一起奋斗的快乐时光。尽管那时宁乡中医院起步艰难，物质生活也并不充裕，但父亲有一群志同道合的好朋友。他们有着共同的理想信念，无私地挥洒着青春汗水和智慧，通过共同努力，成功推动着医院发展得越来越好！

意气风发的三十二岁

一

宁乡县志有载："宁乡，三国时治邑，北宋建县。地处湘中腹地，扼湘西、鄂南要冲，素称江南鱼米之乡。境内有千年密印禅寺、千佛溶洞、四羊方尊、灰汤温泉和少奇故里等自然风光及名胜古迹。北宋状元易祓、唐代诗僧齐已、国家主席刘少奇、现代革命先驱何叔衡、谢觉哉、姜梦周、王凌波，科坛泰斗周光召等诞生于斯，成长于斯。"

中华人民共和国成立后，宁乡归属益阳专区，1952年属湘潭专区，1962年复归益阳专区，1983年划归长沙市辖。2017年经国务院批准，撤销宁乡县设立县级宁乡市，由湖南省直辖，长沙市代管。

宁乡名称中有"乡"，如今却是一个现代化城市，总面积2906平方公里，人口142万，城区常住人口近52万，辖2区，33个镇、乡，2022年位列全国县域经济基本竞争力百强县第17位，全国工业百强县第14位。

20世纪90年代前期的宁乡，农业资源丰富，粮猪物产位列全国百强县前列；矿产资源丰富，煤炭坝坐拥储量庞大的"黑色金子"，实施强农、兴工、活商、扩城经济战略，县域经济持续发展。

宁乡曾是农业大县，粮猪是物产大宗。1990年全县实现国内生产总值12.60亿元，三次产业结构之比为48.8 : 31.2 : 20，全县粮食产量84万吨，出栏肥猪91万头。是年，国家首次公布1989年全国粮棉肉油百强县，宁乡位列粮食百强县第十二位、肉类百强县第十一位。

20世纪90年代初，全县实施八五计划，调整产业结构，实施工业强县战略。全县工业企业增加，工业经济总量扩张，1992年工业总产值实现12.58亿元，农业总产值10.57亿元，工业总产值首次超过农业总产值。那时宁乡的乡镇企业遍地开花，从起初的几家小作坊，发展到了后来的机械厂、造纸厂、鞋厂等近2万家企业。

采煤为宁乡矿业之首。距离宁乡市区13.8公里，有煤炭坝镇，因地下煤炭资源丰富而取了这个名字，含煤面积占据整个煤炭坝镇面积的三分之一，当年长株潭一带的煤炭几乎都靠这里供应，有着"湘中煤都"之称。新中国成立至1970年，有煤炭坝煤矿、涌泉山煤矿和双狮岭煤矿，1970产煤94.4万吨。80年代，新办煤矿20多家，至90年代初，煤矿达到200多家，1995年全县煤产量超过200万吨。

此后，双狮岭矿区地下水位高，涌泉山煤矿资源枯竭停产，矿区小煤矿多次整合，煤产量逐年减少。

到了90年代后期，宁乡在发展中遇到一些困难。1996年至1999年间国有经济萎缩，财政收入停滞不前，经济质量偏低，全县财政收入占国内生产总值的4.08%，低于全省平均水平。

尤其是1998年全县遭受了历史罕见的洪涝灾害，亚洲金融危机影响加深蔓延，消费需求不足，市场极度疲软，给经济增长造成了巨大的困难。

同时，随着改革开放的推进，县域经济结构和利益关系大变革在体制转轨中许多问题逐渐充分暴露，下岗职工和农民统筹提留收缴等问题带来保稳定的压力。

二

1995年3月，宁乡县政协第七届四次会议召开，增选父亲为县政协副主席。这一年，三十二岁的父亲成为年轻的副县级干部。

1997年12月，宁乡县人大第十三届一次会议召开，选举父亲为副县长，这一年，父亲也不过才三十四岁。

父亲当选副县长时，我才上小学，但记忆中有个片段格外清晰。那天父亲下班回家，一进门就神采飞扬地跟母亲说了些什么，母亲听后，很开心地拥抱了他。

父亲应该不知道，这个对他有特殊意义的时刻，一直定格在他幼小女

○● 1995年，父亲（左二）参加宁乡县政协会议

儿的脑海中。虽然他女儿当时什么都不懂，但"副县长"这个听起来很厉害的词，让她觉得自己父亲十分了不起。

我自己如今也到了第三个本命之年，一直在工作上也算是勤恳认真，颇受认可，但是对比父亲当年的成就，我常常暗自感到惭愧。

父亲在任职副县长的时间不长，从1997年12月当选，到2000年7月调离，前后只有两年半的时间。这期间，主要分管卫生健康和教育工作。

卫生健康领域对于当过多年医院院长的父亲来说，算得上驾轻就熟。但在特殊的时代背景下，计划生育是其中一项绕不开的重点工作。我国从1982年开始将计划生育定为一项基本国策，并写入宪法，直到2015年结束。

父亲分管该项工作后，除了贯彻落实国家政策，更是从医者角度针对孕妇和新生儿推行了一系列有温度的新举措，取得了亮眼的成绩。1998年，宁乡县被评为全国计划生育先进集体；1999年，省委省政府授予宁乡县"全省计划生育工作优质服务先进单位"称号。

宁乡一直是"教育强县"。从1978年恢复高考后，宁乡被大学和专科院校录取的绝对人数长期居于湖南各县之首。1996年升入大中专院校的新生2732人，长沙晚报头版还刊载了《宁乡人会读书》的专题通讯。

宁乡县委县政府从90年代起，也始终把教育放在优先发展的地位，加大投入，改善办学条件，县拨经费每年平均增加841.32万。父亲分管教育工作时，是在良好的基础上接手，继续前进。他在抓好普通教育的同时，更多关注和发展以面向农村群众为主的职业教育，并支持和鼓励社会力量办学。

在普通教育方面，90年代后，由于生源减少，小学布局相应调整，小学数量逐年减少。1997年末，全县共有小学728所，在校学生人数15.78万人，1998—2000年间，撤并小学182所，小学生数量降至546所，在校学生人数为10.94万人。

1997年，中共宁乡县委关于宁乡县第十三届人民代表大会第一次会议选举结果的报告

初中生辍学率由1991年的10%，下降至1999年的2%以下。全县初中生、高中生在校学生人数持续增长，分别由1997年末的5.3万和1.1万人增长至2000年末的7.4万人和1.5万人，全县初中学校由83所增长至88所，高中学校保持在13所。其中，1998年县教育局创办的寄宿制中学宁乡实验中学开立，2000年省内第一所政府牵头的股份制民办学校玉潭中学开立。

在成人教育方面，尤其是面向广大的农村群众，主要以乡镇农民文化技术学校和农科教中心为主，传播农业技术。1998年，流沙河、老粮仓两镇农校被评为"湖南省示范农校"；大屯营、玉潭、煤炭坝、青华铺、双江口和朱良桥等乡镇农校被评为县先进农校。

此后，父亲提出关于职业教育要以面向城市、面向经济为重点，将职业教育瞄向第二、三产业，以此促进广大农村群众的就业和再就业，并反哺县域经济发展。

1999年，父亲看中了计算机技术普及这一市场，多次带队前往四川托普集团恰谈办学事宜。当年，托普集团在长沙市宁乡县经济技术开发区征

地600亩，拟在湖南建设一所软件职业技术学院。2000年6月，一期工程完，以湖南托普信息技术学校的名义招收中专生。2001年6月，经湖南省政府批准，投资1.2亿创办湖南托普信息职业技术学校，在宁乡经开区内占地17亩。经过多年发展，如今该校已升格并更名为湖南软件职业技术大学。

1998年是百年来中国最暖一年，洞庭湖畔农历五月反常降雨，当地民谣有云，"五月十三落了雨，湖里没了洗脚水"，老人认为这是大旱之兆。然而6月中旬，天幕撕裂，湖南、湖北、江西暴雨倾盆，湘水发难，赣水苍茫，三省四水五河，水位皆超历史最高。

当年，5月21—23日、6月12—14日和6月24—27日，宁乡爆发三次特大洪水，其中6月份降水610.7毫米，超过历年均值40.36米。沩、靳水系暴涨。全县受灾人口89.7万，农作物受灾62700公顷，造成经济损失12.26亿元。

在三次特大洪水中，宁乡人民万众一心进行抗洪，县领导更是责任到人，时刻不敢懈怠。我家虽是住在县城，但我记得院子里的积水也是到了小腿那么深。父亲每天早出晚归，抗洪成了那段时间他开口必谈的事情。

其中黄材水库告急最为惊心动魄。黄材水库是全国三大土坝工程之一，属大（Ⅱ）型工程，一旦决堤将对下游近百万人口，64万亩农田以及宁乡城区、八个乡镇构成直接威胁。6月13日，黄材水库水位不断上涨，有可能突破极值。县政府紧急召集有关人员，研究处险方案，提前做好准备，决定在不得已情况下泄洪。

6月14日早晨，黄材水库水位达到165.17米，库容达11990万方，离极限水位166米仅差0.83米，离有效库容12500万方仅差510万方。

上午9时，父亲跟其他县领导一起赶到了黄材水库，他们在现场与专家开会，反复斟酌反复讨论。黄材水库管理局320名职工各就各位，做好泄洪的一切准备。此时，沩、楚、乌三条河流因自然降雨及田坪水库、洞庭水库泄洪江水暴涨。为减少下游损失，必须错开洪峰期。县委最终决定11时泄洪。

到了预定泄洪的时间，黄材水库的水位仍在上涨，为了确保大坝的安全，避免更大的损失，在场人员最终在11时45分决定泄洪100个流量。下午1时，水位继续上涨，泄洪加大到150个流量。直到4时，停止降雨，水库的水量达到平衡。

父亲当副县长只有两年多时间，所分管的工作取得了一定的成效。从宁乡调离后，他不再跟计生、教育工作产生过交集，但这段经历曾经触动过他，也在持续影响着他，这些在他履职政府委员时的提案中可窥见一二。

父亲在当选第十届湖南政协常务委员后，于2009年曾提交关于采取有效措施引导青年男女自觉实行婚检，减少出生缺陷的议案，于2010年关于建立"农民工职业培训长效机制"的提案。他结合自己过往的工作经验，在政协平台发声，希望以此继续推动相关工作惠及更多群众。

三

原宁乡县副县长、湘江新区管委会副主任郭力夫的从政生涯也是于宁乡起步，曾在工业局和经委锻炼，跟我父亲在同一届当选为副县长，之后在宁乡经开区、浏阳经开区、长沙高新区和湘江新区担任主要领导，对于综合型园区的建设和发展有深刻的研究和成功的经验。

郭主任善于思考和总结，是一名学者专家型的干部，跟他的聊天能带给我很多启迪。这次的会面，选在他家的院子里，他贴心地准备好了茶点，等着我的到访。

说明了来意后，他对我写书的想法表示了赞赏和支持。"我自己就有整理工作资料的习惯，针对在浏阳经开区的工作经历写了一本四十万字的书。"

"你将你爸爸的经历整理写书，除了纪念以外，自己也能从中思考并得到提升。但是你不要心急，多要收集一些资料，多访谈一些人，尤其是看看他的讲话和述职报告之类的，了解他的思路。"

我说："我现在确实有些急于求成，总想着能快一些把书写好，有时候也比较焦虑。"

他说："这有什么好着急的呢，可以慢慢来。"

我点了点头。其实在写这本书的过程中，我有时会觉得焦虑，很想不眠不休一气呵成，又会刻意停下脚步放慢速度，好让大脑有个消化和休整的时间。

我开始了提问："我翻阅了宁乡县志和一些资料，从1998年到2000年这段时间，似乎宁乡正在经历发展中的困难，并没有太多的工作亮点吧？"

"的确如此，能守住就算是当时最大的成绩了。宁乡那两年是最困难的时候，处于由农业大县向工业化转型的转折点。我负责国企改革，经常被下岗职工围攻，连饭都不能去吃呢。"

"记得有一次，有两三千下岗职工要去县政府请愿，书记打电话给我，他说力夫啊，你赶紧去现场吧，不能让他们过来，县政府院子里都站不下这么多人。于是我马上坐了一个啪啪啪（宁乡方言对电动三轮车的称呼）赶了过去。"

"到了以后，我对群众们说，我是负责这块工作的副县长，大家有什么要求可以在这里跟我提，不用去县政府了。群众中有人起哄，说这个副县长肯定是假的，这么年轻，还是坐啪啪啪来的。有个工作人员就解释，这是郭县长，他不是假的，他是新的呢。"

郭主任说完就笑了，我也被他的风趣逗笑。他说的这些，直观反应了当时的现状，一是矛盾多工作开展难度大，二是县领导整体都非常年轻。

我又问他："您跟我父亲在共事期间有什么印象深刻的事情吗？"

他想了想说："印象深刻的是我们的改革。那届政府班子平均年龄在35岁左右，在困难面前，年轻的政府班子想通过改革来改变局面。以县长为首有个改革派，我跟你爸爸都属于支持改革的。"

"那具体有哪些改革的举措呢？"

他说："主要是从一些工作弊病入手，比如公务用车和公务用酒。改革想减少公务用车的开支，那时我跟你爸爸被安排共用一台公车，但是我们都不去用。有个副县长带头买了单车，我们几个人都效仿，结果我经常不记得单车停在哪里，一个月丢了好几辆，工资都用来买单车了。"

"改革喝酒是想减少公务宴请中的高端用酒，提出不喝五粮液，改喝谷酒。办公室买了几大坛谷酒放在仓库，过了两三个月我去看，发现酒坛子都空了，心想这改革的成效还蛮明显。结果一细问，才知道都是下面的工作人员自己喝掉了。"

郭主任边说边笑，而后又认真地说："这段改革历程其实是宁乡在探索的道路上前进，后来回想，还是班子整体太年轻经验不足，改革的方向把握不够准确，没有通过发展来解决问题，导致最后效果不好。"

我低头沉思了一会，"我能理解那种心情。一群年轻的干部，踌躇满志想做成一些事，尤其面对发展困境时急于做出一些积极的改变，于是从自己身上开始革命，从喝酒和用车这些小处着手。"

郭主任说："2000年开展了'三讲'活动，干部进行批评和自我批评，这次活动也宣告了上述改革的结束。因为大家的反馈和评价都不太好，我们县委班子当年也做了很大的调整。包括县长在内，一共调整了四五位班子成员，你爸爸也在其中。"

我有些犹豫地问："那这次工作调整，说得上是我父亲的一次挫折吧。"

他回答："这不是个人的问题，也不是单独的问题，是整个年轻班子的集体决策。你爸爸很厉害呢，没过多久，他就凭本事参加了公选，还提拔去了省药监局。"

我问郭主任从县政府班子调整以后，跟父亲还有哪些交集和联系。

他说："我跟你爸爸一直都有联系，但工作上的交集主要还是我在浏阳经开区工作那段时间。浏阳经开区里面的生物医药企业比较多，企业发展中遇到过一些困难，甚至说得上是生死劫，在协调解决的过程我们园区和药监部门必须要表明态度。你爸爸很专业，也很有担当，在这当中给了我们园区很大支持。"

顺着这个话题，我追问道："那您觉得我父亲是个怎样的人？"

他回答："我认为，他是个很正直的人，敢于担当、敢于改革创新，另外他是个专业型的干部，不是政客。"

"你们都那么年轻当副县长，是怎样的心情？会忐忑害怕吗？"

"不会。就是觉得要一往无前，把工作干好！"

"您觉得当官有意思吗？"

"有意思。我们如果要做成事情，就必须有平台，当官只是这个平台。比如让我去做园区，我可以做成国家级甚至世界级园区，这个就比较有意义。"

我曾经也想过，如果父亲选择的是另一条职业道路会不会轻松些。作为女儿，我对父亲是最质朴和纯粹的感情，希望的是他能陪伴在我身边久一些、再久一些，期盼的是他健康快乐。

但我也转念又想，父亲在这个平台上，实现了自己的人生价值，为社会和行业发展做了有意义的事情，他应当也是觉得有意思的。

第五章

风雨同行二十三载
与湖南药监

携手药监：风起于青萍之末

一

自1998年国家药品监督管理局成立，至2018年成为国家市场监督管理总局的下设机构，二十年间，国家药品监管机构顺应时代浪潮，历经数次变迁。期间，因机构职能定位的不同，在国务院直属和"部管局"之间转换，机构也随之多次更名。

湖南药监系统紧跟国家局步伐，进行了数次机构改革与职能调整。在此过程中，我父亲的职务和分管工作不断变动，但他始终初心不改，对药监事业满怀热爱与工作激情，在不同分管领域发光发热。

1998年，国家组建药品监督管理局，由原医药管理局合并原卫生部药政司，成为国务院直属部门。这次机构改革终结了我国长期以来药品监管多头分散、政出多门的旧体制，开启了药品统一监管的新篇章。这一历史性变革，突出了"药品"的专属性，开启了长达20余年的药品专业监管新征程，"药监人"正式登上历史舞台。

根据《中共中央、国务院关于地方政府机构改革的意见》，1999年8月8日，湖南省药品监督管理局正式挂牌成立，为省政府直属机构。原省医药管理局、省卫生厅药政局随即撤销，其药品监督管理职能、编制、人员等并入省药品监督管理局。随后，按照省委、省政府批准的全省药品监督管理机构改革整体方案，各市州药品监督管理局相继组建。到当年12月底，常德、岳阳、湘潭、永州、湘西自治州、益阳、长沙、怀化、株洲、郴州、娄底等11个市州药品监督管理局组建完成。

○ 2004年，父亲在老药监局门前拍照留念

随着全省药监队伍的组建，父亲的职业生涯迎来重大机遇。2000年，湖南省委组织部发布公开选拔厅局级领导干部的通知，省药监局副局长一职也在其中。父亲从报纸上看到通知后报名参加，凭借多年管理经验和医疗医药专业优势，在笔试和面试中一路领先，最终成功通过公选。37岁时，父亲从宁乡县城调到省会长沙，被任命为湖南省药品监督管理局副局长。

父亲到任后不久，湖南药监全面启动改革并建立垂直管理系统，他作为省局主要领导，带领工作组深度参与其中，日夜奔忙。

经过一年多艰苦细致的工作，全省药品监督管理机构和体制改革工作于2001年底完成，调整配备了14个市州药品监管局领导班子，组建了96个县级药品监督管理分局，共上收人员2626人。改革后的省药品监督管理局作为省政府直属机构，主管药品监管，下设药品检验所、省医疗器械、药品包装检测所和各市州县分局。

2002年1月1日起，全省正式实行垂直管理，成为全国最早完成改革的省份之一，湖南药品监管事业步入新时代。

二

2003年，经国务院批准，在国家药品监督管理局基础上组建国家食品药品监督管理局。此次改革未涉及药品监管职能变更，新增了食品、保健

○ 2004年兴建的湖南省食品药品监督管理局办公大楼

品、化妆品安全管理的综合监督职能，仍为国务院直属机构。同时，对省以下药品监督管理机构实行垂直管理，强化统一监管。

2004年5月，湖南省政府下发《湖南省人民政府机构改革方案的实施意见》，组建湖南省食品药品监督管理局，作为省人民政府综合监督食品、保健品、化妆品安全管理和主管药品监督管理的直属机构。2月19日，省食品药品监督管理局正式挂牌成立。

在这一时期，父亲负责分管医药流通工作，在农村药品"两网"（即农村药品监督网络与供应网络）建设以及医药流通体制改革方面，作出了积极且显著的贡献。他出任农村药品"两网"领导小组组长一职，于全国范围内率先推动农村药品"两网"建设工作。通过不懈努力，基本达成了乡乡设有药店、村村配备药柜，城乡药品实现同质同价的目标，有力地降低了农村药品价格，切实减轻了广大农民的用药负担。按照国家药监局规定的时间节点，圆满完成了药品经营企业"两证"的换发工作以及GSP认证任务，较好地解决了药品经营企业数量过多、经营状况过滥的问题，促使企业的质量管理水平与经营条件得到大幅度改善。与此同时，大力推进药品流通体制改革，构建了药品批发、零售企业的准入与退出机制，在医药分业改革领域积极探索、勇于实践，推动了湖南医药批发和零售连锁企业的良性发展，为"药店湘军"的崛起奠定了坚实基础。

此外，他还分管规划财务处。当时省食药监局刚成立，全系统处于白手起家、艰苦创业阶段，办公等基础条件差，省局机关近百人挤在1981年建的小办公楼里办公，很多市州和县级分局没有办公场所，办案设备匮乏。

父亲与相关领导千方百计筹措资金，稳步推进全省食药监系统基础设施建设。通过与国家局、省财政及相关部门不断沟通、积极争取，2003年，为市州药监局及县级分局添置了57台执法车，454台照相及摄录设备、微型数码录音设备，解决了7个市局办公楼建设所需部分资金，解决了10个县级分局的办公场所，构建办公楼面积1万多平方米，使基层单位办公办案条件逐步改善。

2004年，由父亲牵头负责的省局新办公大楼建成，省局迁址河西金星路并沿用至今。他对大楼的一砖一瓦、一花一木都格外上心，亲自带人前往浏阳精心挑选许多苗木种在单位后院，还特意托人从宁乡弄来几颗玉兰树栽在办公楼前。如今，树木已茁壮成长，每至初春，门前玉兰树繁花似锦；一到金秋，后院桂花树香气四溢。

在他的不懈努力下，"十一五"期间（2006—2010），省局累计争取国家专项补助资金2.14亿元，各项基础设施和执法装备得到极大改善。全省药监系统资产总额和固定资产分别达到18.14亿元和15.4亿元，比"十五"增长98%和110%；建设国债项目62个，总建筑面积5.97万平方米，总投资1.07亿元；自筹资金建设项目23个，总建筑面积4.27万平方米，总投资8782万元。

三

2008年，中国启动大部制改革。在这一轮改革中，国家食药监局由国务院直属机构变为卫生部代管机构。由于国家层面的变动，省级以下食药监局也开始变革，由垂直管理变为地方政府分权治理，地方负总责。

2009年，湖南省食品药品监管体制改革再次启动，省政府印发相关规定，明确省食品药品监管局为省人民政府工作机构，归口省卫生厅管理。

2010年，湖南省稳步推进食品药品监管体制改革与机构改革，取消省以下食药监系统垂直管理，各市州、各县市区设置的食品药品监管局纳入同级政府工作部门。6月底，省食药监局向各市州移交对应机构人员及编制。

在机构改革历程中，湖南药监局首次取消系统垂直管理，向市州移交的相关工作极为繁杂。这一时期，父亲先后分管医疗器械、食品安全工作，同时还负责省药监系统的规划财务工作。面对我省医疗器械产业小、散、弱的现状，在医疗器械领域，父亲确立了如下工作思路：将保障医疗器械安全有效作为首要目标，把促进医疗器械产业发展当作第一要务，把创新医疗器械监管机制作为第一追求，把提升医疗器械监督管理人员素质列为第一重点。他从引导产业聚集、建立及优化监管政策两方面着手，开展了大量工作。由省药监局主办的省内首个医疗器械产业园区得以成立，并逐步培育壮大。

在财政体制调整上，他推动省局向财政厅争取到最优政策。在经费基数下划方面，人均经费基数下划达到4.5万元，并明文规定"各级财政要将下划的财政支出基数全部用于食品药品监督管理部门的正常运转，并根据工作需要和财力增长逐步提高保障水平"。在住房补贴方面，省局自筹资金187万元，加上财政下拨1046万，将全省食药监系统1870人的住房补贴资金全部拨付到位。同时，省局与人社、财政部门积极协调，使垂直管理期间干部职工养老金全额免缴，总金额达9000多万元。

此外，这一时期父亲分管的医药职业教育（2010—2011年）取得新进展。湖南省医药学校挂牌成立湖南广播电视大学药学分校，开放教育新生注册1000余人；招生就业形势良好，全日制招生1960人，函授招生100余人，与100多家医药企业建立培训、就业合作关系；继续教育成绩显著，对6000多名药师、从业药师进行继续教育，对8500多名药械商品购销员、药物制剂工进行培训和鉴定。并于2011年成功创建高等专科学校，升格并更名为湖南食品药品职业学院。

在食品药品监管基本能力建设方面，在父亲和同事们的努力下，湖南省药监局2012年获得中央转移支付资金7812万元，总量居全国第三，增幅和比重均为全国首位；省财政预算追加资金5014.6万元，同比增长14.25%。全年共安排市、县食品药品监管局经费7346万元，较上年增长20.88%。累计完成政府采购资金8377万元，采购设备3239台套，其中装

● 2012年5月，父亲出席全省食药监系统规划财务工作会议

备市县执法设备80台套；装备市县局餐饮快检设备2300台套，装备各级技术检验检测机构仪器设备859台套。

四

2013年3月，国家食品药品监督管理局改为国家食品药品监督管理总局，成为国务院直属机构，不再隶属卫生部。在职能方面，此次改革将所有涉药食行政监管职能由分散到集中，消除了分段监管时代的弊端，如原来的食品安全办设在省卫生厅，生产和流通环节又涉及省质监局和省工商局，难以实现统一权威的监管。这次改革，药监人用"四品一械"四个字概括了自己的机构职责，即对药品、保健品、餐饮食品、化妆品、医疗器械的生产流通全流程监管。

4月，国务院印发《关于地方改革完善食品药品监督管理体制的指导意见》，明确地方各级食品药品监管机构仍由同级地方政府管理，但在业务上接受上级主管部门指导；同时要求地方政府结合本地实际，将原食品安全办、原食品药品监管部门、工商行政管理部门、质量技术监督部门的食品安全监管和药品管理职能进行整合，组建新的食品药品监督管理机构。

同年10月，湖南省政府印发省食品药品监督管理局主要职责内设机构和人员编制规定，新规定中其主要职责不变，但由原卫生厅管理调整为省人民政府直属机构。同时将原食品安全办、原工商局和原质监局关于食品安全监管的职能和人员都整合过来。

　　在机构改革方面，至2015年，湖南省122个县市区食品药品监管机构基本完成设置。根据当地不同情况，有44个县市区设置了独立的食药监局，78个县市区设置了综合化的市场监管局，另有10个特设区设置食药监管机构。乡镇及街道监管机构陆续组建，全省1532个乡镇街道设置监管所1441个，省市县乡四级集中监管体系基本形成。

　　在这一时期，父亲主要负责食品安全工作，兼任省食安办副主任。他建立起一套最为严格、覆盖食品生产全过程的监管制度，确保监管工作在每个环节都有法可依、有章可循。在食品安全监管工作中，他始终秉持最严格的监管标准，通过针对重点问题开展专项整治、围绕重点品种实施综合治理，以及对重点区域加大整治力度等一系列举措，有力地保障了人民群众的食品安全。同时，他更新监管理念，提出"监管也是服务"的观点，持续推动食品产业朝着规模化、集约化和标准化方向发展，为食品行业的健康发展奠定了坚实的基础。

　　在他的任期内，未出现源发性、系统性、区域性的食品安全问题。我省食品安全状况显著改善，公众满意度持续提升。食品行业也实现了持续、平稳、较快发展，为全省经济社会发展和富民强省目标的实现作出了积极贡献。

五

　　2018年，作为国务院直属机构的国家市场监督管理总局成立，其整合了原国家食品药品监督管理总局、国家工商行政管理总局和国家质量监督检验检疫总局的职能。但考虑到药品监管的特殊性，单独组建了国家药品监督管理局，由国家市场监督管理总局管理。市场监管实行分级管理，药品监管机构只设到省一级，药品经营销售等行为的监管，由市县市场监管部门统一承担。

　　按照中央的统一部署，湖南省市场监管局于10月19日正式成立。新组建的省市场监管局整合了原省工商局、质监局以及知识产权局的职责。10月29日，湖南省药品监督管理局正式挂牌成立。就在这一年，我的父亲被任命为湖南省药品监督管理局局长，由此开启了他主政湖南药监、锐意进取的新篇章。

机构改革初期，湖南药监系统面临诸多问题与挑战。父亲带领队伍不断完善药监体制机制，扎实推进药品治理体系和治理能力建设。在落实药品监管事权、加强职业化专业化检查员队伍建设、提升检验检测能力、构建药品安全监管责任体系、优化创新检查执法体系以及探索完善稽查办案机制等方面，采取了一系列有力举措，并取得了显著成效。

他带领湖南省药监局以建设人民满意的服务型职能部门为目标，践行"监管严而又严、服务优而又优"的工作理念，始终把守护药品安全底线作为首要任务，强化全生命周期监管。同时，持续深化"放管服"改革，建立并完善服务医药产业发展的工作机制，助推全省医药产业实现高质量发展。

在父亲及团队的努力下，全省医药产业发展面貌焕然一新。湖南有19家医药上市企业规模均实现翻番，其中2家企业入选中国医药工业百强，5家企业入选中国中药企业百强。年销售额过亿元的医药单品种达66个。2021年，全省生物医药产业实现总产值3200亿元。湖南医疗器械企业呈现出前所未有的井喷式增长，3年时间总产值从89亿元增长到450亿元，生产企业数量由375家增长至909家。化妆品产业从无到有，培育形成了百亿美妆园区——长沙美妆谷。全省化妆品生产企业产值近100亿元，销售规模达700亿元，产业总规模年均增长10%—15%。

纵观中国药监波澜壮阔的二十余载，随着时代的变迁和实际情况的变化，总共历经了四次大的机构改革。父亲自2000年加入湖南药监局，在这个单位工作了23年。从成立之初到亲历数次机构改革，父亲始终保持着对药监工作的无限热爱与深情，为药监事业的发展和医药产业的推动奉献了一生。

监管能力建设：推进迈上新台阶

一

父亲主政湖南药监的三年，是他职业生涯的最后一站。就任时，他在表态讲话中表示："将在全力保障药品安全的同时，积极促进全省医药产业健康快速发展，推进药品监管事业迈上新台阶。"

平稳过渡和坐等退休从来不是父亲人生的选项，无论何时，他都对自己的事业充满激情与憧憬。"百尺竿头，更进一步"，父亲凭借在药监系统近二十载的经验积累，以及对事业的无限热爱和使命感，轰轰烈烈地开启了湖南药监系统锐意进取的征程。

对于全国药监体系而言，这一轮机构改革重新划分了中央和地方的药品监管事权，国家局负责药品研发环节的监管，省局负责药品生产环节、批发和零售连锁总部、互联网第三方平台的监管，市县市场监管部门负责药品经营销售等行为的监管。改革初期，湖南药监体系面临省局与市县局的衔接机制不健全、市县对药械工作重视程度不够、监管人员和资源配合不足、药品监管事权落实和药品安全全生命周期监管等诸多问题与挑战。

随着省局深化审评审批制度改革，器械和化妆品等注册产品和企业数量大幅增加，监管对象"多"与监管人员"少"的矛盾凸显。

如何适应新的监管机制，及时更新监管理念，调整工作机制，理顺各层级工作关系，建立与各自职责相匹配的监管力量，优化审评审批和营商环境、加强事中事后监管确保产品安全，最大程度释放新监管机制的优势，都是亟待解决的问题。

父亲上任后，坚持规划引领，在全面总结"十三五"期间药品监管事业发展成果的基础上，立足新发展阶段，以推动药品监管及产业高质量发展为主题，出台了《湖南省"十四五"药品安全规划》。高位推动省委全面深化改革委员会审议通过《关于全面加强药品监管能力建设的实施意见》，进一步完善药品监管体系，创新药品监管方式，提升应急处置能力，建立科学完善的药品安全治理体系。

同时，健全权力运行制度规范，制定案审会、行政应诉、规范性文件等监督制度，规范权力运行。对2005年以来1.3万余份文件进行梳理，审议废止550件，保留216件，重新修订22件。

此外，为全面加强药品监管能力建设，父亲带领省药监局重点在完善药监体制机制以及加强职业化专业化队伍建设等方面做了大量卓有成效的工作。

省级药监局机构改革后，担子重、责任大，监管人员来自多条战线，要牢牢守住药品安全底线，全力开拓药监事业新局面，"人"成为工作的关键。

由于药监局只设到省一级，市州和县区不单设药监局，由市场局统管，因此部分市局监管科室骨干因人事工作要求被轮岗和调离，但药监工作专业要求高、难度大；还有一部分老药监人即将到龄退休，监管队伍面临断层困境。县区局及基层所药监专业人员匮乏，却大多处于超编状态，招录专业人员受到客观条件限制，队伍建设难度极大。

父亲多次向省委、省政府请示汇报，促成省委编办赴外省联合调研，在工作体制机制上解决监管任务与监管力量不匹配的问题。与此同时，省药监局加强与省市场监管局的沟通和对市州的调度，为市县两级争取药械化监管机构和力量做好服务指导。通过这种方式实现上下联动与协调，最终，全省各市州市场监管系统共设置57个药械化监管内设科室，平均每个市州设有4个药械化监管内设机构，药械化监管人员编制达到15—20名，最大限度保留了药监专业力量。

2019年，国务院办公厅印发《关于建立职业化专业化药品检查员队伍的意见》，在全国药品监管系统引起强烈关注。在机构和人员问题得到解决后，为打造一支懂药监、会监管、善监管的高素质干部队伍，父亲开始推进和加强职业化专业化检查员队伍建设。

所谓职业化专业化检查员，是指经药品监管部门认定，依法对管理相对人从事药品研制、生产等场所、活动进行合规确认和风险研判的人员，是加强药品监管和保障药品安全的重要支撑力量。而药品检查是药品监管部门依法对药品研制、生产、经营和使用等生命周期各环节是否符合国家相关法律法规、质量管理规范和技术标准要求的现场确认过程，是最直接有效和系统的监管方式。

2019年7月18日，湖南省药品监管局在长沙举办首批省级药品、医疗器械和化妆品检查员聘任仪式，向86名检查员颁发聘任证书，其中药品GMP、药品GSP、医疗器械和化妆品一级检查员30名、二级检查员56名。并且在《湖南日报》整版专题报道，刊发检查员信息，极大提升了他们的荣誉感和责任感。

父亲在此次会议上介绍，检查员的聘任，既是保证监管工作的需要，也是保住原有检查员队伍的具体措施。湖南省药监局对此次聘任检查员工作高度重视，检查员均通过省药监局机关各业务处室、省药品审评认证与不良反应监测中心、各市州市场监管局多方推荐，坚持好中选优的原则，重视品德口碑、专业技术、检查经验、工作实绩，最终选拔确定。同时强调，检查员是公众用药、用械、用妆安全的"把关员"，肩负着药械化安全监管的责任，承载着人民的信任与期望。受聘检查员要不忘初心、牢记使命，以守护药械化质量安全为己任，在检查中既要保持严格的工作作风，又要勇于担当；检查员既要懂专业，又要熟悉法规，还要了解其他领域知识，与时俱进不断提升业务水平和检查能力。

队伍组建后，省药监局狠抓队伍建设，通过多样化培训方式，着力提升检查员队伍的专业素养与监管能力。培训内容涵盖理论讲解、案例互动、实战演练以及现场检查等，全面夯实检查员的业务基础。同时，积极选派骨干力量赴南开大学、中国药科大学等知名高等院校进修学习，汲取前沿知识与先进理念。

高素质的人才队伍为湖南药监事业发展提供了坚实保障。在以父亲为代表的全体同事共同努力下，湖南省药监局成功组建药械化检查员队伍，打造出一支屡破大案要案的"稽查铁军"，并拥有高水平的药械化检验检测机构和审评机构，为药品监管工作筑牢根基。

检验检测是药品安全监管的关键技术支撑。为强化检验检测机构建设，湖南省药监局与中南大学签订科技合作协议，全力构建药品监管与医药研发一体化平台，加速推进监管科学研究。

2021年，湖南省药品检验研究院获批成为国家药监局首批化妆品抽样检验复检机构，并成为化妆品补充检验方法验证单位。在此期间，该院在疫苗、血筛诊断试剂等生物制品检验检测方面持续发力，通过实验室资质认定扩项，新增15项生物制品检测资质，并积极参与新冠病毒检测试剂盒国家专项抽检工作，为疫情防控贡献力量。

在基层药品不良反应监测网络规范化建设方面，2019—2021年期间，我省平均每年收集药品不良反应报告7万余份、医疗器械不良事件报告1万余份、化妆品不良反应监测报告5000份、药物滥用监测报告近2万份，同时平均每年处理省级平台预警信号500条。通过深入分析不良反应监测数据，向国家中心提交相关品种风险报告并提出专业建议，多次获得肯定。其中，2021年牵头开发的"患者自主申报医疗制剂不良反应和疗效评价系统"，属全国首创。

在国家局重点实验室建设方面，2021年6月，国家药监局药用辅料工程技术研究重点实验室授牌仪式举行，我省在创建国家药监局重点实验室方面实现"零"的突破，为药品监管科研工作注入新动力。

二

父亲在会议上强调："建立健全药品安全责任体系，是强化药品安全监管、构筑长效监管机制的重要举措。"

药品安全关乎人民群众生命健康，责任重于泰山。为推动药品安全治理效能再上新台阶，省药监局充分发挥药品安全平安建设考核的指挥棒作用，对各地药品安全责任履行情况进行全面考评，压实地方政府属地管理责任，促使地方党委和政府高度重视并切实加强药品安全工作。

持续优化完善"省局精准检查、市州协助巡查、企业主体自查"的"三位一体"药品风险防控体系，积极探索具有湖南特色的药品监管新路径。不断丰富其内涵、拓展外延，建立风险监测、专题研判、管控处置、警示交流和跟踪问效的闭环检查机制，推进实施全生命周期监管，构建上下贯通、互为支撑、高效协同的监管体系。

基于机构改革后省局监督执法力量不足的现状，父亲带领湖南药监创新构建了"三位一体"的药品监督检查体系，该体系被列入2020年湖南省委深改办重点改革清单。

父亲指出："构建药品'三位一体'风险防控体系，既是适应湖南生物医药产业日益壮大的现实需求，也是解决机构改革后药品监管新问题的迫切需要。"通过这一全程风险防控体系，有效压实企业质量安全主体责任，确保药械化产品质量安全，坚守"四个最严"底线，为药品安全保驾护航。

在省局精准检查方面，省药监局成立全国唯一一家按内设机构管理的职业化专业化检查分局，建立严格检查制度，创新开发湖南省标准化检查系统，实现"两品一械"检查全过程可查询、可督办、可监控、可共享、可分析，为信用评价和联合惩戒提供有力数据支撑。自2020年5月启动至年底，省局精准检查共派出检查员1314人次，对全省544家"两品一械"企业开展现场检查，下达责令改正通知书488份，约谈企业15家，注销《药品生产许可证》1家、《药品经营许可证》14家，核减5家药品批发企业经营范围，暂停7个药品品种生产，依法立案7起，有力推动湖南生物医药产业高质量发展。

在市州协助巡查方面，2020年省局向各市州局交办8个类别协助巡查任务，涵盖药品生产企业、医疗机构制剂室、药品批发及零售连锁企业、医疗器械生产企业、国产非特殊用途化妆品备案企业等。市州共巡查企业2034家次，圆满完成交办事项。

在企业主体自查方面，2020年收到"两品一械"企业整改自查报告500余份、药品生产企业年度自查报告800余份。检查过程中，同步推进检查标准化管理系统构建、药品安全信用档案完善等工作，成效显著。

药品和医疗器械监管工作涉及多部门协作，以往存在药监与公检法部门衔接不畅、工作协同度不高的问题；同时，新一轮机构改革后市州区县不再单设药监局，导致省局工作推进面临领唱难、沟通难、协调难等困境。

针对这些问题，父亲带领省药监局在全国率先探索构建药品执法行纪刑衔接机制。充分发挥纪检监察部门监督问效优势，有效解决药监与公安、检察、法院的沟通衔接难题，促进药品监管工作协同开展，形成全省药品监管"一盘棋"格局。在纪检监察部门监督约束下，实现"监管责任最大化、行政权力最小化"，做到监管"严之又严"、服务"优中更优"，推动亲清政商关系健康有序构建。

在此机制推动下，省药监加大违法违规行为打击力度，药械生产流通秩序进一步规范。以2021年为例，全省办结药械化违法案件4990件，移送涉刑案件21件，捣毁制假售假窝点6个，责令停产停业15家，依法吊销、注销药械化生产经营许可证60余家。省本级完成稽查处置事件162件，直办案件80件。召开"行纪刑"联席会议会商5次，联合省公安厅治安总队挂牌督办17起药品违法案件，抓捕犯罪嫌疑人36人。湖南省药品领域安全事件、行政复议诉讼、廉洁从政投诉举报等发案率降至近年来最低水平。

行纪刑贯通机制推动我省药品安全执法取得阶段性成果，获得国家市场监管总局高度肯定。甘霖副局长来湘调研时，要求湖南持续创新推动"行刑纪贯通机制"建设；中纪委监委驻国家市场监管总局纪检监察组组长杨逸铮批示："湖南省市场监督管理局认真落实总书记'四个最严'要求，在药监执法中积极探索行刑纪衔接工作机制，做法有力有效。"

机构改革后，父亲带领湖南省药监局持续完善药监体制机制，扎实推进药品治理体系和治理能力建设。针对落实药品监管事权、加强职业化专业化检查员队伍建设、提升检验检测能力、构建药品安全监管责任体系、优化创新检查执法体系、探索完善稽查办案机制等方面，采取一系列有力举措，成效显著。湖南药品监管形成作风优良、业务精湛、技术保障有力、部门协作高效的崭新局面，为药品安全监管筑牢坚实根基。

三

"我们药监人肩负着守护老百姓安全用药的神圣使命，必须当好守护神。"父亲坚定地表示。他带领湖南省药监局始终以"四个最严"（最严谨的标准、最严格的监管、最严厉的处罚、最严肃的问责）为根本遵循，秉持"监管严而又严，服务优而又优"工作理念，将守护药品安全底线作为首要任务，不断完善药监体制机制，强化全生命周期监管，深入推进药品治理体系和治理能力建设。

在他任期内，全省未发生源发性、区域性重大药害事件，药品质量安全水平显著提升，药品安全治理能力明显增强，药品安全形势持续稳定向好。2019年，"湖南省药品稽查办案管理系统"被国家局评为药品智慧监管典型案例；2020年，湖南省药监局被国家禁毒委评为2015年以来禁毒工作成绩突出的"全国禁毒工作先进集体"。

日常监督检查和稽查是强化药械产品质量管理、规范经营行为的重要手段。父亲多次强调，要通过检查和稽查督促企业依法生产经营，彰显法律威严，提升检查震慑力与时效性。他鼓励检查员队伍将稽查的敏锐眼光、猎人的警觉嗅觉、战士的担当精神有机融合，努力成为政治过硬、素质优良、业务精湛、廉洁高效的药监卫士。

2019年，在机构改革人员紧张的关键时期，湖南省药监局仍调派检查员970人次，对全省378家高风险领域和重点品种药械化生产企业及药品批发企业开展监督检查。累计发现各类问题和缺陷2400余条，收回一张GMP证书，3家GSP换证不予通过，15家企业主动停产，对10家企业进行一对一约谈，对86家企业进行集体约谈。

2020年，湖南省药监局根据国家局"两品一械"监管重点工作部署，由检查分局牵头组织实施，在全省开展"两品一械"风险防控百日集中整治行动。5—7月，共选派检查员636人次，检查企业228家，发现问题缺陷2206项，约谈企业15家，暂停6个药品品种生产。同时，在全省组织开展药品流通领域飞行检查，共飞检各类型流通企业30家，发现问题缺陷277项。

父亲在"两品一械"风险防控百日集中整治行动总结汇报会上指出，此次专项行动重点构建了检查员标准化管理系统、药品安全信用档案等，深入探索实践"省局精准检查、市州协助巡查、企业主体自查"三位一体的药品全程风险防控体系，整治效能高、权责明晰、效果显著、机制创新、氛围良好，取得了突出成效。

2021年，组织检查员1369人次，检查企业494家，其中药品生产企业120家、药品经营企业270家、医疗器械生产企业97家、化妆品生产企业35家，发现问题缺陷3813条，下达责令改正通知书322份。在药品和医疗器械领域周密部署飞行检查，共飞检药品生产企业8家、药品流通企业30家、医疗器械企业22家，移交稽查立案1起，依职权注销企业3家，发现问题缺陷121条。

在严格后处置工作方面，父亲在会议中明确要求："各部门要珍视检查成果，任何危害人民安全的违法行为都必须受到法律严惩。对企业严格要求，就是对企业最大的保护，这也是践行'两个维护'的重要体现。"

抽检作为产品上市后监管的重要手段，是实现风险管理、科学管理和监管前置的关键技术支撑，犹如药监部门严把药械化质量安全关的"望远镜"和"探照灯"。

父亲带领省药监局一方面积极配合完成国家药品评价性抽检工作，严格按照国家局规定的抽检品种、数量，科学制定抽检实施方案，统筹安排全年监督抽检任务。成立工作专班，明确专人负责，加强沟通协作，确保抽检任务高效推进，避免积压。

在国抽工作方面，2019年至2021年分别完成1331批次、1587批次、1333批次抽验任务。其中，2021年完成药品6个品种620批次、医疗器械5个品种62批次、化妆品11个品种651批次抽验。

另一方面，根据监管实际需求，聚焦重点品种和关键环节，在省内组织开展"两品一械"抽查检验工作，全面评估上市后产品质量状况，严厉打击制售假劣药品行为。

在省抽工作方面，遵循"先检查后抽样"原则，采取"分散抽样、集中检验、探索研究、综合评价"抽检模式，将抽检工作与日常监督检查、专项整治行动紧密结合。针对使用范围广、不良反应集中、投诉举报较多的重点品种，有针对性地开展监督抽检。2019—2021年累计完成7242批次抽检任务。通过对不合格产品查控、信息公开以及风险线索核查处置，对"两品一械"从业主体形成强大震慑，促使其强化全生命周期和全过程质量控制意识。

受机构改革影响，2019年全国药品违法案件查办数量整体下滑，部分省份案件数量大幅减少。但父亲在稳妥推进机构改革的同时，组织省药监系统开展农村药品安全、中药饮片质量、职业药师"挂证"、医疗器械"清网"、化妆品"线上净网线下清源"等多个专项整治行动，严查重处，稽查工作成绩位居全国前列。"湖南省药品稽查办案管理系统"被国家局评为2019年药品智慧监管典型案例。

"民有所呼，政有所应。"针对农村地区和城乡结合部药品流通安全问题较为突出的状况，父亲认为深入开展农村药品安全专项整治，是落实药品安全"四个最严"要求的重要举措，是践行人民至上、生命至上理念的具体体现，也是实现乡村振兴的基础保障。因此，持续将其列为省药监局年度药品安全监管重点工作。

2020年，部署安排14个暗访组，对全省14个区县市农村药品安全状况进行暗访，大力整治城乡结合部、农村药品市场秩序。暗访范围涵盖较发达地区的浏阳市、湘潭县、攸县、汨罗市，以及湘西片区的泸溪县、慈利县、通道县等。

2021年2月，在前期深入实地调研基础上，成立由局主要负责人和相关处室负责人组成的农村药品安全专项整治工作专班，父亲担任组长，各相关处室指定专人担任联络员。同时，制定印发《农村药品安全专项整治工作方案》，进一步强化风险防控，从源头上消除药品安全隐患。根据方案部署，湖南省药监局以乡镇卫生院、零售药店、村卫生室、个体诊所、美容院等涉药涉械涉妆经营使用单位为整治对象，突出重点、狠抓落实、凝聚力量、攻坚克难。

为提升检查执法能力和水平，湖南省药监局组织编印《农村药品安全专项整治检查指南》，明确检查重点、步骤等内容。此外，全省各级市场监管部门分别组织开展农村药品检查执法和监管对象培训，进一步提升基层监管人员对药品、医疗器械、化妆品经营使用行为的监管能力，有效压实农村药品安全属地监管责任。

在此次农村药品安全专项整治行动中，共检查各级各类药品经营单位3.5万余家，对农村地区药品经营单位下达责令整改16129家，其中药品经营使用单位5674家、医疗器械经营使用单位8602家、化妆品经营使用单位1845家；风险排查率达95%，立案3392件，其中药品案件1385件、医疗器械案件1426件、化妆品案件569件、无证企业案件12件，有力规范城乡结合部和农村地区药械化流通秩序，提升基层监管效能。

2019年，全省共查办"两品一械"违法案件6237件，涉案货值5872余万元，其中大案要案173起；移送和配合公安机关侦办药品犯罪案件166起，移送检察机关起诉198人；省药监局、省公安厅、省检察院联合挂牌督办重大案件35起。

2020年，全省办结药械违法案件4765件，涉案货值1.55亿元，罚款金额5809万元，查办较大案件83件；移送司法机关案件58起，刑事判决案件6起；在全国率先探索构建药品执法行刑纪衔接机制，得到国家市场总局高度肯定。

2021年，全省查办药械化违法案件5200件，移送刑事案件21件；主动与省公安厅、省检察院、省高级人民法院、驻局纪检组等部门会商，召开联席会议5次；联合省公安厅挂牌督办17起药品违法案件，抓捕犯罪嫌疑人36人。

父亲带领省药监局通过强化日常监督检查、开展抽查检测、聚焦重点领域和环节开展专项整治、坚决查处违法案件等一系列举措，严厉打击违法违规活动，有效规范药械化生产流通秩序。以实际行动践行"保安全、促发展、提幸福"的庄严承诺，疏通堵点、消除痛点、化解盲点，聚焦主业难点和民生痛点，为全省6000多万人民群众的用药安全筑牢坚实防线。

四

在严监管的同时，父亲始终强调发展是安全的保障，高质量的产业与高效的监管应该互为支撑。因此，他带领湖南省药监局立足专业优势，通过政策引导、服务优化，不断深化审评审批制度改革，积极助推全省生物医药产业高质量发展并取得了一定成绩，医药产业发展面貌焕然一新。多项工作得到国家局政策的有力支持，湖南药品处方工艺信息采集成功入选全国三个试点省份之一，国家重点实验室实现零的突破，医疗器械注册人制度破格列为扩大试点省份，省药检院成功获批首批化妆品抽样检验复检机构。

为了充分调动医药企业的积极性，创造更好的营商环境，父亲带领省药监局做了很多努力。一方面提请省政府高位推动，成立湖南省生物医药产业发展领导小组，省发改委、科技厅、工信厅等部门参与，研究出台支持全省生物医药产业发展规划。推动成立湖南省医药产业发展工作联席会议，2020年12月，谢建辉常务副省长召集成员单位召开了第一次会议，就全省生物医药产业发展"十四五"规划、助推生物医药产业发展的若干政策以及工作重点提出了明确要求。

根据省医药产业发展工作联席会议第一次会议精神，省药监局组建工作专班，自2020年10月开始，积极推进文稿起草。实地走访调研了部分生物医药企业和产业园区，广泛听取业界诉求和呼声，同时参阅并对标北京、河北、福建、广东、上海、山东、云南、青岛等15个省市已有政策，并两轮征集联席会议成员单位意见，12次面对面沟通。期间，谢建辉常务副省长、何报翔副省长多次听取《若干意见》起草、修改情况汇报，陈献春副秘书长先后召开三次协调会，就生物医药产业链、自贸试验区生物医药制度创新、优化创新药械入院流程等方面存在的分歧意见进行协调，省司法厅进行了合法性和公平竞争审查，并经省人民政府常务会议审议通过。2021年，省政府出台了《关于进一步促进生物医药产业创新发展的若干意见》，从支持生物医药研发创新、支持生物医药产业科研平台和创新发展基础能力建设、支持创新产品医药产品临床运用等方面出台具体措施。

另一方面抓好奖补措施落地，推动一致性评价快速增长。落实省两办《关于深化审评审批制度改革鼓励药品医疗器械创新的实施意见》，推动省直相关部门落实补贴奖励政策；起草文件加大奖励力度，2020年省政府出台《湖南省鼓励仿制药质量和一致性评价政策措施》，明确对全国首家通过评价品种奖励500万/个，奖励支持力度为全国最高，极大调动了我省企业在药物研究方面的积极性。仿制药质量和一致性评价过评品种迅速增加，由2018年的4个增长到2019年的17个、2020年的38个、2021年的57个，获批数量稳居全国前十。除了省政府的高位推动，为了使医药产业得到地方政府的更多支持和重视，父亲还牵头探索建立了与地方政府的战略合作模式，共同促进产业发展。2019年—2021年间，先后与湘潭市政府签订促进医疗器械产业高质量发展合作备忘录，在湘潭经开区成立医疗器械创新发展服务站；与永州市政府签订促进化妆品与植物提取产业高质量发展备忘录，在统筹发展规划、搭建服务平台、打造化妆品产业集群等方面深度合作；与常德市政府共推生物医药产业发展战略合作，支持常德打造健康产业集群。

在此基础上，父亲在省药监局进一步提出"下沉服务"和"靠前服务"的工作理念，创新并落地了行政审批前置帮扶模式，在地方园区设立工作站。通过审评审批服务的前移，让园区企业在"家门口"即可享受到顺畅、优质的服务，进一步减少时间成本，加快产品上市进程，并为企业提供更加便捷、高效的技术支持和政策帮助。此外，构建了多方协作模式，进一步激发医药企业研发创新发展活力。以"湖南省科药联合基金"为契机，引导与整合社会资源加大科技创新投入，组织完成2021年度"科药联合基金"90个项目获得立项，并签订任务书，立项数再创新高。组织开展2022

年度项目申报，项目申报239项，同比增长80%，发展势头强劲，进一步提高了全省药品、医疗器械、化妆品监管实用技术和方法研究、检验检测关键技术研究。

2021年，与湖南大学签订关于共同促进生物医药产业高质量发展的战略合作备忘录，双方本着优势互补、共赢发展的原则，将在生物医药产业高质量发展和生物医药产业课题研究等方面持续深化合作，建立沟通协调机制。

在药品处方工艺信息采集试点方面，精准指导先行先试。作为全国三个改革试点省份之一，湖南省药监局对中药浸膏"涨膏"、原料药合成工艺变更、中药生粉辐照灭菌等难点问题开展专题调研；成立信息采集工作专家组，就中药、化学药、辐照灭菌工艺等工作召开3次专家论证会，并根据国家局已颁布的中药、化药变更指导原则，分别制定变更评判标准，力求科学客观制定全省药品处方工艺信息采集及处理方案。按照国家局改革试点要求，积极稳妥推进，逐步解决药品处方工艺历史遗留问题。该项工作的深入推进为全省药品生产企业健康发展奠定了坚实基础。

在中药配方颗粒监管方面，积极推动配方颗粒新政。国家四部委公告结束中药配方颗粒试点工作后，指导具备条件的省内企业申报新国标中药配方颗粒生产，支持中药产业高质量发展。联合省中医药管理局、省卫生健康委、省医疗保障局共同印发《关于加强湖南省中药配方颗粒管理的实施意见》，建立部门协同机制，促进中药守正创新。同时，扎实开展中药配方颗粒研究备案工作，制定完善中药配方颗粒备案申报工作流程、质量控制与标准制定技术要求，组织召开专家审评会10次，2021年完成389个品种的生产备案。在药品研发注册监管方面，创新药物研究机构监管举措。结合近三年监督检查情况及国家局最新要求，2021年确定6家单位为新备案机构药物临床试验培训基地，建立了省内GCP机构主要研究者的培训通道。我省临床试验单位作为组长单位的次数位居全国第4、参加临床试验的次数位居全国第7，全省临床试验整体进入高质量发展阶段。

以科学监管严格药品上市后变更管理。为贯彻落实《药品上市后变更管理办法》，出台了我省实施细则和沟通交流工作程序，承办了全国药品上市后变更交流会。局领导带队调研6次，收集各界意见建议80余条，召开专题会议5次、专家论证会12次，完成处方工艺等变更备案384个，极大地激发了企业技改创新活力，促进了医药产业高质量发展。

积极推进"互联网+政务服务""一件事一次办"等工作，精简审批事项，简化审批流程，压缩审批时效，在提高政务服务效能和降低企业成本上狠下功夫，推动全省药品、医疗器械、化妆品产业取得较大突破。

审评审批制度改革方面，2019年颁布并实施医疗器械产业发展的"新政十条"、承接化妆品产业转移发展的"新政五条"，构建了"时限最短、资料最简、环节最少、成本最低、服务最优"的市场准入机制，极大地方便企业和群众办事，成效明显。2020年印发了《关于进一步深化"放管服"改革推动我省生物医药产业高质量发展的意见》《关于切实加强医疗器械安全监管促进产业高质量发展的实施意见》等文件，进一步推动审评审批机制创新，促进产业高质量快速发展。

在此基础上，全面优化审批流程，统一行政审批运行模式，规范暂停环节设置，加大窗口直办审批授权力度。政务服务窗口首席审批员直接审批事项增至35项，窗口当场办结事项增至13项；对医疗器械生产许可延续、医疗机构制剂许可证换发等9项行政审批事项全面实行"承诺制许可"；推进"互联网+政务服务"模式，与湖南省"互联网+政务服务"一体化平台实现深度对接、数据同源、信息共享，服务公众水平显著提升；全面推行无纸化审批，81个审批事项实现全程无纸化审批。

2021年，窗口共受理各类办件25021件，其中直办事项受理办结18259件，接受咨询办件37603件，均按时办结。通过一系列改革举措，湖南省药品行政审批事项平均承诺办理时限比法定办理时限缩短超58%，窗口直办事项承诺办理时限比法定办理时限缩短90%。

2021年，湖南省药监局政务服务窗口获评省政府服务大厅第二、三季度"红旗窗口"，执业药师注册岗获评第一季度"党员示范岗"，首席审批员岗、后台审批管理岗获评第二季度"党员示范岗"，"党员示范岗"所在人员获评1月、6月、7月、8月、10月份"政务服务之星"；窗口办件量、"好差评"点评量、服务好评满意度排名稳居入驻服务大厅的32家省直单位前列。

为重点园区、重点企业、重点产品、重点人才提供"结对"挂牌服务，择优支持守法诚信、创新性强、产值上规模的企业发展成为行业龙头。通过定制式服务，支持承接省外产业转移，对省外"两品一械"优势企业来湘发展、重大科研成果来湘转化、行业领军人物重点项目来湘落地以及有关产品备案、注册和生产经营许可等事项纳入特殊通道，实行特事特办。

不仅如此，湖南省药监局还将"为企业办实事"渗透到每一个环节。为将监管和服务责任落实到人，努力构建亲清政商关系，出台《药品生产企业日常监管联系人试行制度》，在检查实践中努力打造"三员"（联络员、检查员、宣传员）服务模式，将全省98家药品制剂企业通过"点对点"方式明确给检查分局监管人员，监管人员作为企业监管和服务的联系人，与省药监局相关部门沟通协调办理企业药品注册、许可等事项，并参与企业检查和改正复查。在父亲跟湖南省药监局全体干部员工的不懈努力和多措并举之下，激发了产业"弯道超车"的蓬勃动能，成为我省监管部门"以管理促发展"典型案例。

生物医药产业在他的任期内发展迅速，湖南医药上市企业19家规模均实现翻番，其中2家企业入榜中国医药工业百强，5家企业入选中国中药企业百强，年销售过亿元的医药单品种66个，2021年全省生物医药产业实现总产值3200亿。

湖南医疗器械企业总产值由2018年的89亿元增加到2020年450亿元左右，生产企业数量翻番，从2018年375家增至2021年底909家，并吸引省外300余家企业转移来湘，长沙、湘潭、常德等地医疗器械产业园区渐具雏形。三年时间，我省医疗器械产业呈现前所未有的井喷式增长，又一朝阳千亿产业已成规模。化妆品产业从零培育形成了百亿美妆园区长沙美妆谷，通过区域协作逐渐向粤港澳大湾区美妆产业发展高地进军。

纵观中国药监波澜壮阔的二十余载，随着时代的变迁和实际情况的变化总共历经了四次大的机构改革。父亲从2000年加入湖南药监局，一直在这个单位工作了23年。从成立伊始到亲历数次机构改革，父亲始终保持了对药监工作的无限热爱与深情，为发展药监事业和推动医药产业奋斗了一生。

医药流通：药店湘军从这里崛起

一

医药流通行业在整个医药产业链中占据着承上启下的关键地位，是连接药品、医疗器械生产厂商与各级医疗机构、患者的重要纽带。回顾建国后中国医药流通的发展历程，呈现出集中——分散——再集中的规律，整体呈螺旋上升态势。

新中国成立初期，医药流通行业处于高度集中阶段。当时实行计划经济，以中国医药公司为核心构建起垂直链条，按照行政区划分三级结构逐级调拨，形成了统购包销以及一、二、三级批发层次的经营格局。

近年来，医药流通行业集中度持续提升。一方面，两票制和带量采购等政策的出台，这是医改进入深水区的必然结果；另一方面，全国性和区域性的医药流通企业基于自身发展需求，不断通过并购重组、强强联合等方式进行资源整合。

在医药流通行业发展史上，与"集中"相对的另一端，是"分散"阶段。改革开放后，医药流通取消了包销制度和自上而下的指令性计划，多年封闭的渠道迅速被打破。一、二、三级站可同时从药厂进货，一、二级站也开始向医院销售。众多下属公司纷纷办企业涉足药品销售；工业企业进入商业领域自销不再是个别现象；一些新办的批发企业相继涌现。到2000年，我国医药流通企业数量迅猛增长至17000多家，形成了以"小、散、乱"为特征的行业局面。彼时，中国药品流通领域秩序混乱，市场环境恶劣，在一定程度上导致药品价格居高不下，药品质量参差不齐，尤其是农村药品质量及药品流通秩序混乱的问题更为突出。

2000年—2007年，父亲分管湖南药品流通工作。在此期间，按照国家药监局的时间要求，完成了换发药品经营企业两证和GSP认证，较好地解决了药品经营企业过多过滥的问题，促使企业质量管理水平和条件得到显著改善。

二

针对医药流通行业"小、散、乱"的现状，国务院于2000年下发了《关于城镇医药卫生体制改革指导意见的通知》。该文件提出推动药品流通体制改革的要求：对企业法人和非法人单位分别核发企业法人许可证、非企业法人许可证；通过换证鼓励大型批发企业跨地区兼并市县级药品批发企业，将市县级药品批发企业改组为区域性配送中心，逐步实现药品规模化经营。

为做好这项改革工作，父亲组织省药监局相关处室对非法人药品经营企业展开调查。经调查发现，当时非法人药品经营企业是县级公司向乡镇延伸的药品供应站，其药品由县级公司直接调拨，供应范围为固定区域，主要适应计划经济时代。20世纪90年代后，许多企业法人经营亏损，丧失了向非法人企业直接调拨药品的能力，只能对其实行承包经营。一部分无法自筹资金进货的非法人企业，选择出租和转让"两证"，或者让有资金能力者挂靠经营。另一部分能自筹资金的非法人企业，为追求更高利润，纷纷到非法药品集贸市场或无证经营者手中购进质次价廉的药品。同时，非法人企业缺乏投入，经营场所简陋，药品储存质量无法保证，从而成为药品质量监管的最薄弱环节和假劣药品的主要销售渠道。

鉴于此状况，必须对非法人药品经营企业进行改革。考虑到全省原有县以下非法人药品经营企业323家，牵涉上万名职工，省药监局结合药品经营企业换证工作，采取了积极稳妥的措施，以换证促改革。对出租、转让"两证"、曾经营假劣药品和不具备经营药品条件的非法人药品经营企业，不给予整改机会，通过换证"砍掉"一批；对未违反国家药监局换证规定的非法人企业，帮扶其达到换证标准，改革为药品配送站。通过改革和换证，全省原有的323个县以下非法人药品经营企业中，135个被淘汰，188个达到换证《标准》的药品经营企业均已改革为药品经营配送站。

2002年，针对药品零售企业多而乱、市场小而差的现状，省药监局提出"开放市场、规范管理、强化监督、促进发展"的工作思路，父亲作为决策者和推动者，主导了此项工作。

首先是改革审批制度，废止原《湖南省零售药店设置管理暂行办法》等10多个文件，2002年6月重新出台新的《湖南省零售药店设置管理暂行办法》。该办法解决了药品零售市场的开放问题，取消过去计划分配药品零售企业开办指标的做法，审批药店不限地域、不限数量，允许公开竞争、优胜劣汰。

其次是明确城市、集镇、农村不同区域开办药店的不同标准，解决农村药店少、群众用药不方便的问题。2003年，湖南药监局印发《加强农村药品供应网络建设的意见》《湖南省农村零售连锁药柜管理办法》《湖南省乡镇卫生院药品委托代购管理办法》。这些政策支持通过GSP认证的药品批发企业开拓农村药品市场，支持通过认证的药品零售连锁企业跨地区建立连锁经营网络，到各地农村设置零售连锁网点和单体药店；并根据国家关于医药分业的有关政策，支持医疗机构门诊药房改为药品零售企业。

积极推进药品零售连锁经营和药品分类工作。2001年初，召开了药品生产、经营企业药品分类管理工作会议；5月，各地开展了处方药与非处方药分类管理宣传周活动；全省确定了10余家药品分类管理试点企业，选定5家企业作为跨地区连锁经营试点企业。2002年，制定了药品分类管理工作方案，药品分类管理在全省推广；全省有2家零售连锁企业获得跨省连锁经营资格，9家连锁企业通过验收发证，连锁门店达到180个。

这些改革措施的实施促进了湖南药品零售事业的发展。2003年全省有7000多家零售药店验收发证，19家零售连锁企业获准筹建，开办连锁门店400余家，连锁门店的销售额占到全省零售药店销售额的30%。全省药品零售总额比上年增长60%，较好地解决了农村零售药店少、群众购药不方便的问题。

另一方面，实行医药分业管理后，药品价格也得到大幅度降低，平均降幅达40%以上；同时药品销售收入明显增加，试点的医疗机构销售收入年均增长138.2%；从药人员法律意识普遍提高，工作态度有了明显改进，市场竞争意识有所增强，处方流失现象基本得到遏制。

三

根据国家药品监督管理局的统一部署，2000年下半年起，省药监局全面铺开对全省药品生产企业和药品经营企业换发（核发）许可证工作。

为保证换发（核发）许可证工作高效、廉洁，还印发了《关于严格换发证工作纪律的"六不准"规定》，并公布了举报电话，从制度上和组织纪律上确保了换发（核发）证工作的公开、公平、公正，促进企业在管理水平上下功夫。

制定了湖南省换发药品生产、经营许可证工作方案和具体实施办法，先后举办10期换证培训班，省、市药品监管部门共培训药品经营企业检验员等8000余人；组织有换证企业1717人参加的有关知识闭卷考试。组织了验收员对申请换发（核发）证的药品生产和经营企业进行现场检查验收，对不合格企业进行整改。

换发（核发）药品经营企业许可证工作于当年末基本结束，全省原有药品批发企业553个，在这次换证审查中有140余家企业因不能达到标准被淘汰出局，占企业总数的25.6%。药品零售企业换发（核发）证工作于2001年末结束，申请验收的企业5000多家，有1000余家被淘汰出局，占企业总数的20%以上。

通过药品经营企业换证准备和不断整改，企业的法制意识和质量意识有较大的提高，硬件和软件建设有了很大的改观，企业药品质量管理水平向前迈了一大步，较好地解决了药品经营企业过多过滥的问题。在全国换发（核发）证工作总结会议上，父亲代表湖南省药品监管局作了典型发言。

药品经营企业必须实施《药品经营质量管理规范》和通过GSP认证，是《中华人民共和国药品管理法》强制推行的一种制度。2001年，国家药品监督管理局发布《关于加快GSP认证步伐和推进监督实施GSP工作进程的通知》，迫切提出：将原设想的5年内结束现有企业的GSP认证时间缩短到3年；并公布任务：2004年年底前，所有企业完成GSP改造和GSP认证，不达标就歇业。

针对GSP实行省级认证的新情况，省药监局确定了"软件从严，硬件从实"的认证工作思路，成立了认证工作领导小组，组建认证工作队伍，加强认证过程的监督，狠抓认证工作管理。召开企业动员会、研讨会，进行宣传发动；分别培训和模拟认证，使认证工作人员提高水平；制定认证管理制度和工作程序，实施认证审批与现场检查分离，加强对认证工作全过程的监督，确保认证工作廉洁高效；加强分类指导，对一些认证困难较大的企业进行重点帮扶，加快改造和认证步伐；对GSP实施情况加强监督，督促企业认真落实药品经营质量管理规定。

从2002年湖南药监局启动全省GSP认证，至2004年末全省通过GSP认证的药品批发企业141家、零售连锁企业29家、县以上零售企业2256家。通过3年的努力较好地完成了这项工作，在福州召开的全国GSP认证工作总结大会上，父亲代表湖南药监局作了经验介绍。

四

农村药品市场一直是药品监管工作中的薄弱环节。为加强农村药品监管，保证农民用药安全有效，国家食品药品监督管理局于2002年提出加强农村药品"两网"建设的工作部署。当年，湖南药监局在全国率先部署开展农村药品"两网"（药品监督网、药品供应网）建设，并将其作为加强农村药品监管的重中之重。这项工作伊始，父亲担任了农村药品"两网"建设领导小组的组长，负责具体部署和推进工作。

对于这项工作，父亲在接受记者采访时曾说："湖南是一个农业大省，6600多万人口中，有70%在农村。农民群众特别是边远山区的农民群众寻医问药问题一直是个难题。而农村药品两网建设是一个持久而繁杂的庞大工程，这项工作对于解决民生问题和老百姓的用药安全具有重大意义，我将责无旁贷。"

当时，把株洲和张家界作为先行先试城市，通过试点的方式探索在不同地区和不同发展状况下开展农村药品"两网"建设的具体途径。在试点中，株洲市农村药店经营连锁体系、乡镇药品供应配送体系、医疗机构药房规范管理体系和药品监督管理网络体系等"四个体系"建设取得初步经验。张家界探索"增设、改造、直配、直购、中转、托管"等药品供应模式取得进展。

次年，在此基础上把试点范围扩大到株洲、张家界、常德、郴州、湘潭、怀化6个市州，并组织从事相关人员和有关企业负责人赴成都、重庆进行考察，向省政府提出推进全省农村药品"两网"建设的意见，得到省政府领导的重视和支持。

2003年初，省药监局下发了《关于推进农村药品流通体制改革，加强农村药品监督管理工作的意见》，提出了促进农村药品供应网络建设的思路和措施。下半年，根据国家食品药品监督管理局关于加快推进农村药品监督网络和药品供应网络（以下简称"两网"）建设的统一部署，全省把推进农村"两网"建设作为确保群众用上"放心药"的治本之策来抓。

2004年，试点工作进一步扩大到全省14个市州。5月，时任国家食品药品监督管理局副局长任德权在省食品药品监督管理局局长以及父亲的陪同下，到试点城市株洲茶陵县平水镇就农村药品供应网络和药品监督网络建设情况进行调研。任德权一行先后考察了平水镇卫生院的墟上诊所和峰仙、把集两个村卫生所以及某医药企业茶陵配送站。听取县委、县政府的汇报后，任德权对茶陵县开展农村"两网"建设所取得的成绩表示肯定。

在考察中，任德权反复询问药品购进渠道、药品价格。当了解到药品全部由某医药企业配送，药品价格明显下降时，高兴地对大家说，加强农村药品"两网"建设，保证农民群众吃上安全放心药品，把"虚高"的药品价格降下来，让农民兄弟也享受城里市民同样的药品消费服务，这既是实践"三个代表"重要思想的具体体现，也是推动医药经济和卫生事业健康发展的具体措施。并强调，在推动农村药品"两网"建设中，要注意引入新的市场经营机制和现代管理模式。要动员有实力的大企业向农村渗透，占领和巩固农村市场，促进企业做大做强。

在构建农村药品供应网络方面，通过行政推动和市场运作的各种措施，打破地区、部门和行业的界限，清除政策壁垒与行政障碍，全面开放农村药品市场。2003年印发了《关于加强农村药品供应网络建设的意见》，2004年又印发了《湖南省药品配送中心（站）设置条件和申办程序》。

通过政策引导了一批信誉好、实力强、有配送能力的城市大中型药品批发企业直接向农村药店和基层医疗机构配送药品，2004年全省农村设立配送中心124家；鼓励了一批大中型药品零售连锁企业向农村延伸销售网点，2004年全省发展零售连锁经营企业29家，发展连锁门店913家，大部分设在农村；还有一批药品经营企业与乡镇医疗卫生机构合作，采取药品委托代购方式，将药品配送到农村医疗卫生服务体系和药品零售网点；以及在既无医又无药的行政村设立"便民药柜"等方式形成的农村药品供应网。

截至2007年，全省88.9%的乡镇、77.2%的村实现药品统一配送，供应网覆盖率达到90.3%，基本实现了乡乡有药店、村村有药柜、城乡药品同质同价。全省新建或改造零售药店一万余家，农村药品合格率比建网前上升20多个百分点，广大农民可以方便快捷地买上放心药，得到真正的实惠；药品质量得到保证，价格平均下降26.2%，农民因此每年可节省药费4.5亿元以上。

农村药品供应网络的完善平抑了药品价格，减轻了农民负担。以前，农民翻山越岭、长途跋涉去购药是很平常的事；现在，随着农村药品经营网点的增加，农民购药基本实现了"出门有药店（药品供应点）"，既方便了农民购药，又减少了购药成本，同时，由于配送主体的多元化，推动了药品经营企业在质量、价格、服务等方面的全方位竞争，形成了竞争有序的农村药品市场，有效地遏制了农村药品价格虚高的现象。

同时，随着农村药品供应网建设不断向纵深发展，多种经济成分进入农村药品市场，药品市场空间得到进一步拓展，药品经营网点遍及农村各个角落。通过实行一定区域内药品统一配送，药品经营企业的销售总量明显上升，促进了企业经济效益的增长。

在农村药品监督网络建设方面，通过发动地方政府、相关部门和社会各界，各地因地制宜地建立起由基层药品监管部门及其聘用的药品监督员、药品协管员、药品信息员组成的县、乡、村三级药品监督网。这些协管员、信息员不仅义务宣传药品管理法律法规，还及时报告本地药品质量信息，使药品监管的触角延伸到乡到村。这种创新的农村药品监督模式拓展了药品监督的广度和深度，使行政监督、社会监督和群众监督共同形成农村药品监管的合力，在药品市场打假治劣中发挥了积极的作用。

2002年至2007年，全省聘请农村药品协管员3348人、信息员26336人，覆盖了98%以上的乡村。聘请了分管文卫工作的副乡镇长、卫生院院长、计生专干和药学技术等人员，担任乡药品监督协管员和村药品安全信息员。通过协管员、信息员提供的线索立案查处假劣药品、医疗器械案件数百宗，有力地促进了农村药品市场的整顿和规范。

农村药品"两网"建设给农民带来了实惠，也带来了安全，但要运行和维护好"两网"，每年需要数百万元资金。在财政没有投入的前提下，湖南省药监局依靠自己的力量，父亲一方面带领团队动员社会各方面的力量，积极筹建和运行着"两网"；另一方面他跟省局领导多次向省委、省政府专题汇报，邀请省财政厅主要领导及相关处室来局里调研。2007年，通过他们的积极争取，在湖南省财政还并不富裕的情况下，"两网"建设的有关经费800万优先得到了落实。

专项资金到位后，随即开展了省级农村药品"两网"建设示范县创建活动。同时，完善了创建考核办法，充分发挥该资金的带动效应。17个申报创建的县市区政府，全年投入建设经费达110多万元，并将该项工作纳入政府目标管理范畴，极大地调动了县直各有关部门及乡镇政府的积极性。

在农村药品"两网"建设之前，食品药品监管机构监管力量不足，农村药品购进渠道不规范，无证经营现象较为普遍。假劣药品和"三无"医疗产品时有出现，过期失效药品数量较多。医疗机构药房药品质量管理条件简陋，从药人员法制意识淡薄，药品养护工作不到位，一次性医疗器械重复使用问题严重，这些都严重威胁着农民的用药安全。

而农村药品"两网"建设成效显著，药品质量得以持续提升，农民用药安全得到切实保障。农村药品经营、使用单位从过去向无证经营单位、游医药贩采购药品，转变为向有资质、合法、正规的药品经营企业采购药品。药品存储条件显著改善，药品质量可追溯性不断增强。农村药品市场从以往的失控状态转变为可控状态，药品监管从过去存在"盲区"转变为触及终端，监管手段进一步优化，农村药品质量明显提高。随着各地农村药品供应网点数量急剧增加，有力地拉低了农村药价，减轻了广大农民的用药负担。

五

时光的车轮滚滚向前，自2008年起，湖南省药监局肩负重任，在药品流通领域持续深耕，开启了一段波澜壮阔的改革与发展征程。

一是政策引领，推动产业转型升级。随着国家医药改革的浪潮不断推进，"两票制"改革成为行业焦点。2016年，试点的号角率先吹响，湖南省药监局迅速响应，积极投身其中。他们深入调研全省药品批发企业的现状，一家家走访，详细了解企业的运营模式、销售渠道和面临的困境。彼时，全省有327家药品批发企业，数量众多但布局分散，流通环节繁杂。为了推动改革落地，省药监局的工作人员不辞辛劳，组织企业召开一场又一场政策宣讲会，耐心解读"两票制"的意义和要求。在他们的努力下，企业逐渐理解并积极配合。到了2018年全面实施时，改革成效显著，全省药品批发企业数量顺利整合至189家，资源得到优化配置，还成功培育出3家年销售额超百亿的行业龙头企业，为湖南药品流通产业注入了强大活力。

为进一步规范市场秩序，省药监局建立起药品流通企业分级分类监管制度。工作人员仔细梳理企业的经营数据、信用记录等信息，对237家企业进行信用分级管理。一旦发现有企业严重失信，便毫不犹豫地将其纳入"黑名单"。这一举措如同高悬的达摩克利斯之剑，时刻警醒着企业诚信经营。同时，在2016年，省药监局出台《湖南省药品流通行业发展规划（2016—2020）》，明确提出"培育5家全国性流通企业、打造10个现代化物流中心"的宏伟目标。这一规划如同灯塔，为湖南药品流通行业的发展指明了方向。

二是科技赋能，构建智慧监管体系。在信息化时代的浪潮中，湖南省药监局敏锐地捕捉到科技的力量，积极推进智慧监管体系建设。2015年，全省药品流通追溯平台成功建成，这是一项具有里程碑意义的工程。为了确保平台的顺利运行，技术人员日夜坚守，不断优化系统。从疫苗到血液制品等重点品种，实现了"一物一码"全程追溯。每一个药品从生产到销售的每一个环节，都能通过这个平台清晰呈现，就像给药品戴上了一个"电子身份证"，极大地保障了药品的质量安全。

随后，省药监局大力推行"互联网＋监管"模式。2020年，他们克服重重困难，对全省89%的药店实施远程审方系统。在推广过程中，工作人员深入药店，手把手指导药店工作人员安装和使用系统。同时，累计开展"飞检"327次，这些"不打招呼"的检查如同疾风骤雨，让违规企业无处遁形，共查处违规企业146家。此外，省药监局还开发了药品流通风险预警系统，技术团队运用大数据分析技术，仔细甄别海量数据，成功识别出127个潜在风险点，提前处置率高达92%，为药品流通安全筑起了一道坚固的科技防线。

三是聚焦农村，深化药品保障服务。湖南作为农业大省，农村药品保障一直是省药监局工作的重点。2010年，省药监局启动"药品流通服务能力提升工程"。工作人员深入偏远山区，实地考察农村药品配送的难点。他们发现，许多山区交通不便，药品配送困难重重。为了解决这一问题，省药监局积极协调各方资源，新建村级药品配送点4862个。这些配送点就像一颗颗星星，照亮了农村药品供应的道路，实现了偏远山区24小时送达药品的目标。

为了适应时代发展，省药监局创新推出"县乡村三级物流＋电商"模式。工作人员积极与电商平台合作，帮助农村药品经营企业入驻平台。到了2021年，农村药品电商交易额突破18亿元，同比增长37%。同时，为了确保农村药品价格合理，省药监局实施农村药品价格监测制度，建立300个价格监测点。工作人员定期收集价格数据，进行分析比对，确保城乡药品价格差控制在8%以内，让广大农民能够用上质优价廉的药品。

四是规范新业态，适应行业新发展。随着互联网的飞速发展，药品网络销售等新业态不断涌现。2018年，湖南省药监局迅速出台《湖南省药品网络销售监督管理办法》。在制定办法的过程中，工作人员深入研究国内外相关政策，广泛征求企业和社会各界的意见。该办法的出台，规范了23家第三方平台、1200余家网络药店的经营行为。为了推动新型服务模式的发展，省药监局积极支持"网订店送""共享药师"等服务。工作人员与企业一起探索服务模式的优化，到2021年，全省"互联网＋药品流通"服务覆盖95%的县域，让广大群众享受到了便捷的药品服务。

在冷链药品物流方面，省药监局也毫不松懈。他们建立了冷链药品物流标准体系，对冷链企业的设施设备、运输过程等进行严格规范。工作人员深入企业，指导企业进行设施设备的升级改造。经过努力，认证专业冷链企业45家，实现疫苗等特殊药品全程温控率100%，确保了冷链药品的质量安全。

五是强化应急，提升保障能力。面对可能出现的突发公共事件，湖南省药监局高度重视应急保障能力建设。他们构建了省级药品应急储备体系，工作人员精心挑选储备的药品品种，确保覆盖13类突发公共事件用药，储备价值达3.2亿元。在2020年新冠疫情期间，省药监局迅速行动，建立药品流通"绿色通道"。工作人员日夜坚守岗位，协调各方资源，保障全省

224家定点医院药品供应，配送效率提升40%。为了进一步提升应急能力，省药监局制定《湖南省药品流通应急预案》，并开展跨区域应急演练6次。在演练中，工作人员不断总结经验，优化流程，形成了"1小时响应、4小时配送"的高效应急机制。

　　回首这二十余年的历程，湖南省药监局在药品流通监管工作中取得了令人瞩目的成绩。湖南药监人紧跟着时代的步伐，积极响应党中央的号召，想群众之所想，急群众之所急，这其中也浸含着父亲辛劳的心血与汗水。截至2021年底，全省药品流通行业实现销售额持续增长，企业平均规模不断扩大，农村药品质量抽检合格率大幅提升。湖南药品流通产业规模在中部地区稳居第一，"药店湘军"的品牌影响力不断扩大，形成了以老百姓大药房、益丰大药房等上市公司为龙头的产业集群。湖南省药监局用他们的坚守与创新，书写了药品流通监管领域的辉煌篇章，为保障全省人民的用药安全做出了巨大贡献。

医疗器械产业：敢叫日月换新天

一

在全球医疗器械产业格局中，2022年我国医疗器械行业成绩斐然，整体营业收入达1.3万亿元，成功跃居全球第二大市场，仅次于美国，占全球市场份额的三分之一，已然成为医疗健康领域至关重要的细分赛道。

回溯我国医疗器械产业的发展轨迹，其萌芽于20世纪70年代。彼时，相较于欧美日等发达国家，我国医疗器械产业不仅起步晚，技术水平也相对落后，市场主要被中低端产品占据。直至20世纪90年代，我国医疗器械生产企业数量寥寥，仅有数百家，销售额低、产品品类单一，主要集中在卫生棉球、体温计、压舌板等基础医疗器械产品的生产。随着改革开放的推进，我国医疗器械产业迎来高速发展期，逐步朝着产品种类丰富、技术创新能力提升、能满足不同层次消费者需求的成熟产业迈进。伴随我国卫生体制改革的加速，医疗器械产业在国民经济中的地位也日益凸显。

2010年，我国医疗器械市场总产值成功突破1000亿元，规模位居世界第二。全国形成了以珠江三角洲、长江三角洲及京津环渤海湾三大区域为代表的医疗器械产业聚集区和制造业发展带。其中，以深圳为核心的珠江三角洲集群发展势头尤为强劲，专注于研发生产综合型高科技医疗器械产品。

同一时期，湖南的医疗器械产业发展却面临诸多困境。20世纪90年代，湖南虽新增了几家医疗器械企业，但整体水平欠佳，项目重复建设严重，产品多集中于一次性医疗用品和医疗保健用品领域，产品档次不高，企业发展滞后于国内外行业发展趋势。在激烈的市场竞争中，部分医疗器械专业厂被迫兼并或转产，给湖南医疗器械工业的发展带来极大阻碍。1996年，湖南医疗器械生产工业总产值才首次突破亿元大关，然而，由于企业改革滞后、机制僵化、管理粗放，当年该行业仍处于亏损状态。

"十五期间"，截至2005年，全省医疗器械生产企业不足100家，医疗器械研发单位主要分布在高等院校、科研院所和生产企业。这一阶段，湖南医疗器械生产错失发展良机，工业总产值在2000多万元至8000多万元之间徘徊。湖南医疗器械生产在全国的排名逐渐靠后，企业普遍规模小、产品技术含量低、市场竞争力弱。

父亲自2008年至2012年分管我省医疗器械工作，2018年机构改革后，担任局长的他对医疗器械行业投入了更多心血。在这期间，他亲身见证了湖南医疗器械行业从艰难起步到飞速发展，从全国排名靠后到实现弯道超车的全过程。

二

面对我省医疗器械产业小、散、弱的现状，父亲确立了明确的工作思路：将保障医疗器械安全有效作为首要目标，把促进医疗器械产业发展视为第一要务，把创新医疗器械监管机制当作第一追求，把提高医疗器械监督管理人员素质列为第一重点。围绕引导产业聚集和建立优化监管政策两大方向，他开展了一系列工作，谱写了一部推动行业发展的精彩四部曲。

一是敲响这一动人乐章的前奏——建立健全制度流程。

2000年4月，具有里程碑意义的《医疗器械监督管理条例》正式颁布实施，为医疗器械监管奠定了坚实的法律基础。这是我国首部具有法规依据的医疗器械注册管理部门规章，标志着医疗器械行业进入事前监管时代。条例规定医疗器械企业需先取得生产许可证，方可申请产品生产注册证，产品获批后才能上市流通。此后，一系列配套管理办法相继出台，初步构建起我国医疗器械法规体系。

在此基础上，从2010年起，湖南食药监局大力加强制度建设，完善各项工作规程。制定了注册证纠错、说明书变更、注册质量管理体系核查、医疗器械临床评价咨询等工作流程；出台《湖南省第二类医疗器械注册体系核查标准》，修订《湖南省医疗器械联席会议制度》；制定并公布全省医疗器械生产、经营企业质量管理体系自查报告指导原则；按照分类分级监管要求，制定省级重点监管目录，对全省336家医疗器械生产企业进行风险监管等级划分；完善第一类医疗器械备案信息公开机制，实现全省第一类医疗器械备案程序和结果的全面公开；搭建医疗器械生产经营许可备案平台和医疗器械流通监管信息平台，统一监管数据，规范监管行为，实现多环节信息化监管。

在创新监管模式方面，2011年湖南印发《湖南省药品医疗器械生产经营企业质量信用等级评估实施办法（试行）》和《湖南省药品医疗器械生产经营企业质量信用信息采集与披露管理办法（试行）》，将企业质量信用等级分为四等，有效强化了企业诚信守法意识，推动了企业诚信体系建设。

二是响起悦耳的序曲——首个医疗器械园区建立。

2012年，我国开始强制实施《医疗器械生产质量管理规范》（GMP），行业监管力度持续加大，企业准入门槛进一步提高。作为产业链中的薄弱环节，科技型中小企业因资金、技术、人才等因素制约，急需产业集聚性质的专业化孵化器助力，以改变其在市场竞争中的不利地位。在湖南药监的大力支持下，医疗器械产业园区应运而生。

2012年6月，长沙高新区一座占地120亩的产业园区举行动工仪式。这是由湖南省药监局主办、湖南麓谷国际医疗器械产业园有限公司承办的省内首个医疗器械产业园区。园区内配套设施完善，设有湖南省药监局联络办公室、医疗器械产品检验机构、医疗器械招投标大厅、医疗器械展览中心、企业家会所、医疗器械人才培训及产品研发机构。同时，园区提供企业孵化、政策申报、后勤保障等全方位服务，还配套住宅、商务、商业设施，打造了一站式服务平台。

2013年9月，第一批厂房交付使用，首批企业入驻；2016年9月，湖南医械大厦交房。2018年5月，药监局"湖南省药品审评认证与不良反应监测中心湖南省医疗器械创新服务站"落户园区，进一步提升了园区的创新能力和服务水平。

经过十年的培育与发展，这座医疗器械产业园已成为产业聚集高地和湖南省医疗器械行业会长单位。截至2018年底，海凭国际医械园入驻企业达157家，园区产值首次突破60亿；截至2021年底，医疗器械研发生产企

● 2012年兴建的湖南麓谷医疗器械产业园（长沙高新区）全貌

业达285家，经营企业479家，相关服务配套企业266家，取得医疗器械注册证800余张，园区产值超过180亿。

三是推向高潮——深化审评审批制度改革。

2018年底，父亲担任湖南省药监局局长后，在历史关头审时度势，下决心加快发展医疗器械战略性新兴产业，打造湖南重要先进制造业新高地。

政策方面以"放管服改革"为主线，不断深化审评审批制度改革，从转变职能、精简流程、改进作风、提高效率入手，在全国率先推出《深化审评审批制度改革鼓励医疗器械创新10项措施》《湖南省第二类创新医疗器械特别审查程序》等一些列重磅政策，破解医疗器械企业发展中的难点和堵车。健全完善"提前介入""研审联动"机制，全面再造优化审批流程，实现"承诺制许可"、无纸化审批，打造药监政务服务窗口"金"字招牌。同时在省药监局成立产业办，与地方政府创新合作新模式，共推产业高质量发展。

四是抵达不是终点的终章——首个改革试点医疗器械园区成立。

2019年，湖南省药监局与湘潭市政府签订合作备忘录，采用厅市共建模式，在湘潭经济开发区创立"湖南省医疗器产业园"。园区先行先试，推行行政审批前置服务的创新监管模式，在不减少程序、严格把控标准的前

○ 2019年兴建的湖南省医疗器械产业园全貌（湘潭经开区）

提下，将服务前移至园区内，大幅提升医疗器械审评审批效率，为企业节约办证人力和时间成本，加速产品上市进程。

2019至2021年三年内，湘潭市医疗器械集群总产值从20亿元增长至89亿元，增长率达345％，医疗器械生产企业由59家增至260余家，增长341％。拥有第三类医疗器械注册证47张、第二类医疗器械注册证745张、第一类医疗器械备案凭证161张。产业发展呈现出蓬勃向上的良好态势，未来规划打造百亿级别高端医疗器械及生物医药产业，将湖南省医疗器械产业园建设成为全省示范基地，迈向全国医疗器械一流园区行列。

三

在推动产业高质量发展的道路上，父亲积极探索，构建了与地方政府共推产业发展的全方位合作新机制。通过加强与地方政府合作，为产业争取更多当地关注和政策支持。他代表省药监局先后与湘潭、永州和常德政府签署促进产业发展的合作备忘录，并与地方政府共建产业试验区，有力推动了产业发展。

父亲不仅将药监局定位为产品监管的"裁判员"，更以强烈的主动作为

● 2019年10月，父亲（右二）带队在企业调研湖南省医疗器械承接产业转移工作

意识，担当起产业的"招商员"。他多次带队拜访外地医疗器械企业，接待外地来访企业数百家，并积极参与地方政府招商会，吸引众多企业转移至湖南。

2019年，父亲带领省药监局针对全省医疗器械产业的特点和不足，深入长沙、株洲、湘潭、常德等地，对重点市州、企业、板块展开调研，最终选定湘潭市作为试点，共同建设医疗器械试验区。

湖南省药监局与湘潭市人民政府经多次研讨，计划打造以政府为主导、部门联动的服务平台，服务功能涵盖鼓励创新、招商引资、人才引进等多个方面。具体举措包括：将医疗器械产业纳入地方政府重点引导和扶持的新兴产业范畴，扶持龙头企业、培育优势企业、孵化新兴产业，鼓励医疗器械产业创新发展；建立招商协助、项目协调、技术咨询和"一站式"服务机制；依托湘潭市现有开发区和工业园区，打造省级医疗器械产业园区；利用湘潭市的教育资源优势，建设医疗器械专业人才培养和技术人员培训基地。

在湘潭市医疗器械试验区建设过程中，湖南省药监局整合产学研用资源，完善重点产品注册审批各环节的创新试点工作，建立适应湘潭医疗器械创新发展的政策支撑体系。在湘潭九华经济技术开发区设立首家地市医疗器械创新发展服务站，支持湘潭市当地三甲医疗机构创建湖南省首家医疗器械创新与临床研究基地。此外，还支持在湘潭市建设湖南省第一家社会创办的第三方医疗器械检验检测中心、医疗器械网络交易第三方平台和第三方医疗器械物流中心等机构。

2019年，湖南省药品监督管理局唯一官方授牌的湖南医疗器械产业园正式落户湘潭，以国家级湘潭经济技术开发区为核心承载地，规划554亩用于医疗器械产业发展。

2020年，父亲代表湖南省药监局与湘潭市政府签署促进产业发展的合作备忘录。双方明确，湘潭市政府主要负责加强医疗器械监管机构和人才队伍建设，湖南省药监局则在事权划分、工作指导、业务培训、经费补助等方面给予重点支持。

为了支持湖南医疗器械产业园的发展，父亲不惜挖走了刚在自己家乡落户的企业。当时父亲得知宁乡经开区招商了一家医疗器械CDMO平台企业，具备一定的价值壁垒，能为刚入园的中小型医疗器械企业提供成果转化、创新设计、集中委托生产和产品检测检验等一站式服务。父亲认为其可作为医疗器械新政的"种子"企业，带动相关企业发展，虽此举引发身边人及宁乡经开区的不解，但他坚信集中力量将湖南医疗器械产业园打造

○ 2020年8月，父亲（前排右一）代表湖南省药监局与湘潭市政府签订合作备忘录，时任湘潭市长张迎春等出席

成标杆样板，湘潭更具优势。

为主动拓展招商局面，父亲带领团队奔赴北京中关村、苏州产业园和上海等地，逐一拜访50多家医疗器械生产企业。湖南药监局长亲自招商的事迹在业内传开，吸引众多外地企业慕名来访。父亲要求同事，只要时间允许，都要接待好外地来访企业。在他任职期间，接待外省企业达四百家次。他耐心向企业宣讲湖南监管政策，积极动员企业来湘投资兴业，其敬业精神感动了不少外省医疗器械企业，取得显著招商成效。许多省外转移来湘企业表示，尽管不少地方政策优惠力度相当，但湖南的优质高效专业服务独一无二。

招商过程中，父亲面临诸多质疑，有人认为招商是地方政府职责，行业监管部门无需主动参与。但父亲始终将自己视为行业招商的"最佳宣传员"、行业政策的"直接设计者"、行业问题的"解决责任人"，多次陪同地方政府前往外省参加招商会。

2020年10月19日，在上海举行的第83届中国国际医疗器械博览会上，湘潭市人民政府举办湖南省医疗器械产业园推介会，父亲应邀出席并发言。湘潭市政府宣布，未来五年将依托湖南省医疗器械产业园，建成全国知名的医疗器械集散地。父亲在发言中介绍，自2018年底起，湖南省药品监督管理局按照"时限最短、环节最少、资料最简、成本最低、服务最优"的"五最"要求，大幅提升医疗器械注册审批效率，创造了"湖南速度"。在湖南，客商办事便捷，实行首问负责制，服务优质高效。对于重点企业、项目和人才，提供领导联点服务。湖南省医疗器械产业园落户湘潭，为广大客商提供广阔发展空间。作为毛主席的家乡人，父亲在发言中激情模仿主席讲话语调，从"中国人民从此站起来了"讲到"湖南医疗器械产业从此站起来了"，引发全场企业强烈共鸣，掌声雷动。此次推介会上，16家企业与湘潭现场签约，企业纷纷表示，湖南不仅政策诱人，服务更是令人感动。

四

父亲始终秉持监管部门对企业服务要"优而又优"的理念，将自己定位为人民公仆，全力为企业提供更优质服务。在推行审评审批制度改革、

🔘 2020年10月，父亲出席湖南省医疗器械产业园推介会

🔘 2021年3月1日，父亲在省药监局主持座谈会，对浙沪医疗器械企业家来湘考察表示欢迎并介绍相关政策

构建地方政府合作机制、积极带队招商的基础上，他提出"下沉服务"和"靠前服务"理念，并创新设立地方园区工作站。

工作站具备服务、联络、初审、监督四大职能，覆盖企业从招商咨询、产品注册前置预审、体系核查和生产许可，到投产落地后的全生命周期服务。通过在园区设立工作站，建立省市区联动快速通道，打通服务企业的"最后一公里"。创新的行政审批前置帮扶模式，将审评审批服务前移，使医疗器械企业在家门口就能享受优质服务，有效减少时间成本，加快产品上市进程，为企业提供便捷高效的技术支持和政策帮助。

父亲选择在湖南省医疗器产业园率先试点，设立首个医疗器械审评核查工作站。这一举措推行过程困难重重：改革首创，无先例可循，决策者面临巨大压力和风险；省市共建工作机制全新，协调难度大，部分人员存在畏难情绪；作为试点核心区域的湘潭经开区，当时医疗器械产业规模小、生产企业少，面临诸多挑战。

在湘潭工作站成立过程中，父亲和湘潭市主要领导坚定信念，充分发挥各自优势，整合多方资源，共同努力克服困难。父亲倾注大量心血，即便2022年3月从领导岗位退下后，仍为工作站积极奔走，最终推动其成功落地。

当年7月，湖南省医疗器械审评核查湘潭工作站正式挂牌运营，在不减程序、严格标准的前提下，将服务前移至湖南省医疗器械产业园内。由湖南药监局、湘潭市场监管局和湖南省医疗器械产业园管委会联合选派25名业务骨干，组成湘潭工作站工作专班，由省药监局产业办统筹管理。工作专班为企业提供产品注册前置预审服务，助力企业顺利通过产品注册体系核查、生产许可现场检查、产品检验检测。同时，根据湖南省药监局日常监督检查结果，督促指导企业整改，宣传医疗器械法律法规要点。

湘潭工作站试点成效显著，实现"最严监管"和"最优服务"协同推进。医疗器械行业出现"孔雀湖南飞"现象：外省企业扎堆涌入湘潭，市场主体呈井喷式增长，新兴产业实现跨越式发展。2019至2021年三年内，湘潭市医疗器械产业集群总产值从20亿元增长至89亿元，增长345%，医疗器械生产企业由59家增至260余家，增长341%。拥有第三类医疗器械注册证47张、第二类医疗器械注册证745张、第一类医疗器械备案凭证161张，产业发展态势良好。未来，湘潭将致力于打造百亿级别高端医疗器械及生物医药产业，将湖南省医疗器械产业园建设成为全省示范基地，跻身全国医疗器械一流园区行列。

在湘潭工作站成功经验的基础上，湖南药监局陆续在金霞开发区、宁乡经开区、常德经开区、津市高新区经开区等园区设立多个工作服务站，持续助力企业发展。

五

有一项工作，值得在此细说。

在2018年末那寒意料峭的时光里，医疗器械企业的发展困境如阴霾般沉沉笼罩。父亲坐在办公桌前，眉头紧锁，手中的笔无意识地在文件上轻点。当听闻医疗器械企业在审评审批中面临的重重难题，他的眼神瞬间锐利起来，仿佛要穿透这层层困境，寻得破局之法。审评中心的专家向父亲重点反应了医疗器械企业存在的资料受理难、产品检验难、临床试验难和注册沟通难这四大痛点。并列举了一些实际发生的案例，比如有企业在检测环节，送检一年后才被告知本机构检不了；有企业产品注册耗时一年多还没有结果等。这些反馈深深刺痛了父亲的心。他觉得监管部门不仅要履职好监管主业，也有责任通过专业优势制定更科学的工作标准，更应该转变工作理念为企业提供优质的服务。

从湖南省医疗器械产业结构来看，截至2018年底全省医疗生产企业为375家，产值为89亿元，整个产业中小型企业占比高，呈现小而散的状态，产业结构及分布不平衡；同时还存在各地政策不统一，缺乏通过统筹规划营造优质创新环境的条件；产品以中低档医疗器械产品为主，缺少高精尖产品和自主创新产品的研发以及政府支持企业研发的资金相对不足等问题。

而从产业注册的情况来看，截至2018年底，我省二、三类医疗器械生产企业仅200多家，有效的注册证只有1378张，长期以来只维持着每年100多个产品注册量（2018年二类医疗器械注册受理量为152张，二类医疗器械首次注册审批通过量为70张），整个产业增长极为缓慢。

审评审批之路，宛如荆棘丛生的小径，令企业举步维艰。就在这困局之中，省委省政府的"三高四新"战略宛如一道曙光，穿透阴霾，父亲紧握着拳头，目光坚定，心中已然下定决心，要为医疗器械产业的审评审批制度动一场大刀阔斧的手术。由于产业发展的基础是企业数量和产品注册量，因此他将改革的重点着眼于医疗器械产品的审评审批制度，为企业提供注册服务绿色通道，减少审批环节，精简审批资料，助力产业发展，让企业办事不求人！

当国务院新的《医疗器械监督管理条例》（征求意见稿）如春风般轻柔拂来，父亲仿若那敏锐的春燕，第一时间捕捉到其中改革的气息。他兴奋地在办公室里来回踱步，眼神中满是对产业发展的热忱与期待。随后，他召集团队成员，认真对标条例，逐字逐句地研讨，精心雕琢出"五个最"服务要求——"产品注册环节最少、资料最简、时间最短、成本最低、服务最优"；还提出了"三只能、三不能"意识——不能说"不行"、不能"设卡"、不能拖"时间"，只能告诉企业"怎么行"、只能想法为企业"通卡"、只能提效为企业"抢时间"。他言辞恳切地说道："这'五个最'，是我们对企业最诚挚的承诺，一定要落实到位，给企业带来希望！"那坚定的话语，恰似春日暖阳，给予企业希望的光芒；"三只能、三不能"意识，更如他为团队树立的坚定航标，引领着服务企业的方向。2019年1月1日，父亲带领着湖南药监局的团队，在全国率先推出《深化审评审批制度改革鼓励医疗器械创新10项措施》，主要包括：建立创新医疗器械注册服务绿色通道、改善临床评价技术要求、拓展注册检验检测途径、优化注册质量管理体系核查、减少审批环节、精简审批资料、缩减审批时限、切实加强我省第二类医疗器械注册上市的监督管理等。这"新政十条"犹如嘹亮的号角，在行业中激起千层浪。同时，成立深化医疗器械审评审批制度改革和"放管服"领导小组，父亲担任组长，他拍着胸脯，向大家保证："这场改革，我们一定要成功，为产业发展注入强大动力！"此后，一系列政策文件如繁花般相继绽放，《湖南省第二类创新医疗器械特别审查程序》《湖南省第二类医疗器械快速审批程序》等，推动着医疗器械产业走进地方政府重点扶持的花园，成为政策高地中娇艳的花朵。这些新政如神奇的魔杖，提升了审批效能，引得外地高新技术产业如蜜蜂般纷纷前来落户，还引得18个省市竞相借鉴，掀起了一场行业改革的热潮。

为了让改革的举措落地生根，父亲多次踏入审评中心。每一次实地调研，他都全身心投入，那专注的神情仿佛是在探索一座神秘莫测的迷宫，只为找到优化审评审批流程的密钥。他常常亲自坐在审评员旁边，一坐就是整整半天，仔细观察业务办理的全过程，时而微微皱眉，思考着存在的问题；时而与审评员热烈讨论，提出自己的见解。在他的推动下，开展了医疗器械开门审评，父亲站在会议桌前，目光扫过在场的每一个人，语重心长地说："我们要打开这扇沟通的大门，让各方坦诚交流，提高审评效率。"这一举措，让审评员与注册申请人等各方能够坦诚交流，审评效率如同插上了翅膀，迅速提升。省药监局印发的公告，如同统一的指挥棒，规范着行政审批运行模式，加大窗口直办审批授权力度，恰似为审批流程注入了一股高效的活力。承诺制许可的推进，无纸化审批的推行，让审批时限大幅缩短，恰似为企业开辟了一条快速通道，让企业在发展的道路上能够轻装上阵。

在医疗器械检测方面，父亲宛如勇敢的探险家，率先提出创新举措，允许第二类医疗器械产品的注册检验报告可委托有资质的第三方检验机构出具。他在会议上激昂地阐述着这一想法："我们要敢于突破，解决注册检验的难题！"这一创举，成功解决了注册检验难、时间长的顽疾，犹如一场及时雨，滋润了产业发展的土地。并且，这一成果在2021年新修订的《医疗器械监督管理条例》中得到肯定，成为行业发展的宝贵经验。

六

父亲凭借多年分管医疗器械行业积累的深刻见解，对监管大方向的精准把控，以及推动行业发展的强烈使命感，大力推进医疗器械政策改革，持续创新监管方式。

在他的不懈奋斗下，医疗器械产业改革工作收获了极为丰硕的成果，成效显著。在他主政湖南药监局的三年间，我省医疗器械生产企业数量增长至原来的三倍，年度注册产品数量跃居全国首位，产业规模迅猛扩张，产业竞争力大幅提升。

他的工作成果也获得了湖南省政府的关注与认可。2022年下半年，湖南省政府参事室成立专题课题组，历经两个多月，先后深入长沙高新区、浏阳经开区、宁乡市经开区、湘潭九华经开区、湘乡市、常德市汉寿县、津市市等地开展考察调研，走访相关企业30多家，并与省药监局、省卫健委等相关部门、行业协会以及多家重点企业多次座谈交流，同时参考江苏、广东等省市的先进经验，形成了题为《推进跨越发展打造千亿产业》的湖南医疗器械产业发展调研报告。

在这份报告中，对父亲推行的改革举措和工作理念给予了高度赞扬与肯定："'放管服'改革激发了产业'弯道超车'的强大动能。"报告指出："在省委、省政府与相关厅局对医疗器械产业发展的大力支持下，省药监系统勇于担当、敢于创新，强化'三只能、三不能'意识，以'五个最'为目标实施'放管服'改革，在做好产品监管'裁判员'的同时，积极充当产业发展的'招商员''服务员'，在全国率先打通注册检验难、临床试验难、产品注册沟通难三大堵点，激发了产业'弯道超车'的强劲动力，成为我省监管部门'以管理促发展'的典型案例。"

报告还对医疗器械行业在2019—2021年间的发展成果展开了分析与总结："近三年来，我省医疗器械产业抓住机遇，在缺乏产业优势、企业优势、技术优势、资金优势的情况下，借助以审评审批制度为核心的'放管服'改革，形成政策优势，推动产业实现跨越式发展。一是产业规模实现"井喷式"增长。从企业数量来看，我省医疗器械生产企业数量大幅增长，从2018年的375家增加到2021年底的909家，主板上市企业由2家增至6家，另有19家外省上市企业来湘投资兴业；规模以上企业由57家增至78家，主营业务收入、实现利润分别从84.1亿元、6.5亿元增长至176.2亿元、46.8亿元，总产值由100亿元增长至450亿元。我省医疗器械产业呈现出前所未有的井喷式增长态势。从产品注册情况看，我省医疗器械注册品种数量增长了3.3倍，其中二类产品实际数量从2018年底的1291个增加到2021年底的5561个，增速连续两年位居全国前列。2021年度新增二类产品注册量达到2408个，是2018年度的11.8倍，年度新增注册数量从全国第15位跃居首位。今年前6个月，产品注册数量依然保持快速增长，新增产品注册数量已达1244个。二是产业转移创出'竞争性'优势。得益于省药监局'五个最'（产品注册环节最少、资料最简、时间最短、成本最低、服务最优）的产品注册政策优势，2019年至2021年，对二类医疗器械品种技术转移实施快速审批，在承接珠三角、长三角等发达地区产业转移方面成果斐然，吸引300余家省外企业转移至湖南，外省转移产品共注册3098个，占同期首次注册数量的66.5%。其中包括深圳迈瑞、亚辉龙、上海透景等19家上市公司来湘发展。三是产业创新取得'原创性'突破。自2016年实施创新审批以来，我省先后有36个产品通过创新审查，其中二类医疗器械产品达30个，三类医疗器械产品6个。自主研发和创新型产品不断涌现，高端创新产品取得突破，有效填补了行业国内空白，甚至实现了自主替代。例如，湖南唯公生物科技研创的流式细胞仪、蓝怡（湖南）医疗研发的全自动生化分析仪等多个国内领先的进口替代产品在我省快速获批，取得二类医疗器械注册证。又如，'湖南菁益'的等离子手术设备、'湖南微智'的植入式视网膜电刺激器植入体、'长沙慧维'的肠息肉消化内镜辅助诊断软件均属于国家级创新成果。四是产业布局形成'区域性'集聚。调研发现，长沙、湘潭、常德等地的医疗器械产业园区已具雏形。尤其是长沙市优势更为突出，据《中国医疗器械行业数据报告（2022）》显示，长沙市医疗器械产业城市发展综合指数位居全国第七，其中产品注册指标位居全国第三。例如，湖南自贸试验区（长沙片区）着力打造高端智能制造医疗器械产业园，意向入驻企业近100家；浏阳生物医药园现有医疗器械生产企业103家，其中近年来落户66家。此外，湘潭'湖南医疗器械产业园'近年来入驻企业200余家，常德津市'湖南微生态健康产业园'聚集了以诊断试剂为主的100多家外省来湘企业，发展势头十分强劲。"

该报告由省政府参事室分别呈递给省长毛伟明和时任分管副省长何报翔。两位主要领导均对医疗器械产业的发展成果予以肯定，并批示要将其打造成为千亿产业。

毛伟明省长批示："医疗器械产业前景广阔，意义重大，应当全力推进，培育壮大。我省具备良好的基础条件和比较优势，且内生动力充足，发展态势良好，打造千亿产业既有需求，也有信心。"

何报翔副省长批示："报告内容详实，分析透彻，建议中肯，请联席会议办公室认真研究采纳，并分送各相关单位阅研。"

七

湖南医疗器械产业改革之路，波折重重，内外部压力如影随形。随着产业呈井喷式发展，一方面，其他省份明显感受到来自湖南的赶超压力；另一方面，湖南药监系统人员的工作量与压力呈几何倍数增长。这些因素使得父亲周围充斥着不同的声音和不理解的态度。

有人认为，监管部门的主要职责并非推动行业发展，企业和注册产品数量越少，监管难度就越小；反之，监管难度和责任便越大，因而没必要为助推产业发展去优化程序、承担风险。有人觉得招商是地方政府的事，行业监管部门何苦主动给自己"找麻烦"。还有人觉得，与地方政府合作推动产业发展，会产生大量复杂的协调工作，本职工作本就繁忙，何必再揽这些事务。更有许多人难以理解，父亲明明再过几年就能安稳退休，为何偏要踏上改革这条艰辛之路。

实际上，在父亲纯净的内心世界里，从未考量过个人的利益得失，一心只想着在局长岗位上发挥最大价值，为国家和社会切实做些有意义的事。面对诸多不理解，父亲始终坚信，正能量能够团结并感染身边的人，将大家融入积极干事的氛围中。他目光中永远闪耀着光芒，总是苦口婆心地向大家阐释自己的理念与初衷，总是宽慰大家："成绩是你们的，责任是我的。"总是鼓励大家："同志们可以充分施展自己的才华与本领，我坚决当好同志们干事创业的勤务员、忠诚履职的担责者、依法行政的守护者。"

湖南在承接外省医疗器械产业转移方面成果斐然，每年注册产品数量大幅增长，这一现象引起了国家药监局的关注。2021年底，国家药监局医疗器械司司长向湖南局和广西局了解情况，两个地方局现场答复了器械司的相关疑问。时任姜司长最后笑着总结："湖南局还是很老道。"这句话看似非褒非贬，现场的人理解为局面算是稳住了，至少并非否定。

就在此次谈话的前两个月，父亲分析了省内医疗器械行业发展形势，正着手部署和推行相关举措，促使行业从跨越式发展向高质量发展转型。

我国《医疗器械监督管理条例》依据风险程度对医疗器械实行分类管理。第一类是风险程度低，通过常规管理即可确保其安全、有效的医疗器械，例如听诊器、牙科椅、纱布绷带等；第二类是具有中度风险，需严格控制管理以保障其安全、有效的医疗器械，像体温计、血压计、牙科综合治疗仪等；第三类是具有较高风险，必须采取特别措施严格控制管理，以确保其安全、有效的医疗器械。

在产品备案和注册方面，第一类医疗器械产品在市级监管机构实行备案管理，第二类医疗器械产品在省药监局实行注册管理，第三类医疗器械产品则在国家药监局实行注册管理。

因此，父亲的改革创新政策主要围绕中度风险、在省局注册管理的二类医疗器械产品展开。

尤其是国家药监局于2018年底推出《医疗器械监督管理条例》征求稿，按照惯例，征求意见稿距正式实施大约有两年时间。父亲认为，这两年正是改革创新的窗口期。一方面，可对标和参照国家局的条例把握大方向；另一方面，能在国家局的条例正式施行前先行先试，打造政策洼地，实现产业发展的弯道超车。

考虑到湖南产业基础薄弱，企业数量有限，即便打造了政策洼地，发展空间也相对受限，父亲便想凭借更优质的服务、更优惠的政策，吸引更多企业来湘，先把市场热度提起来，把行业氛围营造起来，把良好口碑树立起来。

从二类医疗器械产品注册情况来看，湖南2019—2021年的注册数量分别为488个、1761个和2408个，增速连续两年位居全国前列。对比改革前后的数据，改革前2018年产品注册量为203个，改革后2021年产品注册量为2408个，是之前的11.8倍。

每年庞大的产品注册体量，给审评审批工作带来不小压力。湖南药监局一边坚持为企业做好服务，一边也毫不放松监管。在2021年底国家局的医疗器械审评审批能力和质量评价中，湖南在B类中名列前茅。

改革前期，通过政策适当"放"，湖南医疗器械产业发展迅猛。到2021年下半年，一类、二类医疗器械生产企业已达800多家，产品有效注册证达7000多张。此时，父亲认为政策该适当"收"了，不能一味埋头向前，应逐渐放慢脚步，梳理总结问题和风险点，再有针对性地进行调整。通过这一放一收，让我省医疗器械产业步入高质量发展轨道。

2021年10月，湖南药监局针对体外诊断试剂的审评审批进一步全面规范；2022年1月，对敷料的审评审批也进一步全面规范。"收政策"工作逐步推进。

同时，针对承接外省产业转移，父亲也有了新想法。前几年，无论规模大小，他对来湘的企业都积极接待。下一步，他打算将更多精力投入到技术更具优势、发展更有潜力的企业上。

2022年初，父亲提出邀请外省100家优质医疗器械企业董事长来湘参加推荐会，向他们介绍湖南的政策和产业发展情况。他还安排医疗器械行业协会负责方案初稿的制定和名单筛选。

当年3月，在组织的安排下，父亲从局长岗位退居二线，他的许多安排部署未来得及实施。

"亦余心之所善兮，虽九死其犹未悔。"这句出自屈原《离骚》的话，意思是只要合乎心中的美好理想，纵然死上九回也绝不后悔。父亲如今的心境我已无从知晓，但当他提前从领导岗位退下时，曾这样对我说："父亲奋斗至今，亦觉无悔，做了许多有益之事，也得到了组织的肯定，提前退休也算功德圆满。"

主政湖南药监、锐意进取的这三年改革历程，我想父亲是无悔的。虽然他还有诸多事情未完成，没能继续陪伴湖南医疗器械行业迈向更广阔、更高远的境地。但是，种子已然萌芽，企业正在茁壮成长，湖南的医疗器械行业不仅从此站了起来，还将稳步迈入全国前列。作为他的女儿，我将永远理解和支持他，永远以他为荣！

"为有牺牲多壮志，敢教日月换新天。"父亲身上充分体现了湖南人敢为人先的革命精神和家国情怀。从分管湖南医疗器械到主政湖南药监系统，这十余年里，他始终全力以赴支持和推动着产业发展。湖南医疗器械生产企业从不足100家，增长到父亲离任时的909家，产值从几个亿，增长到父亲离任时的450亿，并正快速向千亿大关迈进。

食品安全：把好群众饮食的每一道关口

一

父亲自2010年起分管全省食品安全工作，担任湖南省食品安全委员会副主任。2014年1月起，我省食品安全监管职能由原先多个部门的分段管理，统一整合到食药监局。直至2018年机构改革，该职能被划归省市场监督管理局。

在长达八年的时间里，面对复杂的监管形势，父亲始终对食品安全保持着高度责任心。他在接受采访时曾说："作为食品药品监管者，我深感肩负的责任和使命，为自己所从事的事业而自豪！"

父亲始终认为，"食品安全是最重要的公共安全，食品安全是最重要的民生，食品安全是最大的法治"。为此，他在国家局有关要求的基础上，带领省局在许可改革、生产监管、小作坊监管以及飞行检查、约谈等方面制定出台了相关制度，在安全审计、分级分类、质量授权、安全追溯等制度建设方面进行了成功探索，建立健全了最严格的覆盖全过程的监管制度，确保监管全程有法可依、有章可循。他始终以最严格的监管统领食品安全监管工作，围绕重点问题开展专项整治，围绕重点品种开展综合治理，突出重点区域加大整治力度，保障人民群众的食品安全。同时，他更新监管理念，提出"监管也是服务"，不断推动食品产业的规模化、集约化和标准化，为行业的健康发展做了大量有效的基础工作。

在他的任期内，未发生源发性、系统性、区域性食品安全问题。我省食品安全状况大为改善，公众满意度不断提升，我省食品行业也实现了持续平稳较快发展，为促进全省经济社会发展和富民强省作出了贡献。

二

父亲说过："食品安全是天大的事、是天下人的事，也是天天要面临的事，做好食品安全监管工作不容易。"

从2004年开始，国内食品安全问题高发。三聚氰胺、染色馒头、苏丹红鸭蛋、瘦肉精、塑化剂等一系列重大事件，严重摧毁了老百姓对食品安全的信心，国人责难之声不绝于耳。由于食品安全问题难管且责任重大，当时甚至出现一种有趣的现象：在基层分管食品安全的领导，一般都是刚进入政府班子的副市长、副县长。

父亲接手分管食品安全时，这项工作正处于千斤压顶之时。食品安全问题社会关注度高、公众情绪燃点低，负面舆论多、易受舆情左右，食品安全监管的艰巨性、复杂性、长期性、敏感性已成为当时的一种新常态。

湖南是食品工业大省，生产领域是食品安全的源头，但这个领域存在着"线长、面广、量大，分布散、基础弱、规模小"等特点，食品安全监管工作十分艰巨。

《湖南省食品药品安全"十一五"规划》数据显示，到2010年，全省有食品生产企业6800余家，食品经营企业及个体工商户21.21万家，餐饮服务单位10万余家，食品生产加工小作坊约1万多家，食品摊贩数十万个，安全风险隐患点多且面广。

从整体情况来讲，这些企业生产规模普遍偏小、现场条件普遍偏差、人员素质普遍偏低、安全意识普遍偏弱，存在的风险隐患较多，违法违规现象时有发生。再加之新资源、新技术、新工艺带来许多新问题和新风险，食品生产安全问题随时有可能成为"定时炸弹"。

那个时期的食品安全监管工作，除了面临极为复杂的市场环境以外，还存在分段监管和多头监管的体制性问题，导致工作协调和推动难度大。

2013年以前，我们国家的食品安全实行"一个监管环节一个部门监管的原则"，采取分段监管为主、品种监管为辅的方式。农业部门负责初级农产品生产环节的监管，质检部门负责食品加工环节的监管，工商部门负责食品流通环节的监管，卫生部门负责餐饮业和食堂等消费环节的监管，食药监部门则是组织对食品安全的综合监管。

在这种"九龙治水"的体制下，各个环节的执法监管缺乏集中统一行动，理论上的无缝对接在现实中无法实现，导致责任不清，执法效果不理想。特别是地方财力有限，而且还要把这些有限的财力分散到各个部门之中，降低了使用效率。

此外，2008年国务院决定取消食品药品监管机构省以下垂直管理后，地方保护主义出现反弹。又因监管队伍入口把关不严，专业化水平从70%直降至50%左右，监管效能大打折扣。

尤其该阶段我国东、中、西部地区经济社会发展不平衡，而且中西部省份的省会及周边与边远地区的发展存在较大差异。经济越发达的地方，公众对食品药品安全的要求越高，地方党委政府越为重视；反之，在经济欠发达地区，在执行国家食品药品监管法规政策上往往不够坚决，从而造成各地执法监管尺度力度不一、食品药品安全状况各异。但是，食品药品市场的开放性很强，且业态多元，几乎每起重大安全事件都会波及全省、全国甚至全球，可谓是"全球同此凉热"。

湖南食药监局于2010年启动了机构改革，由原来的垂直管理改为属地管理，各市州食药监督纳入地方同级政府工作部门。受地方政府机构数量限制、人员编制限额和改革人员划转难等因素影响，省内食品安全监管机构设置"五花八门"，有的单独设置食品安全监管机构，有的多个部门合并综合设置，造成药品餐饮执法监管政令不畅和资源保障不利等问题。

同时部分地方政府还存在缺位现象，未能为食品安全监管工作提供有效保障，本应由地方政府高位强力驱动的食品安全工作依然由部门单打独斗。

三

父亲认为，管好食品安全的首要关键是要完善相应的体制机制。他当选第十二届全国政协委员以后，从2013年到2017年连续提交四份关于完善食品药品监管体制的提案，得到了广泛关注。

他在全国政协十二届一次会议提案第1017号《关于建立统一权威高效的食品药品监管机构的提案》中建议："按照大部门体制改革的精神，整合分散在各个部门的食品药品监管职能，设立有机统一、权威高效、责任明晰的食品药品安全监管机构，实行中央统一垂直管理或省以下垂直管理，解决食品药品安全监管中存在的分段监管、多头监管的体制性问题，切实加强对食品药品安全监管的组织领导。"

他在全国政协十二届二次会议提案第0854号《关于强化食品安全地方政府负总责考核的提案》中也谈到："食品安全是重大政治问题和社会民生问题，要确保广大人民群众'舌尖上的安全'，急需建立刚性的督查考核机制，推动地方各级政府切实担负起'抓总'和'兜底'的责任。他建议国务院要加大政府绩效考核中食品安全工作所占的权重，强化对地方各级政府食品安全工作的问责。"

父亲的提案切中了食品安全监管中的关键，"统一权威"管理能有效地结束分段监管时的"九龙治水"局面，"食品安全与政绩挂钩"则是让地方政府负总责能牵住食品安全监管的"牛鼻子"。这些建议很快在国家和省两级政府层面得到肯定和落实。

在建立"统一权威"管理方面，国家层面也已经注意到了食品安全分段监管的弊端，于2013年3月启动了国家食品药品监督管理总局的机构改革。在这次改革中，不仅将其变为国务院直属机构，还将食安办、质检和工商等部门的食品安全监管职责全部整合过来。

在将"食品安全与政绩挂钩"方面，2014年5月，国务院办公厅印发《2014年食品安全重点工作安排》，明确要求将食品安全纳入地方政府年度综合目标，考核结果作为综合考核评价地方政府领导班子和相关领导干部的重要依据，进一步落实食品安全属地管理责任。同月，湖南省政府颁发了《湖南省食品安全工作考核评价办法》，明确将食品安全工作的考核评价纳入各市州领导干部的综合考核评价。

食品生产监管工作，在体制调整前实行的是分段监管和垂直管理，调整后实行的是属地管理、分级管理和集中监管。因此，父亲在既要适应分级管理、地方政府负总责的体制，也要适应业务实行集中统一监管的改革要求下，牵头理顺了省、市、县、乡四级在食品生产监管领域的关系，明确职责定位，合理划分事权。

他提出省局的重点就是出思路、建制度、抓督查，市局重点是作方案、搞检查、抓落实，县局重点是要抓落实，尤其要抓好小作坊的监管，各自抓好职责范围内的事情。从而解决上下一般粗和政令不通的问题，形成协调、规范和高效的运行机制。

四

一种好的思想就是一个正确的决策，就能事半功倍、推动工作顺利开展，反之则会事倍功半、阻碍延误工作。在2015年全省食品生产监管工作会议，也是全省市州承接食品生产监管职能的首次工作会议上，父亲提出为了适应新形势和新常态，必须破除传统观念和习惯思维，工作中坚持四种理念。

他提出食品安全监管工作的底线是抓好食品质量、工作、队伍"三大安全"，确保不出区域性、系统性、行业性的安全问题，将此明确为工作的最高目标。

同时他认为要充分发挥体制改革的优势，树立兜底意识，工作中要以"大食品"的眼光和角度，凡事从安全问题去思考，从最坏处去准备，从最小事去着手，以守底线的思维去谋划，以保底线的措施去落实，确保不出事。

2013年中央农村工作会议提出要用最严谨的标准、最严格的监管、最严肃的问责和最严厉的处罚"四个最严"来确保舌尖上的安全。

父亲通过总结过去的工作，认为食品安全问题主要是有法不依、执法不严。因此，他强调必须始终坚持"从严监管"的原则，把最严格的监管落实到生产许可、专项治理、案件查处等各个环节过程中去。在严管中去发现问题、解决问题，通过严管来规范企业生产行为、提升企业管理水平、服务企业健康发展。

同时，他也谆谆告诫队伍，"四个最严"不单是对企业严格监管，也对监管人员严肃问责。他指出食品安全监管这个岗位风险很大、责任很大，各项工作需要大家的辛勤付出和相互支持配合，但出现问题在问责上也不含糊。因此要有"如履薄冰"的思想，严格规范自身行为，严格监管队伍管理。

食品安全监管工作法规性、政策性都很强，如果工作不依法、不规范，就必然遭到社会质疑。

因此，父亲对依法行政非常重视，提出要严格按照依法行政的总体要求，依法落实食品安全责任，依法履行监管职责，依法规范监管行为，通过建立和完善各项制度措施，确保权力行使正确，"不越权、不错位、不失职"。

父亲在工作中数十年如一日地贯彻着"监管也是服务"的理念，他经常说"企业是我们的监管对象，也是我们的服务对象"，在不同的工作岗位上和不同的工作场合中都对队伍提出了这个要求。

他认为要深刻理解监管的内涵和外延，围绕地方经济发展大局，坚持严管与帮扶相结合原则，寓监管于服务之中，在监管中体现服务。

既要通过最严格的监管来查处和打击一些严重违法行为，又要通过自身拥有的一些技术和手段，认真研究和解决一些重点产品和特色产业企业中存在的实际问题，帮助企业做大做强、做精做优，推动地方食品产业健康发展和产业转型升级。

父亲经常对工作进行反思和琢磨，他认为食品生产安全既是"产出来的"也是"管出来的"。通过飞行检查方式，发现很多大大小小的问题，既说明了部分企业受利益驱动，违法问题不断，同时也说明有效监管措施还不多，监管打击的力度还远远不够，监管的效能比较低下。

他在一次会议上说道："现在民众在一些区域性和系统性问题发生后，总是感慨：'为什么食品问题曝光的总是媒体先发现，监管部门在哪里？'，这些也反映了我们的监管能力还不强，主动发现问题的水平还不高，监管有'走马观花''流于形式'的表现，食品生产监管工作依然任重道远。作为新组建的食药监部门，如何适应新的体制改革、适应新的政策法规、适应新的要求挑战，解决人民群众关注的突出问题，不断提升食品安全保障水平，是对我们的监管理念和监管能力的一种严峻考验。"

父亲把创新监管举措作为推动食品安全监管提质增效的重要抓手，提出要实现"三个转变"：即从由重审批轻监管向审批与监管并重转变；由传统监管向现代监管转变；由单纯抓监管向注重推进社会共治转变。针对工作中的一些薄弱环节和短腿，探索并推行了落实食品安全主体责任、食品生产监管风险研判、企业法人代表约谈、大中型企业飞行检查和食品抽检服务公开招标等新方法。

2017年9月29日，父亲在岳阳组织召开了全省大型食品生产企业落实食品安全主体责任暨追溯体系试点现场推进会，全省68家大型食品生产企业负责人和14个地州市食药监管部门负责人参会。

父亲认为当前大型食品企业存在"三高三不高"现象：社会关注度高，群众满意度不高；抽检合格率高，群众信任度不高；各级领导重视程度高，基层专业化程度不高。这说明大型食品企业安全风险管控还不尽到位，食品安全主体责任落实还不尽到位，食品安全示范引领作用效果还不十分显著，食品安全"负面溢出效应"风险依然较大。

他在会议上要求大型食品企业要切实担负起示范引领的重大使命，有效落实食品安全主体责任，切实担当产业发展责任，充分发挥示范引领作用。同时监管部门要明确大型食品企业的监管职责，做好"放管服"文章，监管要较真较劲，将"四个最严"贯穿监管工作全过程，综合运用行政许可、监督检查、监督抽检、行政执法"四位一体"监管手段，切实加强监管。服务工作要用心用脑，带头营造全社会尊重企业家的良好氛围，提供优质高效务实的服务，探索建立大型企业联系制度、许可直通车制度、大型企业安全会商制度、大型企业负责人培训制度等一系列行之有效的工作制度，为全省大型食品生产企业健康有序发展保驾护航。

风险分级管理是开展监督检查的重要前提，也是科学有效实施监管、提升监管工作效能和食品安全保障能力的重要举措。为解决食品生产监管人员少、企业多、任务重、效率低的状况，2017年，湖南省食药监局根据总局《食品生产经营风险分级管理办法》和《湖南省食品生产经营风险分级管理工作规范（试行）》，以食用槟榔分级管理为省级试点项目，指导相关市州局扎实重点推进桶装水、调味面制品、湿米粉等食品的风险分级管理，完成省内全部获证食品生产企业的首次风险分级评定工作。

父亲认为约谈是对食品企业及法人的一次良心拷问，是对违法企业的一次道德审判。他研究建立了食品企业责任约谈常态化机制，规范约谈形式、内容及程序。对监督抽检不合格和监督检查问题较多的食品企业由他组织会议实施重点约谈，依据法律规定，提出整改要求。

2017年8月，湖南省食药监局进行茶叶专项整治部署，并召集在专项整治行动飞行检查中发现问题较为严重3家企业法人代表分别进行行政约谈。在约谈时，省局食监一处负责人针对某企业负责人发出的"其实也没有多大的问题，茶叶吃不死人"的言论予以严厉批评，并责成长沙市局对该企业严查彻查到底。

父亲在约谈会上表示，行政约谈是对飞检中发现的问题进行原因分析，查找漏洞，寻找补救措施的全新监管模式，也是一种警示，提醒企业守法生产，提高管理水平。监管部门对于有抵触情绪的企业要敢于较真较劲，做到发现问题不放过、整改不到位不放过、处置不到位不放过，要通过一系列的手段和措施来压实企业食品安全主体责任。

飞行检查就是针对一些可能存在较大问题、较大风险的企业，采取不发通知、不打招呼、不听汇报、不陪同接待、直奔基层、直插现场的"四不两直"方式开展"地毯式"检查。

它区别于一般的监督检查，保密性很强，更加具有针对性、科学性和有效性。开展这项工作，需要市州大力支持配合，特别是对检查发现问题的处理，一定要依法处置到位。为此省局建立了督办考核制度，将交办事项处置情况纳入各市州甚至市州政府的考核评价体系，督办情况以食安办名义向全省进行通报。

该项制度推出后力度大、震慑强、效果好，形成食品安全监管措施的一个有力品牌。

父亲认为坚持监管信息公开既是法定职责，也是人民群众的强烈愿望。他把信息公开作为日常监管的一项重要手段，坚持"不公开为例外"的原则，对生产许可、监督检查、监督抽检、飞行检查、专项整治等情况，通过适当的方式，做到该公开的一律公开，该通报的一律通报。

对一些失信企业，在更大范围让媒体来曝光，让群众和消费者知情和明白消费，让企业震慑和自觉落实主体责任。

食品安全"审计"，就是针对问题食品生产企业，依照有关法律、标准、规范等规定，对其产品与管理包括财务管理等，进行全方位、全过程逐项审核检查，形成审计报告，及时向社会公示。

这种监管方式相比常规检查，审核指标更加具体、检查内容更加全面、方法更加科学有效，更有利于发现问题、整治问题、防范风险，有利于全面提升监管的整体效能。

相较于常规检查，这种监管方式的审核指标更为具体，检查内容更为全面，方法也更为科学有效，更有助于发现问题、整治问题以及防范风险，对于全面提升监管的整体效能大有益处。

◐ 2016年12月，父亲（左二）率队赴湘乡开展年度食品安全考核工作

　　鉴于食品安全监管环节多、链条长且涉及部门众多的状况，父亲积极推动综合协调与社会共治。一方面，强化地方政府责任，落实食品药品安全责任制和责任追究制，实行重大食品药品安全事故"一票否决"制。另一方面，推进群防群治，开辟红网"食品药品安全专栏"以及"食事药闻"微信公众平台，及时主动发布抽检结果及处罚案件等信息。同时，推出食品安全责任强制保险，在共同防范企业风险、促进企业落实主体责任方面取得了实际成效。

　　在重点产品监管方面，与行业协会、技术机构展开联合，组织开展行业状况调查、风险问题排查，以此推动行业自律互律。在重点问题治理方面，与卫生、公安等部门协同配合，联合开展执法检查、问题研究，进而推动企业诚信建设。在舆论宣传方面，与新闻媒体携手合作，加大正面宣传力度，普及安全知识，提升消费信心。

五

　　父亲提出，食品安全监管应当"明制度于前，重威刑于后"。因此，他要求队伍从传统观念和习惯思维中跳脱出来，破除"守成、守旧、守摊"思想，加强食品安全监管理论研究与实践探索，建立起最严格的覆盖全过程的监管制度，确保监管全程有法可依、有章可循。

体制改革前，质监、工商在食品生产、食品流通监管方面，分别探索建立了一套行之有效的监管制度机制。体制改革后，外在形势与内在要求发生了变化，建立一套与新体制相适应的监管制度体系，变得尤为重要且十分紧迫。

父亲在总局相关要求的基础上，带领省局在许可改革、生产监管、小作坊监管以及飞行检查、约谈等方面，制定出台了相关制度，并在安全审计、分级分类、质量授权、安全追溯等制度建设方面，进行了成功探索。继《中华人民共和国食品安全法》出台后，2016年《湖南省食品生产加工小作坊小餐饮和食品摊贩管理条例》也审议通过，"一法一条例"让食品安全监管有法可依。

父亲将改革创新作为推动食品安全监管提质增效的重要手段，主导实施了许可改革。多年来，食品生产许可工作在提升我省食品生产安全水平方面，发挥了重要作用。在市场准入时，进行了"严审"，但事后"严管"缺乏足够力量跟进，给食品安全带来不少隐患。为此，父亲实施许可改革，以解决企业虽通过一次许可审查，却无法保证持续保持许可时必备条件，以及企业换证程序复杂等突出问题。

按照国家深化行政审批制度改革、实现简政放权的要求，省食药监局通过赴外省调研、多次研讨、法制备案，研究决定从2015年5月起，将14大类的食品生产许可审批权限下放至各市州，下放的企业数占全省总数的80%以上，下放力度极大。

实施许可改革，并非简单的许可下放问题，它既是简政放权的要求，也是促进地方经济发展的举措，在实现重点下移、关口前移、转变职能等方面，取得了显著成效。

当年6月11日，省食药监局和省政府新闻办在长沙举行"食品生产许可暨医疗器械许可审批权限下放新闻发布会"，向社会公布我省食品生产和医疗器械许可审批权限下放情况。当时，省委、省政府正推行政审批制度改革，这次新闻发布工作引起了省领导及社会各界的重视，被省委党校引为教学案例。

○● 2016年，父亲（右一）向企业颁发首张"SC"证

父亲在改革中，始终秉承精简和效能的原则。2016年4月11日，他将全省第一张"SC"证（新版《食品生产许可证》）颁发给企业，标志着湖南正式启用新版《食品生产许可证》。

新版"SC"证的最大特点是，对生产多类食品的企业实行"一企一证"，从此告别了旧版"QS"证"一企多证"的时代。这是根据国家食药监总局颁布实施的《食品生产许可管理办法》，对食品生产许可实施的重大改革举措，无疑大大减轻了企业负担，有助于促进食品产业快速发展。

与颁发旧版"QS"证相比，新版"SC"证的许可做了重大调整。旧版"QS"证按食品品种许可发放，新版"SC"证调整为按照企业主体许可，即对每家符合条件的食品生产企业发放一张"SC"证，对生产多类别食品的，则在生产许可证副本中予以注明。这样，企业无须再为不同的食品生产单元逐一办理生产许可。

此次改革中，一方面调整了现场核查内容，另一方面还调整了许可审批权限。除婴幼儿配方乳粉、特殊医学用途食品、保健食品等重点食品，原则上由省级食药监部门组织生产许可审查外，其他食品的生产许可审批权限，可由省级食药监部门根据实际情况，确定具体办法和目录下放到

● 2016年，父亲就新版"SC"证向记者宣传及答疑

市、县级食药监部门。

对食品生产企业而言，许可颁发新版"SC"证还有五个方面的利好，主要体现为"五个取消"：一是取消与许可事项没有直接关系的前置审批材料核查；二是取消许可检验机构指定，申请人可自行检验或者委托有资质的食品检验机构对其产品进行检验，食药监部门在现场核查时按要求核查其试制食品检验合格报告；三是取消食品生产许可审查收费；四是取消委托加工备案；五是取消企业年检和年度报告制度。

在建章立制、深化改革，为企业提供优质服务的同时，父亲始终以最严格的监管统领食品安全监管工作，通过围绕重点问题开展专项整治、围绕重点品种开展综合治理，以及突出重点区域加大整治力度等行动，保障人民群众的食品安全。

针对食品安全点多面广的现状，常态化部署开展了数百次大规模专项整治行动，加大检查和查处力度，形成威慑。如食用油专项整治、湘式挤压糕点专项整治、桶装饮用水生产企业专项监督抽检、"四小"整规专项行动、农村食品安全"扫雷"行动、"查无证、清死角、端窝点"专项整治行动和婴幼儿配方乳粉专项整治行动等。

比如在农村食品安全"扫雷"行动中，出动执法人员13.8万人次，检查食品生产经营单位22.38万户次，检查批发市场、集贸市场等4257户次，查处食品生产经营、食用农产品违法案件2122起，取缔"黑工厂、黑窝点、黑作坊"562个。

父亲一方面抓重点产品、重点问题、重点区域和大型企业等"三重一大"监管。明确辖区内重点监管目录，列出风险问题清单，制定加严监管方案，集中时间和力量，对乳制品、肉制品、食用油、酒类等重点产品，对问题多发、生产集聚等重点区域，对群众反映多、投诉举报多等重点问题，进行了重点排查、重点整治，解决了一些突出问题，树立了食药监部门的权威和形象。

同时，他认为小作坊现状是散、小、差，疏于监管，是全省食品监管不可忽视的重要环节；而小作坊又是解决城乡就业、方便群众生活的食品供应者，其食品安全关系大众身体健康。因此，重点抓小作坊专项整规，并提出要举全局之力认真抓好这项工作，号召大家不论多大困难都要克服，扎实推进。

在"四小"整规行动中，食药监局对食品生产加工小作坊全面实施清查建档，针对实际，重点整治了制假售假、过期变质、非法添加、违规操作、不讲卫生等问题。研究制定了准许小作坊生产的食品品种目录和生产卫生规范，建立起长效监管机制，全面提升了小作坊的食品安全保障能力。

在社会关切的重点领域重点作为，尤其在校园食品安全方面想了很多办法。比如推进学校食品安全标准化管理建设，2016年湖南将食品安全责任保险作为省级食品安全示范学校创建的加分条件，为670万学子提供50亿元食品安全风险保障。

再如开展学校食品安全示范创建活动，对21家省级食品安全示范学校进行授牌，对2017年申报创建的40所学校进行验收。全面推行学校食堂"明厨亮灶"，全省1.19万个学校食堂实现"明厨亮灶"。又如针对中小学校校园及周边，开展"食品安全护苗行动"，查处学校校园及周边食品安全违法案件。

父亲的工作也获得了国家食品药品监督总局的高度肯定，多次应邀在国家局会议上做典型发言。2012年6月，国家食品药品监管局举办全国食

◐ 2017年，父亲（右一）在全国"双安双创"成果展长沙展位指导

品安全宣传周餐饮服务食品安全主题宣传日活动，同时召开新闻发布会。国家局副局长边振甲出席新闻发布会并作重要讲话，父亲应邀参加会议，并就如何加强我省旅游景区餐饮服务食品安全监管作典型发言。

2013年1月，全国食品药品稽查工作现场会议在云南举行。父亲带领食品安全监管处、稽查总队有关负责人出席会议，并在会议上作"以稽查执法为抓手，着力推动湖南省保健食品化妆品监管安全高效"的典型发言。

2017年7月，由国务院食品安全委员会办公室、国家食品药品监督管理总局、农业部举办的全国食品安全宣传周，在北京中国国际会展中心正式启动，全国食品安全示范城市、农产品质量安全县"双安双创"成果展同时开幕。该次展览有19省40余个城市参展，长沙是湖南省唯一参展单位。国家食药监管总局局长毕井泉、副局长焦红等亲临湖南长沙展位，视察指导工作，给予高度肯定。

六

美国食品药品监督管理局原局长汉堡博士曾说："强大产业是强大监

管的基础，强大监管通常催生强大产业。"父亲也认为，食品产业规模化、集约化、标准化，是提升产业整体素质的必由之路，是实现食品安全长治久安的治本之策。因此，他带领全省食品生产战线在抓好日常监管工作的同时，本着"从严、规范、治本"的原则，对一些重点产品、重点领域进行了深入研究，在促进一些地方特色产业发展方面，取得新的成效。

辣条始于1998年，起源于湖南平江。由于生产门槛低，很长一段时间里，辣条行业都处于无序扩张状态，从业者众多，同质化严重。同时，辣条的诸多问题，如小作坊、黑心工厂和添加剂超标等也时有发生，一些不良厂商制作不符合标准的辣条并面向市场发售。

2015年4月9日，国家食品药品监管总局召开调味面制品（俗称"辣条"）等休闲食品质量安全监管工作座谈会，随后下发了《关于严格加强调味面制品等休闲食品监管工作的通知》，启动了这一行业的从严监管。

就湖南来看，当时已有一批产值过亿、员工上千的规模企业，技术标准从无到有、从面粉熟食地方标准上升到糕点分类国标，获证企业数达240家，产值过亿元的企业有30多家，安排就业10万余人，2015年实现总产值突破300亿元，已成为独具湖湘特色的休闲食品支柱产业，在国内享有较大声誉。

针对生产企业多、产业规模大且具有湖南特色的实际，父亲在监管工作中并没有一味采取打压的方式。他认为，要科学客观地看待这个产业，既要严管解决问题，又要搞好引导和服务，通过促进产业的发展来消除问题隐患。

国家局召开座谈会后，父亲迅速组织相关处室制定下发了《关于集中开展调味面制品等休闲食品专项整治工作的通知》，并以平江县、浏阳市等生产集聚区域、校园周边商店、集贸市场、批发市场等为重点，对调味面制品进行了为期4个月的专项抽检和整治工作。

在专项整治行动中，共计完成388批次抽检，涉及湖南、河南、重庆、四川、江西5个省市190家生产企业的调味面制品预包装食品，其中不合格57批次，整体合格率为85.5%。对抽检不合格产品，开展了通报公告、调查核实、问题产品召回、责令整改、立案查处等工作。全省共计出动监管执法人员1186人次，巡查相关单位584家次，发现并督促整改风险隐患1200多个。

同步启动"双随机"飞行检查。为切实提升调味面制品企业管理水平，父亲带领相关处室组织专家，对监测问题较多企业及具有较大规模和影响的企业，采取不打招呼、不听汇报、直奔现场、严格保密等方式，对企业进行全方位、深入的检查，主动查找发现问题，及时消除安全隐患。

2015年，共对15家"辣条"等休闲食品生产企业开展了飞行检查，发现企业主要存在着车间和设备卫生条件差、人员卫生管理不到位、添加行为和标签标识不够规范等实际问题。针对检查发现的一些严重问题，严肃进行查处和处罚，督促企业进行认真整改。

2016年4月底，启动了对食品生产企业飞行检查"双随机"抽查监管工作模式，由媒体记者在"食品生产企业双随机检查系统平台"随机摇号，确定被飞行检查组成员和5家调味面制品等休闲食品生产企业。相关媒体对"双随机"抽查工作还进行了全程跟踪报道，产生了良好的社会影响。

父亲一方面采用雷霆手段从严整治行业问题，另一方面想方设法帮助行业解决问题，促进其良性发展。他第一时间向企业传达国家局会议精神，从思想上让企业深刻认识到合法合规生产是其生存发展的必然选择。当年4月29日至30日，在长沙对79家辣条生产企业主要负责人进行集体约谈，传达国家总局4月9日郑州调味面制品会议精神。针对抽检和监测发现存在的风险问题，分析行业现状和面临的严峻形势，帮助企业深入查找问题产生的深层次原因，聘请专家解读调味面制品及GB2760标准和休闲食品关键控制点等。

常态化约谈和培训。5月14日，父亲组织相关处室联合湖南省休闲食品协会，对全省104家111名以调味面制品为主的调味面制品食品生产企业质量安全生产负责人进行培训，重点培训学习新食品安全法、GB2760《食品添加剂使用标准》《食品召回管理办法》等。

此后，省食药监局每年都要专题对调味面制品企业有关负责人，开展政策法规、技术标准等方面的培训，有效地促进了企业主体责任的落实。同时，为提升调味面制品企业进货原料和产品出厂两个环节的质量把关能力，全省各地采取统一培训和个别跟班辅导等措施，加强企业检验室的指导和检验员的培训。通过三年时间，对全省所有调味面制品企业检验员进行了一次轮训，对所有企业实验室建设进行了一次指导，提升了企业实验室的检测能力和水平。

○ 2017年，父亲（左二）带队走访调研槟榔企业

从准入关促进企业改善生产条件。调味面制品过去门槛低、进入易，企业数量多，存在散、小、乱、差现象，把好准入关是确保食品安全至关重要的一环。父亲牵头建立了行政审批与技术审查相分离、专家组核查、审查组长负责制等工作机制，以及审查组长与审查员审查责任制和责任追究制，坚持许可前10%以上抽查制度，严格审查标准和审查要求，从严把好市场准入关。

通过生产许可换证，督促企业投入技改资金上亿元，更新设备2000多台套，新建厂房5万多平方米，生产面积均达200平方米以上，调味面制品企业的生产设施已全部更换为不锈钢材质，企业提升了整体实力与水平，生产条件发生根本变化，管理水平一年上一个台阶，风险问题大大降低。

帮助行业推进标准建设。组织成立了2个专家修订工作小组，积极开展调味面制品地方标准和生产许可审查细则的修订工作。父亲多次牵头召开相关商讨会议，并向省卫计委发出了《关于建议修订DBS43/002—2012湘式挤压糕点食品安全地方标准的函》，由专家组起草了《调味面制品》地方标准修订建议稿并报省卫计委。同时，起草了《调味面制品生产许可审查细则（2015版）》修订稿，报国家食品药品监管总局审批。

父亲还积极与国标委和国家卫计委多次沟通协调，争取他们到我省实地考察调研，推动了糕点分类、糕点通则、糕点国家安全标准以及糕点生产企业卫生规范4个标准的修订，从而将具有湖南特色的面粉熟食作为挤压糕点类产品纳入国家标准进行监管。

因为他的严管和厚爱，使整个行业能健康发展至今，成功创建"中国面筋食品之乡"。

辣条行业并不是特例，针对食用槟榔如何适应标准、如何准确定位及如何正确使用添加剂等问题，父亲先后组织专家赴海南原果基地进行调研，自己率队十余次奔赴企业生产车间考察查看，多次组织专家讨论研究，推动《湖南省食用槟榔生产许可审查细则》的出台并报国家食品药品监管总局备案；研究下发了《关于进一步加强食用槟榔生产监管工作的通知》；并先后组织十余次飞行检查，对发现的问题提出了整改意见并进行查处，引导企业依法依规生产，震慑违法企业；为行业的健康发展做了大量有效的基础工作。

七

在父亲分管食品安全的八年多时间里，始终严格落实"四个最严"要求，省内从未发生重特大食品安全事故。全省食品安全形势持续稳定向好，食品安全保障水平稳步提升，公众满意度也不断提高。

2016年两会期间，父亲接受记者采访时欣慰地表示："毫不夸张地说，湖南近年来的食品安全状况已有极大改善，没有出现过在较大范围内，甚至小范围内产生较大影响的食品安全事件。"

"十二五"时期，全省食品安全工作成绩斐然，重大活动餐饮安全实现"零事故"，圆满完成了省"两会"、"汉语桥"等几百次重大活动以及重要宾客接待的餐饮服务食品安全保障任务。年均食品抽样样品数达到2批次/千人，较"十一五"末提高了3倍。食品质量安全风险发现率和农产品抽检质量安全合格率大幅提升。

食品安全监管能力不断增强，监管方式和手段日益完善。标准管理体系、安全风险监测评估体系、信息发布预警体系、安全事故应急处置体系等愈发健全。食品安全监管系统技术条件显著改善，科研与检验能力大幅提升。省市县乡四级集中监管体系基本构建完成，检验检测体系逐步完善。

"十三五"期间，全省大力推进食品安全放心工程建设，未发生重特大食品安全事故，食品安全形势持续稳定向好。全省食品安全公众满意度从"十二五"期间的69.52分，提升至81.97分。

建立了食品安全工作评议考核、督查督办、责任约谈、真抓实干奖励等跟踪问效机制，在全国率先将食品安全纳入省委巡视常态化检查内容，强化食品安全司法督察和监督执纪问责。部署推进"4812"食品安全放心工程建设，食品安全责任、监管执法、风险防控、技术支撑等八大体系建设持续优化。省市县乡四级食品安全综合协调机制、食品和食用农产品监管机构基本建立健全。

聚焦群众关心的食品安全问题，相继开展了整治食品安全联合行动、食品安全大排查大整治等集中行动，启动实施校园食品安全"护苗"、农村假冒伪劣食品治理、保健食品"护老"以及"双安双创"示范引领等十二大攻坚行动。

通过实施重要产品追溯平台、"智慧食药监"、食品追溯与监管平台等工程，68个县市区全域推进农产品追溯体系建设，覆盖全省的粮油产品质量安全管理信息平台基本建成；52个市县级农产品质检机构获得"双认证"。已创建及正在创建的食品安全示范县市区有46个，农产品质量安全县66个。在全国率先整省推进食品安全责任保险，充分发挥保险的他律作用和风险分担功能。全省学校食堂"明厨亮灶"覆盖率达95.4%，切实守护了老百姓"舌尖上的安全"。

在推动产业发展方面，"十二五"和"十三五"期间，我省食品产业实现持续平稳较快发展，为促进全省经济社会发展和富民强省作出了重要贡献。

2015年，全省规模食品工业（不含烟草）完成工业增加值1228.55亿元，完成主营业务收入4476.2亿元，分别较2010年增长109%和106%。食品产业主营业务收入占全省规模工业的12.7%，比2010年提高4.7个百分点，位居中部六省第三位，总量在全国排名第八位，较2010年前移了三位。

2020年，全省规模以上2685家食品企业（不含烟草）完成营业收入5274.1亿元，占全省规模工业营业收入的13.8%，比2015年提高1.1个百分点；湖南食品产业经济总量在全国的排序提升至第七位。

美妆产业：平地起高楼

一

美妆产业，也被称作"颜值经济"。随着消费不断升级，消费者观念与习惯持续转变，对美的追求愈发强烈。在颜值经济盛行的当下，美妆行业市场规模急速扩张。从时间维度来看，2017年至2019年堪称美妆行业的关键分水岭。彼时，中高端外资品牌成为消费主流，国货美妆品牌也贴上了"国潮文化"的标签。

从国内生产市场状况而言，原有的少数集中生产基地多分布于沿海城市，面临生产成本高企等难题，难以满足生产扩张需求。随着珠三角、长三角地区经济转型，原本集中于这些区域的化妆品生产企业，逐渐将生产目光投向内地。美妆产业全渠道、全覆盖、线上线下融合的销售模式，为产业从沿海向中部内陆转移创造了条件。湖南作为内陆省份，拥有美妆行业极为青睐的庞大市场。在此大背景下，宁乡经开区积极打造粤港澳大湾区产业转移投资洼地，先行一步，勇挑产业转移主力军的重担。

父亲担任局长后，高度重视化妆品产业发展，带领湖南省药监局接连出台一系列支持产业的政策意见，以发展促进监管，以服务推动发展，成效显著。从零起步，培育出百亿美妆园区——长沙美妆谷，全省化妆品产业总规模接近千亿，年均增长15%，并通过区域协作逐步向粤港澳大湾区美妆产业发展高地迈进。

二

父亲带领团队在全国率先推行审评审批机制"放管服"改革。2019年出台化妆品新政五条，2020年10月印发《关于进一步深化"放管服"改革推动我省生物医药产业高质量发展的意见》《进一步推进行政审批制度改革有关事项的公告》等系列文件，2021年印发《湖南省药品监督管理局关于进一步开展药品化妆品承诺制许可的公告》。在严格遵循《化妆品监督管理条例》规定的前提下，优化审评审批流程，缩短审评审批时限，服务下沉，完善企业上下游产业链。

通过这一系列改革举措，我省化妆品生产许可由法定的30个工作日大幅压缩至5个工作日。2021年，省药检院成功获批国家药监局首批化妆品抽样检验复检机构，并入选化妆品补充检验方法验证单位，标志着我省具备了化妆品复检资质。

在明确细化支持湖南省化妆品产业发展的相关政策与举措后，父亲和团队进一步提出将承接广东省化妆品产业转移作为湖南省化妆品产业发展重点，并将"美妆谷"列入省药监局主笔的"十四五"规划发展重点。在园区设立柔性服务站，全面开通绿色通道，提升械字号、妆字号注册效能，实现"无障碍认证""落地即领证"，为美妆谷发展加速护航。

在加强区域协作与承接产业转移过程中，湖南通过建设示范园区，积累了诸多可借鉴、可复制的工作模式。针对园区企业专业技术人员匮乏问题，依托园区企业，构建"政府—行业—学校—企业—园区"的产教融合模式。在重点园区为企业开设管理者代表、产品注册、质量负责人、检验检测四类专业技术人才培训，打造立足园区、服务园区的人才培养模式，并形成示范案例在全省推广复制。

针对园区科研创新能力不足的状况，省药监局遴选中南大学、湖南农业大学等高等院校67名专家，在全国率先组建省级化妆品安全专家库；与中南林业科技大学等高校共建省级化妆品监管科学研究基地，加强科创平台建设，推动产学研用多产业链融合。针对园区检验、灭菌、包装、物流等上下游环节的堵点和痛点问题，产业办在重点园区支持企业建设区域检验中心，通过增项扩项解决园区检验难、检验贵问题；引进灭菌企业落地园区缓解灭菌难；鼓励包装原材料企业落地园区缓解包装难；配套建立第三方物流解决物流和销售难，切实帮助企业化解上下游资源困境。

三

在美妆产业版图中，经过多年发展，上海奉贤东方美谷、广州白云美湾、浙江湖州美妆小镇成为国内美妆产品企业的三大集聚地，形成了各自的特色产品和稳定客户群。然而，这些地区均位于经济发达、土地资源稀缺的"寸土寸金"之地，面临生产成本飙升、扩张扩产受限等困境。

在全国美妆产业园区"三足鼎立"的格局下，宁乡经开区"美妆谷"瞄准中部地区空白，依托自身资源优势，以粤港澳大湾区美妆业转移为契机，全力打造中国美妆"第四极"。在美妆谷的发展进程中，父亲不遗余力地给予政策支持、优化服务，协助招商，推动其迅速成长为百亿产值园区。

2020年8月，美妆谷一期工程尚在建设中，父亲就带队专程前往园区实地调研美妆产业发展情况。他详细听取了园区化妆品生产代表企业以及湖南省化妆品经营行业协会对美妆产业发展的建议。

父亲对宁乡经开区美妆谷建设前期的规划与准备工作给予充分肯定。他认为，宁乡经开区产业发展基础条件完备、产业优势显著、定位精准。对于后期发展，他表示，省药监局将从行政审批、行业监管等多领域加大对宁乡经开区美妆产业的支持力度，同时将以宁乡经开区为阵地，发挥化妆品行业协会的作用，秉持更加审慎包容的态度，深化"放管服"改革，进一步优化美妆行业发展的营商环境，生产出老百姓放心的美妆产品，推动湖南化妆品产业高质量发展。

2020年11月13日，为深化湖南与粤港澳大湾区合作，承接产业转移，国家级宁乡经济技术开发区在广州花都区举办美妆谷招商推介会，广东化妆品行业协会及200多位湘籍美妆行业企业家出席推介会。父亲应邀出席并发表热情洋溢的讲话。

他向现场湘籍企业家介绍了湖南药监局对美妆谷的重视，称"美妆谷是湖南顺应美妆产业发展需求，为推进美妆产业高质量发展打造的产业发展新高地，也是湖南省药品监督管理局深化审批制度改革、努力优化营商

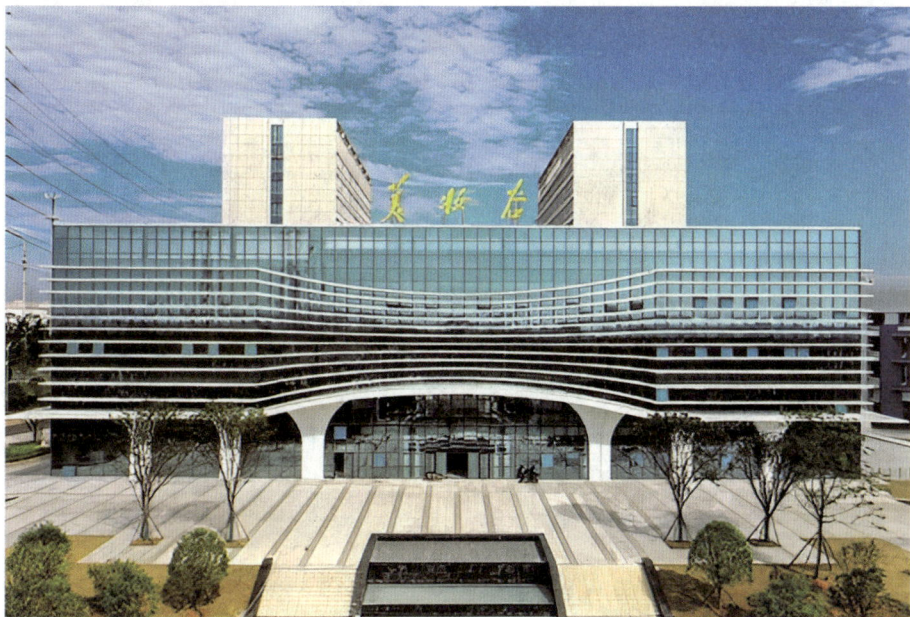

○● 宁乡经开区"美妆谷"鸟瞰图

环境的重点项目"。

他还表态："湖南药监局将与园区携手，共同为落户美妆谷的企业营造最优越的发展环境，助力企业在湖南实现高速发展。"同时向与会企业介绍了湖南针对化妆品产业的相关支持政策，他说："在深入实施创新驱动发展战略，大力推进结构化改革，加快新旧发展动能接续转换的背景下，加快化妆品产业的创新发展已成为我省推进产业转型、提质增效的重要举措。湖南省药品监督管理局印发了《关于进一步深化'放管服'改革推动我省生物医药产业高质量发展的意见（试行）》，通过优化审批流程、减少审批环节、简化审批程序等措施，切实提高服务效能。"

此次会上，美妆谷分别与五家企业和院校签订合作协议。

2021年12月，美妆谷一期工程投入运营，总用地面积375亩，总投资9.5亿元，总建筑面积22万平方米，采用标准厂房+定制厂房的建设模式，共建有14栋建筑物。2022年，园区美妆产业产值已突破100亿元，引进化妆品上下游大中型企业16家，预计"十四五"期间总产值突破300亿元。"长沙美妆谷取得的成绩，创造了国内美妆产业的奇迹。"业内人士纷纷感慨。

◐ 2020年8月，父亲（右排左二）参加宁乡经开区美妆产业座谈会

◐ 2020年11月，父亲出席美妆谷广州招商推介会

四

湖南交通区位优势突出，拥有长沙高铁枢纽、空港自贸区和岳阳自贸区（港口）。尤其是省药监局获得承担进口普通化妆品备案管理的工作资质，湖南可直接进口化妆品，极大便利了市场发展，为粤港澳大湾区化妆品产业协同发展创造了有利条件。

为更好承接粤港澳大湾区化妆品产业转移，湖南深入开展化妆品产业"迎老乡、回故乡、建家乡"活动，通过支持化妆品委托生产、支持进口普通化妆品备案和化妆品新原料申报，推动服务和政策落地。在政策刺激下，企业迎来发展良机。

目前，湖南已形成长沙高新区、宁乡经开区、浏阳医药园区、湘阴、常德、益阳、岳阳、望城等化妆品专业园区，打造怀化特色植物化妆品原料基地，成功承接粤港澳大湾区美妆产业转移来湘投资。

经过几年发展，我省化妆品行业发展迅猛。截至2022年底，全省化妆品生产企业产值近100亿元，销售规模达700亿元，产业总规模年均增长10%至15%左右，全省美容化妆品行业从业人员约85万人。

朋友同事眼中的李赤群

一

父亲在担任湖南省药品监督管理局局长期间，对医疗器械政策展开了大刀阔斧的改革，有力推动了产业发展，这无疑是他工作生涯中浓墨重彩的一笔。坐落于湘潭经开区的湖南医疗器械产业园，巧妙运用政策改革的优势，将高端医疗器械及生物医药产业作为"两主一特"中的特色产业重点发展，实现了医疗器械产业从无到有、"爆发式"增长的奇迹，成为湖南省医疗器械发展的标杆，也成为湖南省药监局"放管服"改革政策优势的生动写照。为此，我与原湘潭市委常委、市人民政府副市长、湘潭经开区党工委书记董巍进行了一次深入交谈。

那是4月的一个周末，天空飘着微微细雨，董巍先生如约而至。我向他表明来意，希望他能分享一些工作中与我父亲交流的故事和感受，他欣然答应，热情地打开了话匣子。

话题从对父亲的初次印象展开。董巍先生回忆道："你父亲给我的第一印象，是个谦谦君子。在后续工作交流中，我发现他对事业充满了极度的热情，投入了大量精力。每次他来湘潭调研或开会，都会热心地问我，有没有事情需要他协调解决，这让我十分感动。"

谈及过往与父亲共事的经历，董巍先生说，印象最为深刻的是和父亲一同前往上海参加医疗器械博览会。那是2020年10月20日，董巍先生刚到湘潭市任职不久。当时湘潭举办了推介会为园区招商，董巍先生代表市政府发言。父亲则代表湖南药监局讲话，"他现场讲了大概一刻钟，全程脱稿，向大家介绍湖南医疗器械的产业政策，言辞恳切，诚意满满。他的演讲极具影响力和说服力，吸引了现场150多家企业几乎都来聆听，效果非常好。"

我接着问道："作为地方政府领导和开发区主要负责人，您如何看待我父亲推行的医疗器械政策改革？"由于父亲很少和我谈及工作，我对这一行业也缺乏深入了解，所以十分好奇他工作的实际成效。

董巍先生说："医疗器械审批制度的改革，是高质量发展的必然要求。此前，国家药监局在药品审批领域也曾进行过类似改革，主要针对药品注册积压数量过多的问题。你父亲针对省局审批的二类医疗器械产品注册时间长、效率低的问题，大胆改革，开了全国先河。"

聊到这里，我能感觉到董巍先生对此次改革了解颇深，体会也很深刻。他继续说道："审批制度的核心要素之一是人，队伍能力与人员数量、专业素质、流程和机制都有关系。我听说，起初省局的审批员数量有限，后来专业化队伍不断壮大，能力也逐步提升。"

我又问："在新政策支持下，医疗器械产业园发展得如何？"

董巍先生回答："目前，湘潭市医疗器械产值已达100多亿，医疗器械产业园实实在在地发展起来了。经过4年发展，园区已有280多家生产企业，拥有700多张注册证，产业生态已具雏形，未来成长性很强。"

"医疗器械产业园也是湘潭市最具代表性的专业园区之一，组建了20多人的专业服务团队，在专业化领域深耕细作。不仅派人到省药监局学习，还派人到国家药监局跟班学习。2023年，我们进一步提升园区人员专业能力，精准对接企业需求，提供更优质服务，局部实现了'小管委+大公司'的发展模式。"

"在2023年举办的第七届未来医疗百强评选中，园区荣获'年度医疗器械标杆产业园区'称号，全国仅有5家获此殊荣。"

董巍先生感慨道："正是有你父亲这样的人，我们与省药监局对接起来十分顺畅。省局有回应、有支持，地方政府自然积极。"

其实，此时父亲的改革举措在湘潭医疗器械园的作用已不言而喻，但我还是问出了最想问的话："您觉得他做的这件事有意义吗？"

董巍先生语气平和却充满力量，给出了肯定的回答："若不改革，审批效率难以保障，还会导致诸多环节不公开、不透明。改革后，在国家局指导下，审批规范性不断总结优化提升，医疗器械企业数量持续增加，市场主体活力得到有效激发。更重要的是，湖南的这一举措带动了全国审批效

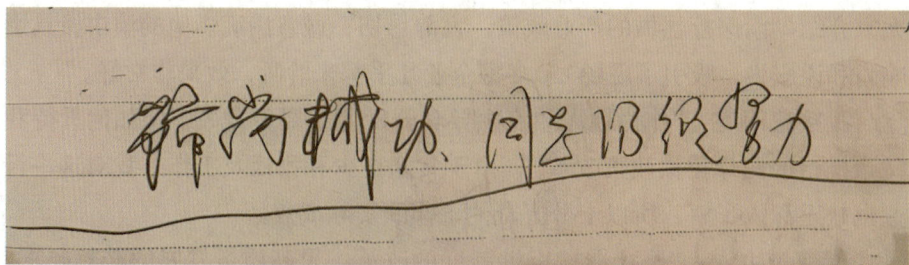

革命尚未成功，同志仍须努力

率的提升。你父亲起到了重大推动作用，意义深远，影响巨大！"

父亲为推动湖南医疗器械产业园和园区内工作服务站的成立，倾注了大量心血。在地方政府全力支持下，如今湖南医疗器械产业园蓬勃发展，工作站运转有序，外省纷纷前来学习取经。

"你父亲还有什么心愿吗？"董巍先生的问题来得突然，一下击中了我。

我一时不知如何作答。我想，父亲应该有很多心愿吧。他有90多岁高龄的双亲需要尽孝，有视他如生命的女儿需要陪伴，有爱他的妻子和兄弟朋友，还有辛苦奋斗一辈子即将迎来的退休安逸生活，太多太多了……

"我在父亲的笔记本上，看到他写了一句话：革命尚未成功，同志仍须努力。"我回答完，我们两人都笑了起来，但我的心里却有些触动，眼眶渐渐湿润……

父亲怀着干革命的精神，在工作岗位上竭尽全力，想用自己的一丝微光尽可能照亮世界，为国家和社会多做些有意义的事。

父亲最初朴素的心愿，是希望企业办事不再求人，于是拉开了医疗器械审评审批制度改革的序幕，一步步为企业提供更优质的服务。后来，他亲身经历了疫情期间我省医疗器械产品匮乏的窘迫局面，更加坚定了壮大这个产业的决心，希望民众对日常药械随时可得，守护每个人的健康。

这时，我忽然看到旁边柜子上摆放着一座炎帝雕像，在灯光照射下散发着别样光芒。相传炎帝亲尝百草，发展草药为百姓治病。父亲虽然平凡，但传承了先贤的精神，做了许多不平凡的事。我以他为荣耀，以他为榜样。

二

彭惠芳老师在湖南省药品审评与不良反应监测中心工作了17个年头，

始终专注于医疗器械技术审评工作，先后担任医疗器械科科长与中心副主任。她专业功底深厚，在医疗器械审评领域经验丰富，见解独到。在父亲大力推行医疗器械审评审批制度改革、推动行业发展的那三年里，彭老师常常建言献策，被父亲称作"志同道合的战友"。2022年3月，父亲退居二线，同年6月，彭老师也光荣退休。

我在一家茶馆约见了彭老师，期望她能为我提供一些当年湖南深化医疗器械审评审批制度改革的素材。看得出来，彭老师对我父亲极为认可，对改革也有着深刻的体会。无需我过多提问，她便打开了话匣子。

她从与我父亲的交流开始回忆："我虽在药监直属单位工作多年，但以往跟你父亲打交道的机会甚少，他对我也不太了解。直至你父亲担任局长后，我们才有了深入的工作交流，并且理念契合。"

2018年底，父亲听闻有企业反映一个二类产品注册耗时一年半仍未办下来，十分吃惊，随即打电话给药审中心负责人，责问为何工作效率如此低下。当天下午，药审中心主任带着两位审评人员前往父亲办公室汇报情况，彭老师便是其中之一。

她说："整个谈话过程将近1小时，起初能感觉到局长很生气，他直截了当地问'能不能快一点？'，药审中心在场的三人分别从不同角度反映了问题，涵盖注册检验、临床评价、受理、审评、核查及审批等相关环节。记得当时我向局长汇报了产品注册中的三大痛点和两个堵点，仅仅加快审评并不能解决注册难的问题，他听得很认真，不时提问，还在本子上记录。局长要求我们就相关情况撰写一份调研报告，全面反映问题、分析原因，并提出对策与建议。"

之后，药审中心安排彭老师负责起草调研报告，父亲对这份报告高度重视，在上面做了详细批注，认为我省医疗器械的审评审批制度已到了非改革不可的地步。彭老师说："我热爱医疗器械审评工作，对这个行业也满怀感情，过去也曾针对这些问题向上级领导多次反映与报告，但基本无人愿意深入了解，问题自然得不到有效解决，后来我便不再提及。然而，局长对企业办事难如此上心，对我们审评人员一视同仁，重新点燃了我对工作的热情。"

往昔工作场景历历在目，彭老师说道："当时国家局的《医疗器械监管条例》征求意见稿已经出台，我们对标新条例梳理思路，针对每个堵点和痛点展开研究。局长定下的目标是让湖南成为医疗器械的创新高地，使企业的创新创业成本降至最低，让企业办事无需求人。"

"2019年1月，我局推出了医疗器械新政十条，反响热烈。但经过一段时间观察，成效并不显著，局长立刻分析其中原因，发现是缺乏配套的可操作性文件。于是将我从审评中心借调到医疗器械处三个月，专门负责起草几个具体文件。5月12日，两个主要文件出台，政策落地才具备了可操作性。"

彭老师补充道："领导推进改革通常会考虑周全，尤其会评估对自身有无风险。但你父亲考虑的都是大局，对自己有些不顾及。正是应了那句话——历经半生归来仍是少年。"

彭老师回忆起一些工作细节："局长非常爱学习，国家局下发新政策和新文件后，他都会亲自研究，有时还会与我探讨交流看法。局长很懂专业，许多问题向他汇报，他能立刻抓住关键。"

她接着说："我觉得很少有领导能做到局长这样，改革并非一帆风顺，遇到阻力时他会一抓到底，很多会议他亲自参加并当场拍板解决问题。为了解决受理环节的信息化问题，他前往受理窗口实地查看，甚至亲自操作相关系统。局长花了6个半天的时间，坐在我们审评员身旁，看他们处理业务，并随时提问交流。"

"局长对工作落实极为认真，要求优化服务，办事不能只说'不行'，要指导相对人'怎么行'，而且要求办理时间缩短一半，这让下面的人压力很大，局长在工作中也毫不留情，会上直接点名批评。"

彭老师说："我其实提醒过局长，这样容易得罪人。但局长总是说'我们是正义的，充满正能量的，你放心，我们会感染大家的'。"说到此处，她又感慨道，"你父亲内心纯净，甚至有些天真，他看到的都是社会美好和阳光的一面。"

听到这里，我点头附和："是的，我父亲是个特别正直善良、充满正能量的人。他一直是我的榜样。"我又问她："彭老师，那您觉得改革的成效如何？"

"改革过程肯定阻力重重。但局长推进力度很大，时刻都在协调和推动，所以很快就见到了成效。改革前我们省的有效注册证仅有1300多张，每年审评的品种也就百个左右，大家都比较轻松。改革后，到2021年底，我们的有效注册证达到了7000多张，每年审批2000多张，增速位居全国第一，其他省份纷纷前来模仿和学习。"

"局长是产业的主力招商员，带着我们前往北京、苏州和上海等地拜访企业，我所知的大概就有50多家。外地企业家想来拜访他，他都会尽量亲自接待，这几年接待的人数大概有四五百人。"

听到这个数字，我很是惊讶。父亲担任局长仅三年多时间，在日常工作之外，不仅要接待几百家企业来访，还要前往外地拜访企业，可见他有多忙碌。回想那段时光，我竟未察觉到他的辛苦。我提出疑问："药监局主要职责是监管企业，我父亲怎么会想到自己去招商，还投入如此巨大的时间和精力呢？"

彭老师回答："其实，主流观点认为监管部门无需招商。但局长重视招商，是基于对我省医疗器械产业发展情况的分析后做出的决策。改革前，我省二、三类医疗器械生产企业仅有两百多家，体量很小，局长觉得我们出台的政策再好，仅靠本地企业也难以壮大这个产业，因此他想到承接外省产业转移，吸引发达地区的企业前来，带动本地企业发展。"

我点点头："这么说来，我也觉得父亲的做法很正确。他亲自参与招商，无非是想更快更好地推动产业发展。做他人不愿做之事，由药监局长去招商，能最大程度彰显诚意，也能给企业传递信心。"

我又想到另一个问题："彭老师，审评中心每年的审评数量从100多个增长到2000多个，审批质量能把控吗？"

她回答："我向局长提出请求，要承担如此大的工作量，需要增加审评人员，提升审评能力。他非常支持，想方设法将我们的审评员从5人增加到20多人，优先安排医疗器械审评员参加培训及外出参观学习。同时，对审评人员格外关心，在工资、绩效和荣誉方面都给予诸多倾斜，大家干劲十足。另一方面，我们在改革中明确了部门、人员职责，优化了工作程序，效率得到极大提高。"

她继续补充道："我们湖南局在2021年底的审评审批能力评估中得分相对靠前，并未因数量增多而忽视风险控制。另外，鉴于我省的医疗器械企业数量和注册产品数量都已具备一定规模，2021年10月份时局长着手全面部署转型，政策、标准朝着全面规范方向发展，向高质量转型。只是他退二线较为突然，很多部署未来得及实施。"

彭老师说："局长曾对我说过一句话——你不要把我看作局长，我们是一个战壕的战友。如果在战争年代，我们两个肯定都是冲锋陷阵、愿意为国捐躯的人。"说罢，彭老师又重复了一遍，声音明显哽咽了。

我说："我知道，父亲一直是个很有家国情怀的人。平时在家看电视剧，最喜欢看战争年代的抗日题材。"

彭老师感慨道："局长对国家的热爱和初心，如同学生时代一般，真挚而浓厚。抗击新冠疫情期间，为解决医用防护服、医用口罩的供给问题，他就像战场的指挥员，夜以继日，为湖南防疫产品供应立下汗马功劳。他说过，作为一名任职近20年的厅级干部，躺平或许是最安全的，但即便个人承担些风险推行改革，推动了产业良性发展，为国家和社会做了有意义的事，回首往事时也会觉得值得。"

这些我都知晓。我自然了解父亲。但确切听到彭老师这番话时，我还是被父亲的赤子之心所震撼，深深为之感动和骄傲。

三

2000年，湖南省药监局正式成立，原省卫生厅药政处的13人以及原医药管理局的60多人，一同划入了这个新机构。就在这一年，曾令贵从卫生厅调入省药监局，此后，他先后担任医药流通处副处长、稽查处处长、省药检院书记，以及省药监局副局长等职务。

曾局长把大半辈子都奉献给了省药监局，作为单位为数不多的元老级干部，他全程见证了省药监局的成立、发展，以及经历的数次改革。在长达二十多年的共事时光里，他也见证了我父亲的奋斗历程。

曾局长接受了我的访谈，为我提供了不少关于父亲工作时的素材。

我问："您跟我父亲是什么时候认识的呢？"

曾局长回答道："我是2000年加入省药监局的，当时单位刚刚组建，卫生厅和医药局合并后，总共有七八十人。但局里只有39个编制，竞争极为激烈。我很幸运地留了下来，当时被任命为医药流通处的副处长。"

介绍完这些背景，他又补充说："你父亲也是在局里刚成立的时候就加入了，他最开始分管过医药流通，我们从工作上的交集开始认识。后来发现我们都是中医药大学毕业的，他是我的师兄，从那以后，我心里就觉得跟他亲近了许多。"

我提出自己的疑问："我看您的履历，被我父亲分管的时间好像并不长？"

他笑着说："这可能就是吸引力法则吧。在我心里，你父亲是个充满热情、敢于担当的人，同时，他也非常单纯，不世故。我自己也是个比较有个性的人，不愿意随波逐流，所以我很欣赏和尊敬他，平时交流也就比较多。"

曾局长还举了个例子，他说："我一直都喝不了酒，曾经也有领导提醒过我，让我改变一下。但我们娄底人，都是很有血性的，认定的事情很难改变。所以我还是坚持做自己。也正因为这种个性，我不是那种领导特别喜欢的人。"

我一边听，一边点头，继续听他讲述往事。"你父亲很关心我，我失意的时候，有好几次他都专门到我办公室来宽慰我，给我指点迷津。他的鼓励对我帮助很大。"

在父亲担任省药监局局长期间，面对他主导的行业改革，曾局长负责联系的药审中心充当了排头兵。作为一位有着二十多年工作经验的药监人，曾局长凭借自己的专业见解和责任担当，坚定地支持着父亲的创新举措。

他感慨道："很多人在退休前几年，只想着求个安稳，但你父亲不一样，他总是想为社会和行业多做些贡献，我理解他，也敬佩他！"

四

2013年，国家启动机构改革，针对原本食品安全由不同部门分段监管的模式进行优化，将职能整合至食品药品监督管理局统一监管。2014年，湖南省把原工商局和质监局涉及食品安全管理的处室划归省食药监局。

就在这一年，王兆云处长从省工商局调到省食药监局。此后，在食品安全监管领域，他与我父亲并肩作战，工作成效显著，直至2019年新一轮机构改革启动，他调至省市场局。

王处长日常工作极为繁忙，我们多次约时间后，终于定在一个中午见面。我请他讲讲在省食药监局与我父亲共事时的情况。

"您是什么时候认识我父亲的呢？"我问道。

王处长介绍说："2014年我从省工商局被划到省食药监局，那时你父亲就分管食品安全工作，一直到2019年4月，食品监管职能划到省市场局，我们相关处室和人员也跟着过去。算下来，我和局长共事了大概5年。"

"您对我父亲印象如何？"

他回答道："局长对食品安全工作极为重视，始终将保障安全放在首位，监管十分严格。我们在全国率先推行双随机检查和异地交叉检查模式，打破了原有的利益壁垒。检查人员和受检企业都是随机抽取，保证了公平公正，避免了因关系好就不检查某些企业的情况。对于查出问题的企业，做到公开透明，将问题和处罚常态化公示。"

"局长是省食安办的副主任，食安办是全省食品安全监管的牵头部门。他经常约谈承担主体责任的企业，也会约谈承担监管责任的地方政府。省食安办代表政府，这种约谈对企业和地方能起到很好的作用。"

我接着问："这样做会不会容易得罪人？"

王处长说："其实只要不搞例外、不搞特殊，就不会得罪人。局长对所有企业都一视同仁，执行严格标准，我们对问题的查处也全部公示。而且他常常提醒我们注意工作方法，对待企业不能简单批评了事，要讲道理、分析原因，帮助企业提升产品质量，让企业能够长远发展，这样企业才会口服心服。"

"工作中有什么让您印象深刻的事情吗？"

王处长回忆道："局长工作很有原则，他平时不凶，也不骂人，但工作没做好时，会严肃指出问题。另外，和他一起工作特别有底气，因为他会在背后支持我们，敢于替下属担责。只要方向确定了，他就会让大家放手去干。"

"局长还非常爱学习。他开会讲话不用我们准备材料，都是自己学习、做功课，经常不用发言稿就能直接讲。"

我有些惊讶，问道："我父亲的发言稿都是自己准备吗？"

王处长肯定地点点头，说："没错。你父亲讲话风格一点都不官僚，娓娓道来，让人很容易理解和记住。他从不讲套话，也不罗列一二三四。"

我继续问："食品安全舆情频发，大家都很关注，你们会不会觉得压力很大？"

王处长笑了笑，说："你父亲从来不会表现出压力很大的样子。和他一起工作，我们都觉得轻松，氛围特别好。"

"那几年的工作主要取得了哪些成果呢？"

王处长说："经过五年的严格监管和强力治理，湖南的食品安全状况明显改善，群众信心有所恢复，我们也多次得到国家局和省政府的肯定。局长还平稳解决了槟榔、平江辣条、安化茶和大米这四个行业的舆情和疑难问题。"

"您和他有很多工作上的共同经历，能给我讲讲您经常回忆起的故事吗？"

王处长思索了一下，说："我走到很多地方都会想起局长，很多事情都历历在目。比如上周我去调研一家预制菜企业，就突然想起2018年和局长一起去过，那天还下着倾盆大雨。每次路过省药监局，我也会想起他，他的笑容和声音就会在脑海中浮现。"

他又补充道："局长很关心身边的人，温和又细心。他有很多朋友，是个恋旧且重感情的人。他从不和企业吃吃喝喝，有时候我们调研完企业到了饭点，他都会叫我一起出去吃。"

王处长与我父亲共事的时间虽然不算长，但那五年在他的记忆中熠熠生辉。他们一同将我省的食品安全工作开展得有声有色，为推动行业健康发展作出了贡献。父亲营造的简单干事氛围和敢于担当的性格，让王处长在工作中充满底气，也感受到温暖。他在收获个人成就感的同时，内心轻松又快乐。

五

黄金民叔叔今年也快六十岁了。他在2006年3月来到省药监局，在此之前，他曾在新疆工作多年。到药监局不久，大概是当年8月，他被安排给我父亲当驾驶员。这一当，便是漫长的17年。

一个阳光明媚的周末上午，我约黄叔叔出来喝茶，顺便想请他讲讲和我父亲之间的往事。他欣然应允，还提前半个小时就到了茶馆。他贴心地发微信告诉我停车的位置，并且早早买好了单。

见到我，黄叔叔显得格外高兴，坐在茶桌边便侃侃而谈。阳光洒在他脸上，那一道道皱纹，还有眼中不时闪烁的泪光，让我有些不忍直视。

"这么多年，我一直把你父亲当作楷模学习。"追忆往事伊始，黄叔叔这般说道。

我没有出声，静静地等着他继续往下讲。

"局长对家庭关怀备至，我跟在他身边这么久，真切觉得这十分难得。他绝非故作姿态，而是十几年来始终如一。你妈妈不太擅长做饭，局长但凡遇到非必要的应酬，基本都不会去。就算实在推脱不了，他也会想尽办法安排好你妈妈的饭菜。有时他会提前回家做，有时则让我去送。"

"要是在省内公干出差，只要是距离较近、当天能回长沙的市州，他宁可早出晚归，也一定会尽量当天赶回来。当然，有些市州路途遥远，那就没办法了。"

"我记得2013年，你妈妈住了一段时间院，局长除了让我帮忙送饭，其他时候都是亲力亲为，事无巨细地照料着。"

黄叔叔沉浸在回忆里，脸上浮现出笑意。他说父亲十分孝顺，对爷爷奶奶更是没得说。药监局离我爷爷奶奶家只有十几分钟车程，有时趁着中午休息，父亲就会拉着他一起过去转转，在那儿坐一会儿。

"我记得局长还和我商量，说找几个中午休息时间，一起去你爷爷奶奶家吃饭。我说好呀，于是我们一起买了菜过去，做好饭给他们吃。这样的饭做过几次，后来因为工作太忙，就没再继续了。不过你父亲每周必定会去看望二老。"

他又讲起，给父亲开车快20年，父亲从未对他说过一句重话。"这些年跟着局长，虽说有时辛苦些、劳累些，但心里轻松愉悦。"

记得有一回，父亲临时接到通知要去省政府开会，晚上给黄叔叔发信息，让他第二天早上到家里接自己直接过去。当晚，黄叔叔的手机没电了，他自己并未察觉，直到第二天醒来，才看到信息和未接来电提醒。

黄叔叔心里懊悔极了，心想这次误了大事，赶忙给父亲打电话。父亲当时没接，散会后才回拨过来。

黄叔叔本以为肯定会挨批评，可父亲只是平静地询问早上电话为何打不通。"局长当时的语气完全是询问，根本不是质问。"黄叔叔着重强调。

"像这种情况，确实是我自己疏忽了。换作别的领导，肯定要大发雷霆，甚至可能因为不满意就换司机了。但局长没有。"

过了好些天，有次下班回家路上，父亲又提起这件事。父亲对他说，这种情况能理解，让他以后多留点心。平时倒还好，开会这种场合更要注意，尽量别误事。

"局长跟我讲这事，我感觉他不是要再次责怪我，他那语气，像是怕我心里一直惦记有负担，所以才又提了几句。局长真的从没对我说过重话。"

黄叔叔声音开始哽咽，继续对我说："局长有时候和几个要好的朋友一起吃饭，会带上我。局长跟他们讲，黄金民不是个普通司机，我把他当成好兄弟。"

他说有人觉得父亲第一眼看上去很严肃，话也不多，再加上是局长，所以让人敬畏。可在他心里，父亲是个极其温暖的人。

黄叔叔和父亲年纪相仿，同样上有老下有小，有时难免要处理家里的事。每逢这时，他就会询问父亲白天是否还需用车。只要他开口，父亲总是痛快地说："我不出去，就算要出去我也能打车，你自己有事就去办。"在黄叔叔的记忆中，竟想不起有哪次被父亲拒绝过。

黄叔叔说，父亲非常平易近人，为人低调。他总是热情、无私地帮助企业解决发展难题，但对于企业送的随手礼，一概不收。

"不过我有时候从乡下带些小菜给局长，他都收下了，还特别喜欢。尤其爱吃苦瓜、青辣椒和丝瓜！"黄叔叔又颇为自豪地补充道，"我记得有一次，我在食堂自己做了份擂辣椒，局长说特别好吃，还向我请教做法呢。"

"你父亲对你那真是没话说。就拿辣椒这事来说，他也是爱屋及乌。你回国后不吃辣椒，后来你父亲渐渐也不吃了。有时候我问他要不要吃擂辣椒，他都说不要了。"

父亲对黄叔叔也有要求，反复叮嘱不能公车私用，还说即便出去办公事，能不用公车就尽量不用。

黄叔叔牢牢记住这些话，用自己多年积蓄买了辆车，平日里把车打理得干干净净，还时常开着自己的私车载着父亲去办公务。他们常去市场局沟通工作，那里的车库挂的都是黄叔叔私车的车牌。

2022年3月，父亲从局长职务退居二线，按规定不能再配备专车。但黄叔叔每天上班路上，还是会先开车到我家楼下，接上父亲一起去局里，风雨无阻。

有人说他没必要、甚至不该这么做。可黄叔叔理直气壮地回怼："我用自己的车接局长，没花单位一分钱，也没耽误上班，我乐意！"

相伴十七载的深厚情谊，在黄叔叔心中，父亲早已不只是领导，更是他敬重的大哥。他执着地用自己的方式，表达着对这位大哥的敬重与认可。

第六章

「委员答卷」

以担当书写履职为民的

为国履职、为民尽责

在时代的宏大叙事中，总有一些个体的身影，以坚定的信念与不懈的努力，书写着属于自己的担当篇章。我的父亲，一位无党派干部，便是这样一位在政治舞台上默默耕耘、为国履职、为民尽责的践行者。

2008年，命运的齿轮悄然转动，父亲当选为第十届湖南政协常务委员，自此踏上了为民生鼓与呼的征程。而后，在2013年，他又成功当选为第十二届全国政协委员，这无疑是一份沉甸甸的责任与信任。2018年，他再次当选为第十二届湖南政协常务委员，持续为三湘大地的发展贡献着自己的智慧与力量。

父亲当选全国政协委员的那一年，我初入职场，青涩懵懂，对于两会，心中仅有模糊的认知，天真地以为那不过是一场前往北京的普通出差。然而，当我在新闻联播和湖南台的新闻报道中，看到父亲那熟悉的身影，听到他掷地有声的话语，一种强烈的"重要"之感，如潮水般在心底涌起。那一刻，我才真正意识到，父亲所肩负的使命，是如此的重大而神圣。

从次年起，每至父亲前往北京参加两会前夕，我总会怀着一份特殊的心意，精心挑选一套衣服送给他。这不仅仅是一份礼物，更是我对他这份崇高事业的敬重与支持，是我渴望在这意义非凡的时刻，以独特方式陪伴他的深情表达。犹记得第一次，我花费了半个月的工资，购置了一套黑色的中式立领西服。当父亲穿上它的那一刻，仿佛被注入了一股别样的精气神，整个人显得格外精神帅气。那套衣服，自此也成为了父亲的心头好，每次出席重要场合，他总爱穿着它，仿佛它承载着某种特殊的力量。

作为政协委员，父亲深知自己手中的提案，承载着万千民众的期盼与诉求。多年来，他以严谨的态度、深入的调研，认真履行着自己的职责。

一份份提案，如同点点繁星，照亮了社会发展的某些角落。

在第十届湖南政协二次会议上，他提交的0280号提案《关于采取有效措施引导青年男女自觉实行婚检，减少出生缺陷的议案》，犹如一场及时雨，聚焦于生命源头的健康问题。彼时，婚检意识的淡薄，犹如阴霾笼罩，威胁着新生命的质量。父亲敏锐地察觉到这一问题，积极呼吁，期望通过有效的引导，让每一个新生命都能在健康的轨道上启航。

第十届湖南政协三次会议的0461号提案《关于建立"农民工职业培训长效机制"的提案》，则是父亲对社会弱势群体的深切关怀。在城市化进程的浪潮中，农民工群体为城市的建设挥洒着汗水，却常常因缺乏专业技能培训，在职业发展的道路上举步维艰。父亲的这份提案，为他们点亮了一盏希望之灯，致力于为他们搭建起通往更好未来的桥梁。

第十届湖南政协五次会议的0223号提案《加强成人性保健品行业监督管理，促进我省精神文明建设与社会和谐发展》，着眼于社会的精神文明层面。在那个特殊行业监管尚不完善的时期，父亲以敏锐的社会洞察力，提出加强监管的建议，期望营造一个更加和谐、文明的社会环境。

当时间的指针拨向第十二届全国政协会议，父亲的提案更是聚焦于国家层面的关键议题。一次会议上的1017号提案《关于建立统一权威高效的食品药品监管机构的提案》，切中了当时食品药品安全监管的要害。在食品药品安全问题频发的背景下，父亲深知建立一个统一权威的监管机构，对于守护民众"舌尖上的安全"是何等的重要。

二次会议的0854号提案《关于强化食品安全地方政府负总责考核的提案》以及1282号提案《关于给予中西部地区边远农村空巢老人更多关怀的提案》，一个着眼于食品安全的责任落实，一个关注着农村弱势群体的生活。父亲的目光，既高瞻远瞩于国家食品安全战略，又细腻入微地关怀着偏远地区空巢老人的孤独与无助。

三次会议的《关于加快完善食品药品监管体制的建议》，以及四次会议的0584号提案《关于建设一支百姓信得过的乡镇医师队伍的提案》、2135号提案《关于调整平衡屠宰环节与养殖环节病死动物无害化处理补助的提案》，还有五次会议的0045号提案《关于将"有尊严的老龄化"纳入国家发展战略的提案》等，每一份提案，都凝聚着父亲的心血与智慧。这些提案，或是关乎民众的饮食用药安全，或是致力于提升基层医疗水平，或是

◑ 2014年，父亲参加两会，穿着我给他的买中式立领西服，在人民大会堂前留影

◑ 2014年，父亲接受央视采访

为老年人的尊严生活发声，无不体现着他对国家发展的深刻思考与对民生疾苦的深切关怀。

纵观父亲的历届提案，皆源于他对工作的深入理解与对社会的细致观察。前期，结合他在宁乡担任副县长期间分管教育和计生工作的丰富经验，他将目光聚焦于优生优育和农民工职业教育，为社会的长远发展奠定基础。后期，随着社会的发展与时代的变迁，他集中精力关注优化食品药品监管体制、关心农村群众生活工作和关怀老年人群体等方面。这些提案，既有高屋建瓴的宏观视角，又紧密贴合百姓的日常生活实际，彰显出他思想的深度与广度，更体现了他为了本职工作不辞辛劳、殚精竭虑的奉献精神。他的每一次发声，都如同一把火炬，照亮了那些需要关注的领域，赢得了国家相关部门的高度认可与社会各界的广泛赞誉。他用自己的行动，诠释了一位政协委员"为国履职、为民尽责"的高尚情怀，成为我心中永远的楷模与骄傲。

为完善食品药品监管体制建言发声

一

父亲自2000年加入湖南药监局，直至2013年参加两会，这十多年间，我国药监系统历经多次机构改革、更名以及职能转变，始终在改革之路上探索前行。他结合工作中发现的实际问题与自身心得体会，一直对食品药品监管体制进行深入思考，并坚持在两会平台发声，不断呼吁和推动监管体制的优化，为食品药品工作的进步贡献智慧与力量。

在他所有提案里，最为浓墨重彩的当属完善药品食品监管体制的相关建议。在第十二届全国政协的五次会议中，他先后四次提交了相关提案，分别是《设立有机统一、权威、高效的食品药品安全监管机构》《关于强化食品安全地方政府负总责考核的提案》《关于加快完善食品药品监管体制的建议》以及《加快完善统一权威的食品安全监管体制》。

二

2013年，他呼吁建立统一、权威、高效的食品药品监管机构。

在这份提案中，父亲剖析了当年食品药品监管体制存在的问题。国家进行大部制改革后，食药监系统取消垂直管理，各市州县市区设置的食品药品监管局被纳入同级政府工作部门。然而，由于省以下地方各级政府在思想认识、区域经济发展、财政收入等多方面存在差异，导致药品食品执法监管政令不畅，资源保障不力。他谈到在湖南各市州调研的情况，监管权力分散后，系统人员素质和专业比例急剧下降，地方财政投入明显不足，工作经费保障水平与垂管前相差甚远。

他还重点分析了食品安全工作中"九龙治水"的诸多弊端。当时实行一个监管环节由一个部门负责监管的原则，食品的生产、流通、消费等环节分别由不同部门监管，进而产生职责交叉、监管割裂和资源分散等问题，执法效果不尽如人意。

因此，父亲建议整合分散在各个部门的食品药品监管职能，设立有机统一、权威高效、责任明晰的食品药品安全监管机构，实行中央统一垂直管理或省以下垂直管理，以解决食品药品安全监管中存在的分段监管、多头监管的体制性问题。

值得留意的是，他的建议与后续国家食品药品监督体制改革的方向不谋而合。两会结束后，当年3月22日，国家食品药品监督管理总局改为国务院直属机构，对食品药品实行统一监督管理，并将食安办、质检和工商等部门的食品安全监管职责整合，结束了过去"九龙治水"的局面。

三

2014年，他呼吁强化食品安全地方政府负总责考核。

这轮机构改革之后，虽然食品安全工作中多头监管和分段监管的问题得到有效解决，但食药监系统维持属地管理，各地食药监机构仍由同级地方政府管理，仅在业务上接受上级部门指导。正因如此，在食品安全工作具体开展过程中，存在地方政府积极性参差不齐、部门单打独斗的情况。尤其是在社会经济发展相对滞后的地区，对食品安全的认识与重视程度仍显不足。

2014年，父亲在两会前接受记者采访时表示："本轮食品安全监管体制改革，旨在从体制上彻底解决食品安全多头治理等问题。这绝非监管机构的简单拼凑，其关键在于建立统一、权威、高效的监管体系。目前社会较为关注的是分散在各个部门的食品安全机构职能如何整合、如何集中行使监管职能。但我个人还关注一个极为重要的话题，即'食品安全地方政府负总责'。食品安全是重大政治问题和社会民生问题，我认为在这次改革的制度设计过程中，急需建立刚性的督查考核机制，推动地方各级政府切实担负起'抓总'和'兜底'的责任，这才是抓住了解决食品安全问题的'牛鼻子'！"

这一年，他的提案主要是建议强化对"地方政府负总责"的考核，促使地方政府切实有效承担起责任。这份提案得到相关部门的高度重视与认可，中央组织部会同食品药品监督总局回复并采纳了他的建议，将食品安全纳入地方政府考核范畴。

四

2015、2017年，他呼吁加快完善统一权威的食品安全监管体制。

2013年国家食药监总局机构大整合后，国务院印发《关于地方改革完善食品药品监督管理体制的指导意见》，要求地方政府结合本地实际，将原食品安全办、原食品药品监管部门、工商行政管理部门、质量技术监督部门的食品安全监管和药品管理职能进行整合，组建食品药品监督管理机构。但在实际执行过程中，受编制、人员、财力等因素制约，许多县级政府并未参照国务院模式单独设置食药监管机构，而是选择综合执法改革，将食药、工商、质监合并为统一的市场监管局。以湖南为例，122个县市区中仅有44个县市区独立设置食药监局，其他县市区综合设置市场监管局。

针对这种情况，父亲发表观点称："近三年来食品安全形势稳中向好，公众满意度逐年提升，实践证明集中统一体制有利于食品安全监管，但监管体制方面的问题在基层依然突出。全国食品安全监管机构设置'五花八门'，有的单独设置食品安全监管机构，有的多个部门合并综合设置，县级监管机构七成左右实行综合设置。"他指出，这带来一些突出问题，首先是监管体制难以稳定；其次是监管能力难以增强，一些地方综合设置的监管机构，监管力量不增反减，有的名义上"多合一"，实际上分线监管、各自为政；再者是监管权威难以树立，上头多头指挥，下面疲于应付，难以做到专业统一。

父亲于2015年和2017年相继提交提案再次阐述观点，呼吁加快完善统一权威的食品安全监管体制。他认为食药监管体制无论如何改革，贯彻落实中央关于建立统一权威食品药品监管机制的改革方向不能改变，建议进

全国政协召开双周协商座谈会
围绕"加快食品安全监管体系建设"建言献策

新闻联播
XINWEN LIANBO

　　⬤ 2016年11月24日，父亲参加全国政协召开的第59次双周协商座谈会，围绕"加快食品安全监管体系建设"建言献策

腾讯视频

委员说·李赤群

李赤群：食品药品监管要进一步完善和健全体制

　　⬤ 2017年，父亲接受媒体采访，就食品药品监管体制谈及自己的看法

一步加强食品药品监管体制改革调研，综合分析近二十年来食品药品监管体制改革的成败得失，抓好顶层设计，坚持从中央到地方自上而下推进和规范食品药品监管机构设置，确保食品药品监管机构统一权威、集中高效。

从结果来看，父亲对体制的思考敏锐且深刻，他所提及的统一权威的食品安全监管体制在2018年的国家机构改革中得以实现。在这次改革中，作为国务院直属机构的国家市场监督管理总局挂牌成立。

十几年如一日关心农村群众

一

或许是源于父亲在农村的成长经历，又或是早年担任副县长时频繁深入基层农村，他对广大农民群众怀抱着深厚的情感，多年来始终保持着对这一群体的密切关注与深切关怀。自2018年起，湖南省药监局对口帮扶武冈市湾头桥镇世富村，在这场扶贫攻坚战中，成功助力400余户村民摆脱贫困，世富村也顺利通过国家第三方评估验收，退出了贫困村的行列。在这几年的扶贫历程里，父亲与农民群众有了更深入的接触，也进一步加深了对他们的了解。

在政协这个广阔的平台上，父亲不仅在自己的工作领域深入思考，积极建言献策，更是将目光聚焦到农民群众身上。从2020年至2022年，他先后三次为农民群众发声，期望通过加强职业培训，助力农民工实现高质量就业，进而在城市中过上有尊严的生活；同时，也希望通过提升基层卫生服务能力，改善农村群众"看病难、看病贵"的困境。

二

回溯至2010年，父亲便以其敏锐的洞察力，聚焦于农民工的就业难题。彼时，他于宁乡分管教育事务，在职业教育这片天地深耕细作，积累了大量宝贵经验，也由此产生诸多深刻感悟。

在湖南政协第十届三次会议的庄重场合，父亲郑重地提交了《建立农

○ 2016年，父亲在全国政协第十二届四次会议会场

民工职业培训长效机制的提案》。当时，随着城市化进程的加速，大量农民工涌入城市，他们为城市建设贡献力量，却因技能短板，在就业之路上举步维艰。父亲深知，提升农民工的职业技能，是打开他们高质量就业大门的关键钥匙。

在这份提案中，父亲建议构建一套完善的职业培训长效机制。这一机制并非短期的应急之举，而是着眼于长远发展。一方面，整合各类职业培训资源，联合专业院校、企业等社会力量，为农民工提供系统且实用的技能培训课程。涵盖建筑、家政、制造业等多个与农民工就业紧密相关的领域，让他们能够精准掌握一门或多门实用技能。另一方面，建立培训效果跟踪与反馈体系，根据农民工在实际工作中的技能运用情况，及时调整培训内容与方式，确保培训的有效性与针对性。

通过这样的职业培训长效机制，农民工凭借扎实的技能，能够在就业市场中获得更多机会，实现从简单体力劳动向技能型劳动的转变。这不仅有助于他们获得更高的收入，改善生活质量，更能让他们在城市中找到归属感，真正实现从乡村到城市的现代化转型，融入城市生活，成为城市发展不可或缺的重要力量。

父亲的这份提案，饱含着对农民工群体的深切关怀，也彰显了他为社会发展贡献智慧的担当。

三

父亲的目光，还多次落在农村群众"看病难、看病贵"的难题上。2016年，在全国政协第十二届四次会议的会场，他神情专注，深思熟虑后，郑重地提交了《关于乡镇医师的队伍建设的提案》。2022年，在湖南政协第十二届五次会议上，他再次提交了《加强乡镇卫生机构设备配置，提升基层医疗卫生疫情防控和服务能力，强化公共卫生防控体系和分级诊疗体系建设的提案》。尽管这两份提案提交的层级不同，时间也有先后之分，但它们都紧紧围绕着一个核心目标——通过强化基层医疗机构的队伍和设施，来改善农村群众"看病难、看病贵"的现状。

2019年，父亲率队前往对口帮扶的武冈市，深入走访调研精准扶贫工作情况。在调研过程中，他语重心长地对扶贫工作队提出，要积极探索扶贫攻坚结束后的持续发展方向，着力建立巩固稳定脱贫的长效机制。他特别强调，要加大对教育、卫生方面的思考力度，努力建立一支稳定的乡村教师队伍和乡村医生队伍。

"我对湖南株洲市基层医疗卫生机构进行了深入调研，发现乡镇卫生院医师队伍建设存在诸多问题。"父亲曾这样向记者介绍，他的眼神中满是忧虑，"主要表现为总量不足、分布不均、素质不高、待遇不好等。乡镇医生整体学历水平偏低，专业技术人才，尤其是高技术人才严重匮乏，技术和管理的复合型人才更是稀缺。"他进一步分析，造成这种局面的原因，一方面是乡村医生待遇低、收入少，单位环境不佳，技术设备落后；另一方面，乡村医生还面临着个人婚姻、子女教育、信息资源和发展平台等一系列实际问题。"这些因素导致许多高学历的医务人员不愿下乡工作，进而造成乡镇卫生院医务人才短缺，服务水平难以跟上。如此一来，许多患者对乡镇卫生院失去信任，形成了恶性循环，最终导致农村群众看病难、看病贵。所以，从源头上解决农村'看病难、看病贵'的难题，建立一支相对稳定、

2016年，父亲跟湖南代表团政协委员乘机抵京

技术较高、群众信赖的乡镇医生人才队伍，显得尤为迫切。"

基于此，在2016年的提案中，父亲提出了一系列切实可行的建议：每年县级医院50%的新聘人员应从在本地卫生院工作满3年的人员中招聘；给予乡镇卫生院医护人员津贴，且越偏远的地区津贴越高；出台专门适用于乡村医生的职称晋升体系等。到了2022年，他在提案中又指出，随着医改的持续推进，基层卫生条件和服务能力虽有所改善，但要彻底解决农民看病难的问题，仍存在一定差距。主要问题在于设备条件制约了乡镇卫生诊所的水平，进而影响了农民对基层诊疗的信任度。因此，他建议加强乡镇卫生机构设备配置，提升基层医疗卫生疫情防控和服务能力，强化公共卫生防控体系和分级诊疗体系建设。

父亲的这些提案，字里行间都饱含着对农民群众的深情厚谊，他用实际行动诠释着一位政协委员的责任与担当，为改善农民群众的生活状况，默默贡献着自己的力量，成为农民群众心中的温暖之光。

盼望老人能实现"优雅老去"

一

父亲素以大孝子之名闻于亲友邻里之间。《孟子》有云:"老吾老,以及人之老。"他对爷爷奶奶的关怀,可谓细致入微。平日里,嘘寒问暖从不间断,每一句轻声问候,都如同春日暖阳,温暖着老人的心。一旦老人身体稍有不适,他便鞍前马后,陪同就医,那急切与关切之情,溢于言表。

不仅如此,父亲还深知陪伴乃最长情的告白。他常挤出大量宝贵时间,带着爷爷奶奶外出游玩。或漫步于山川之间,赏自然风光之美;或穿梭于古老街巷,感受历史文化的韵味。闲暇时,也会带他们去品尝各地美食,让味蕾绽放出幸福的滋味。

在关注自家老人的同时,父亲心怀天下,对老龄化社会的诸多问题进行了深入思考。随着社会发展,老龄化进程不断加快,如何让老年人安享晚年,成为社会亟待解决的重要课题。

在第十二届全国政协会议期间,父亲积极建言献策。2014年,他提交了《关于给予中西部地区边远农村空巢老人更多关怀的提案》。中西部地区边远农村,大量年轻人外出务工,空巢老人数量众多,他们在生活照料、精神慰藉等方面面临诸多困境。父亲希望通过提案,唤起社会对这一群体的关注,让他们也能感受到社会的温暖。

2016年,父亲提出《建议老年节为法定假日的提案》。设立老年节法定假日,旨在强化全社会尊老敬老的意识,让子女们有更多时间陪伴老人,传承中华民族尊老敬老的传统美德。

2017年,《关于将"有尊严的老龄化"纳入国家发展战略的提案》承载着父亲更深层次的思考。他期望国家从战略高度出发，完善养老保障体系，丰富老年人精神文化生活，让每一位老人都能有尊严地度过晚年。父亲以实际行动践行孝道，又以智慧为老龄化社会难题求解，令人钦佩不已。

二

2014年春节，父亲踏上了湘西南地区几个边远自然村的土地。踏入村落，一幅略显萧索的画面映入眼帘——在居住的村民中，老年人的身影随处可见，占比竟达50%以上，大部分都是空巢老人。

这些空巢老人的生活，仿若一潭寂静的湖水，毫无波澜，尽显"老无依靠、生活不便、单调枯燥"之态。他们虽大多没有温饱之忧，却长年累月过着子女不在身边的孤独生活。在社会学领域，农村老龄化的加剧，使得空巢老人数量急剧上升。大量青壮劳动力外出务工，为城市建设添砖加瓦，却无奈在农村留下了一个个孤独的身影。这些空巢老人，精神上极度渴望子女的陪伴，却只能对着空荡荡的院子暗自神伤，人文关怀的缺失如

🌓 2017年，父亲在湖南永州市宁远县梅子窝村指导精准扶贫工作，并看望村内老人

刺骨寒风，侵蚀着他们的心灵。生活上，因年事已高，日常的家务琐事、身体的突发状况，都让他们感到力不从心，无人照料的生活，满是艰辛。

这样的情景，如同一把锐利的剑，深深刺痛了父亲的心。他感慨道：如此晚年生活，实在令人担忧，亟需社会给予更多关怀。

为此，父亲提出了极具建设性的建议。在社会治理层面，应建立健全中西部地区基层老龄工作机构。通过专业的组织和人员，为边远农村的老年人提供精准服务，从生活照料到心理慰藉，给予全方位的关怀。同时，加大中央转移支付对中西部地区边远农村基础设施的投入。改善生活基础设施，如修缮道路，方便老人出行；建设医疗设施，让老人能及时就医。只有这样，才能让这些空巢老人的晚年生活，多一些温暖，少一些孤寂。

三

2016年，父亲提出一项颇具意义的建议，主张将老年节定为法定假日。此建议从弘扬中华民族尊老敬老这一优良传统的角度出发，亦是积极应对我国人口老龄化问题的有力举措。鉴于当时老年节"有节无假"的现状，致使社会对其有所忽视，若将老年节设为全民放假日，无疑能有效改善这一状况。这对于倡导全社会给予老年人更多关爱、更好地维护老年人权益，进而构建和谐社会，都具有极为重要的现实意义。

父亲指出，在当下社会，老年人在物质层面的需求已基本得到满足，他们最为匮乏的实则是精神上的关怀与抚慰。把老年节定为全民放假日，能让有条件的年轻人得以回家陪伴老年人，这一举措直接彰显了对老年人的敬重与关爱之情，必然会极大地增进老年人的获得感与幸福感。

父亲还进一步提出了一系列具体建议。在老年节期间，家有老人的在职人员，可将年休假、探亲假与老年节相结合，回家陪伴老人共度重阳佳节，或者陪伴老人外出旅游。若无法陪伴老人过节，也应通过打电话、寄礼物等方式，向家中老人传达自己的拳拳孝心。而国家公职人员，尤其是党员干部，以及广大青少年，可组成志愿者队伍，前往敬老院、养老院进行慰问与服务。同时，组织重阳节文艺会演或电视晚会，发动广大文艺工作者深入敬老院、养老院以及老年人较为集中的社区乡村进行义演。此外，动员影剧院向老年人免费开放。通过这些活动，营造出全社会尊老敬老的

○● 2019年，父亲在邵阳市武冈市世富村指导精准扶贫工作，并看望村中老人

浓厚氛围，让老年人真正感受到自身的尊严。

在我国，法定节假日是指根据各国、各民族的风俗习惯或纪念要求，由国家法律统一规定的用以进行庆祝及度假的休息时间。法定节假日制度是国家政治、经济、文化制度的重要反映，涉及经济社会的多个方面，关系到广大人民群众的切身利益。将老年节设为法定假日，无疑是对这一制度的有益补充，对关爱老年人有着深远影响。

四

2017年，父亲于《关于将"有尊严的老龄化"纳入国家发展战略的提案》中这般写道："我国老龄化人口规模之庞大，老龄化进程之迅猛，堪称举世无双、史无前例。实现'有尊严的老龄化'，理应成为我国老龄事业发展的核心理念与根本目标。"

父亲言辞恳切，读来令人动容。"让老人优雅地老去，这不仅是全体老年人的共同心声，亦是年轻人的殷切期望。经对多位老年人深入调研得知，在基本生活得以保障后，老年人主要面临'三怕'：一怕疾病缠身，二怕孤独寂寞，三怕脱离社会。与之对应的，则是'三辱'：自身饱受病痛折磨之辱、儿孙不孝、缺乏关爱之辱，以及社会缺乏敬重之辱。"

事实上，随着我国社会经济的快速发展，人口老龄化程度不断加深，截至2017年，我国60岁及以上老年人口数量已达2.41亿，占总人口比重17.3%，老龄化问题日益凸显。在此背景下，解决老年人面临的问题迫在眉睫。

父亲建言："要着重解决老年人怕生病、怕孤独、怕被社会抛弃的难题，需从政府、家庭与社会三个层面综合施策、协同发力。"在政府层面，应设立专门的老龄工作机构，健全老年人医疗保障体系。在持续完善社区养老医疗服务的同时，大力推进居家养老医疗服务，切实做到老有所医、病有所保。家庭层面，关键在于抓好激励与约束机制建设，强化家庭成员对老人的关爱与照顾责任。社会层面，可将"老年节"设定为全民放假日，通过这种方式营造全社会尊重、关爱老年人的浓厚氛围。如此，方能让老年人在岁月流逝中，真正拥有尊严，安享晚年。

父亲所提出的一系列提案，绝非是那些生硬冰冷的数字堆砌，亦不是模式化、千篇一律的论点呈现。于优化监管体制的提案里，他言辞犀利，每一句陈词都如同闪耀的智慧星辰，从中可窥探出他对未来发展趋势的精准预判与高瞻远瞩。他深入剖析现有监管体制的弊端，提出诸如构建动态监管机制、强化部门间信息共享平台建设等切实可行的建议，为提升监管效能指明方向。

在关乎农村群众权益的提案中，他冷静沉稳地论述，字里行间难掩其侠骨柔肠。他用严谨的逻辑、详实的数据，剖析着农村群众在土地、医疗、教育等方面面临的困境。

而在关怀老年人的提案方面，他以温暖的笔触，饱蘸着悲悯与大爱。针对老年人养老服务体系不完善的现状，提议加大社区养老服务设施建设投入、培养专业养老护理人才等，给无数老年人带来生活的希望与慰藉。

父亲对党和国家满怀深厚情感，对人民群众亦是情真意切。怀揣着浓烈的家国情怀与强烈的责任使命，作为政协委员，他充分借助全国政协和湖南政协的平台，让自己的声音得以广泛传播。他的建议极具前瞻性与可行性，得到国家相关部门高度认可并迅速予以采纳，诸多利民政策得以出台实施。他的发声也引发社会各界强烈共鸣，收获广泛赞誉与坚定支持，成为推动社会进步的重要力量。

附：李赤群同志生平简介

（该文为湖南省药监局党委书记在追悼会上的致辞，由省药监局党组撰文并报审，经省委组织部、省纪委审阅）

今天，我们怀着十分沉痛的心情深切悼念我们药监的好同事、好战友，把一生奉献都给药品监管事业的药监卫士李赤群同志。

李赤群同志，1963年6月出生于湖南宁乡，1984年7月参加工作，无党派人士，湖南中医学院中医医疗专业，医学学士。

1969年9月在宁乡县灰汤乡丰华小学读书，1973年9月在宁乡县灰汤乡卫东学校读书，1976年在宁乡县第八中学读书。1979年9月从湖南中医

李赤群追悼会现场

○ 湖南省委组织部、湖南省市场监督管理局、湖南省药品监督管理局等单位向李赤群敬献花圈

学院中医医疗专业毕业后，即投身医药卫生工作，先后担任宁乡县中医院院长、宁乡县卫生局副局长、宁乡县政协副主席、宁乡县人民政府副县长。在担任中医院院长期间，带领一班人锐意改革，使宁乡县中医院进入全省中医院十强行列，被评为二甲医院。2000年6月，调入长沙市中医院工作，任长沙市中医院副院长。2000年11月，加入药品监管事业至今，先后担任省药品监督管理局副局长、省食品药品监督管理局副局长，2018年10月，新的药监局成立后，担任省药监局局长。2021年2月，晋升省市场监督管理局一级巡视员。2022年3月，退出领导岗位，不再担任省药品监督管理局局长职务。李赤群同志是第十二届全国政协委员，是第十二届湖南省政协常务委员、学习联络委员会副主任。

李赤群同志忠于党、忠于人民，作为无党派人士，他始终对中国共产党领导和中国特色社会主义有强烈的政治认同，始终保持同中国共产党同心同德、团结奋斗的政治本色。他注重个人修养，不计名利得失，虽然药品监管体制多次调整改革，但他始终坚守初心、牢记使命，始终秉持以人民为中心的工作理念，无论工作岗位怎样变化，始终奋战在药品监管的第一线，把青春都奉献给了他热爱的药品监管事业。在新冠疫情刚刚爆发的时候，正值春节期间，他毅然放弃休假，马上投入工作，每天工作至凌晨三、四点，以身作则、身体力行，牢牢守住了疫情防控的安全监管关口。

在湖南物资供应准备不足时，他积极想办法、到处找资源，千方百计动员企业、业界朋友捐赠防疫物资支援湖南抗击疫情。在病毒肆虐，大家唯恐避之不急时，依然不惧感染风险，深入企业指导生产，一大批防疫应急物资得到第一时间审批、第一时间生产、第一时间投入使用，有效缓解了疫情防控压力，得到了省委、省政府和国家药监局主要领导的高度肯定。在药品监管事业工作20多年，工作经验丰富、专业素质过硬，熟悉药品监管的形势和规律，善于思考，敢于创新，勇于攻坚克难，提出了很多新思路，出台了很多新举措，解决了药品监管与产业发展面临的很多新难题，全省生物医药发展实现了"弯道超车"，湘潭、永州、常德等一大批产业园相继建成，全省生物医药产业产值实现新突破。他为人宽厚、平易近人、关心同志、作风优良，对家属子女和身边工作人员既严格要求，又关心爱护。

李赤群同志的逝世，使我们失去了一位好领导、好干部、好同志。他的家庭也失去了一位好丈夫、好父亲、好儿子。他的精神、风范、思想、品格将激励我们继续前行。我们要化悲痛为力量，为推进全省药品监管事业，保障人民群众生命健康安全而努力奋斗。

李赤群同志安息吧。

参考文献

［1］宁乡县中医院院志编写办公室.宁乡中医院院志（1956—2003）［M］.宁乡县中医院，2003.

［2］宁乡县地方志编纂委员会.宁乡县志（1986—2002）［M］.北京：方志出版社，2008.

［3］湖南省地方志编纂委员会.湖南省志：医药志（1978—2002）［M］.北京：线装书局，2013.

［4］湖南省人民政府.湖南年鉴（2000—2022）［M］.湖南年鉴社，2022.

［5］王晓红，喻向阳.湖南农村药品两网建设：农民得到了啥？［N］.中国经济时报，2004-11-26.

［6］龚翔.正视困难因地制宜稳步推进——农村药品"两网"建设的成绩、问题及对策［N］.中国医药报，2005-2-24.

［7］姚学文，唐毅，文计福，岳婷.买药方便用药安全湖南药品"两网"惠及4700万农民［N］.湖南日报，2007-9-8.

［8］湖南省经济委员会.关于印发《湖南省"十一五"医药行业发展规划》的通知［Z］.湖南省工业和信息化厅网站，2006-10-18.

［9］湖南省经济和信息化委员会.关于印发《湖南省医药行业"十二五"发展规划》的通知［Z］.湖南省人民政府网站，2016-11-4.

［10］侯玉岭.医药流通70年变迁：从萌芽到成熟［J］.E药经理人，2019（10）.

［11］晏国文，曹学平.医药流通行业十年变迁：从小散乱到规模化、智能化［N］.中国经营报，2022-10-15.

［12］食药监总局不再保留：回顾食药安全监管体制20年的5大变革［OL］.澎湃新闻，2018-3-13.

［13］湖南省人民政府.关于成立湖南省食品安全委员会的通知［OL］.湖南省人民政府网站，2010-7-2.

［14］省食品药品监督管理局副局长李赤群带队督查省运会餐饮环节食品安全保障工作［OL］.湖南省人民政府网站，2010-9-15.

［15］省食品药品监督管理局李赤群副局长参加国家食品药品监督管理局新闻发布会并作典型发言［OL］.湖南省人民政府网站，2012-6-23.

［16］省食品药品监督管理局在全国食品药品稽查工作现场会上作典型发言［OL］.湖南省人民政府网站，2013-1-13.

［17］调味面制品等休闲食品质量安全监管工作座谈会在河南召开［OL］.中央人民政府网站，2015-4-13.

［18］李传新，王曲波，庞小姣.湖南首发食品生产"SC"证［N］.湖南日报，2016-4-11.

［19］庞雪.湖南发出首张新版食品生产许可证［N］.中国医药报，2016-4-14.

［20］陈赛，喻灿华.调味面制品质量安全监管工作座谈会召开湖南调味面制品生产监管工作获肯定［N］.中国食品安全报，2016-7-26.

［21］湖南省大型食品生产企业落实食品安全主体责任现场推进会在岳阳召开［OL］.红网，2017-10-10.

［22］庞雪.局长说［N］.中国医药报，2017-1-18.

喻灿华.湖南约谈三家飞检发现问题茶叶生产企业［N］.中国医药报，2017-8-14.

［23］卢欣.长沙参加全国"双安双创"成果展获好评［OL］.红网，2017-7-4.

［24］湖南省发展和改革委员会，湖南省食品药品监督管理局.湖南省"十三五"食品药品安全规划［OL］.建言湖南十三五微信公众号，2016-12-30.

［25］刘永涛，周闯，褚书丽.湖南省"十三五"期间食品安全形势稳定向好公众满意度由2015年的69.52分上升到2020年的81.97分［N］.湖南日报，2021-1-14.

［26］全省医疗器械监督管理工作会议召开［OL］.湖南省人民政府门户网站，2009-3-24.

［27］康康.湖南省药监局局长李赤群调研我省医疗器械承接产业转移工作［OL］.搜狐，2019-10-21.

［28］湖南省药监局局长李赤群调研医疗器械创新工作［OL］.湖南省人民政府网站，2019-4-16.

［29］喻灿华.湖南省医疗器械产业园推介会在上海成功举办［OL］.中国食品药品网，2020-10-19.

［30］湖南省医疗器械产业发展座谈会在海凭长沙高新区园召开，李赤群出席并讲话［OL］.搜狐网，2021-12-3.

［31］石文妮.长沙高新区医械园36家企业或年前投产预计产值20亿［OL］.红网，2014-5-14.

［32］张金东，周震.海凭医械园的千亿产业梦［OL］.红网，2019-1-24.

［33］陈尽美，宋林.坚定不移引领医械湘军高质量发展——湖南省医械协会2020年工作回眸［N］.湘声报，2021-1-30.

［34］王墅.湘潭经开区：医疗器械企业八方来投［N］.国际商报，2021-1-4.

［35］雪怡.一文了解河南、湖南二省医疗器械行业发展现状［OL］.械企必读，2021-12-8.

［36］胡盼盼.包揽多项全国冠军！湖南这个"低调"产业藏不住了［OL］.华声在线，2022-1-10.

［37］彭欢.风乍起，吹皱一池春水——湖南省医疗器械产业园快速发展走笔［OL］.红网，2023-7-28.

［38］湖南省经济委员会.关于印发《湖南省"十一五"医药行业发展规划》的通知［OL］.湖南省工业和信息化厅，2006-10-18.

［39］湖南省经济和信息化委员会.关于印发《湖南省医药行业"十二五"发展规划》的通知［OL］.湖南省人民政府，2011-9-2.

［40］湖南省经济和信息化委员会.关于印发《湖南省医药行业"十三五"发展规划》的通知［OL］.湖南省人民政府，2016-6-15.

［41］湖南省经济和信息化委员会.关于印发《湖南省医疗器械产业

"十三五"发展规划》的通知［OL］.湖南省医疗器械行业协会，2016-10-13.

［42］芦超.从萌芽到赶超：中国医疗器械产业发展的三大阶段［OL］.E药经理人，2019-10-7.

［43］周斌，贺芬.宁乡经开区：美妆消费升级新亮点美丽产业在崛起［N］.长沙晚报，2020-11-11.

［44］喻灿华.湖南聘任首批86名药械化检查员［N］.中国医药报，2019-7-22.

［45］喻灿华.释放政策红利汇聚发展合力——湖南省药监局与湘潭市人民政府共建医疗器械产业高地［N］.中国医药报，2019-9-3.

［46］喻灿华.新机构新作为新形象——湖南省药监局机构改革一周年巡礼［N］.中国医药报，2019-10-29.

［47］喻灿华.号准"脉"开好"方"全力打赢脱贫攻坚战湖南省药监局帮扶武冈市世富村"脱真贫""真脱贫"纪实［N］.中国医药报，2020-4-20.

［48］王曲波.创新助力医药产业高质量发展——2020年湖南药品监管工作综述［N］.湖南日报，2021-1-27.

［49］喻灿华.抓整治出实招重打击保安全湖南省农村药品专项整治工作纪实［N］.中国医药报，2021-10-20.

［50］李赤群.深化审评审批制度改革保障医疗器械质量安全［J］.中国医药报，2021-7-23.

［51］落楠，满雪，陈燕飞.擘画药品监管能力提升新蓝图——业界热议《关于全面加强药品监管能力建设的实施意见》发布［N］.中国医药报，2021-5-18.

［52］喻灿华.立足职能主动作为强化监管优化服务湖南省药监局2021年工作亮点扫描［N］.中国医药报，2021-10-20.

［53］肖祖华，全睿.湖南药品监管工作记事："双管"齐下，生物医药产业生机勃发［N］.湖南日报，2022-12-9.

［54］政协湖南省第十届委员会主席、副主席、秘书长、常务委员名单［N］.湖南日报，2008-1-24.

［55］中国人民政治协商会议第十二届全国委员会委员名单［OL］.人民

网，2014-2-27.

[56] 侯隽，刘砚青，姚冬琴，胡维佳.两会聚焦："政府要花钱进行最基础的体系建设"[OL].中国共产党新闻网，2014-3-19.

[57] 李赤群接受中国食品安全报两会特派记者采访[OL].红网，2015-3-5.

[58] 李赤群.关于强化食品安全地方政府负总责考核的提案[OL].中国人民政治协商会议全国委员会，2015-3-1.

[59] 国家食品药品监督管理总局.对全国政协十二届二次会议第0854号提案的答复[OL].中国人民政治协商会议全国委员会，2015-3-1.

[60] 曾力力.全国政协委员李赤群建议食药监管实施中央或省以下垂直管理[N].湘声报，2015-3-16.

[61] 李赤群委员：监管机构改革在于体系完整统一权威监管到位[OL].新华网，2015-3-7.

[62] 刘洋，王双.住湘全国政协委员带着提案抵京步入"两会时刻"[OL].人民政协网，2016-3-2.

[63] 李婧.李赤群委员：解决农村看病难乡镇医师待遇得提高[OL].人民网，2016-3-1.

[64] 刘洋，王双.全国政协委员李赤群：把老年节定为法定假日[OL].人民政协网，2016-3-21.

[65] 姚大伟.俞正声主持全国政协双周协商座谈会[OL].新华网，2016-11-24.

[66] 李琪.全国政协委员李赤群建议：加快完善统一权威的监管体制[N].三湘都市报，2017-3-5.

[67] 第十二届湖南省政协委员名单出炉[OL].湖南省人民政府门户网站，2018-1-16.

[68] 湖南省政协副秘书长、办公厅、各专门委员会主任、副主任名单[OL].湖南微政务，2018-1-28.

[69] 孙敏坚.省政府就"十四五"规划纲要和《政府工作报告》征求党外人士意见毛伟明出席[OL].湖南省人民政府门户网站，2021-1-5.

日月星辰与大地人间共相依

爱她的父亲，绝对是我爱人李蕾最为执着的一件事。自决定撰写这本书起，她便洗出我岳父不同时期的照片，摆满整个书桌，随后分类整理，装订成几大本厚厚的相册。此后，她多次前往宁乡，在中医院和档案馆查阅岳父早期的工作资料；还约见了岳父在药监工作时的友人进行访谈，收集素材；购置了《宁乡县志》《湖南年鉴》《医药志》等书籍，堆叠起来足有一米多高。无数个夜晚，她常常专注地伏案于书桌前，或整理资料，或潜心阅读，或敲击键盘。

完成这本书，无疑是李蕾最为坚强之举。岳父的离世，是我们全家人心中永远的伤痛，大家都不愿触碰这个最脆弱的地方。然而，她却要从记忆与素材中，尽可能多地回忆起岳父生活和工作的点滴，且要倾注情感，让人物形象变得丰满而真实。创作过程中，她多次因太过投入而哭得双眼红肿。除了精神上的煎熬，在孕育宝宝期间，她还历经中药调理、住院保胎、打针用药等艰辛，这在一定程度上增加了写作的难度。但她凭借坚强的意志克服重重困难，始终笔耕不辍。

◗◖ 本书作者与母亲、丈夫和儿子在一起

而陪伴着她，自然是我最幸福的事。李蕾与父亲自幼感情深厚，彼此视若珍宝。我与岳父相处虽仅有短短不到四年时间，可他为人和蔼可亲，待我极为亲切体贴，如同我的亲生父亲一般关心着我的生活与工作。他的为人处世，在我心中堪称高山仰止，是我一生敬仰与学习的楷模。作为家中的男子汉，我定当继承岳父的遗志，肩负起照顾家庭的重任，用心陪伴好岳母与李蕾。唯愿岳父在另一个世界安心、逍遥快乐。

最后，诚挚感谢各位朋友的关心与帮助！

朱海泉

2024年12月于长沙

顶礼日月星辰，没有结束的仰望

当我为这本书敲下最后一个句号时，内心久久不能平静。这本书终于完成了，但它并不是终点，而是我与父亲之间永恒对话的崭新起点。《你如日月星辰》是我献给父亲的礼物，是在他离去后我以文字搭建起的一座桥梁。凭借这座桥，我跨越时空的阻碍，与父亲重逢、对话、相拥。此刻，望向窗外的星空，我仿佛看见父亲依旧站在那里，用他温暖的目光凝视着我，以他坚定的力量引领着我。

写作：一场没有止境的思念之旅

创作这本书的过程，是一场漫长的思念之旅。每当键盘的敲击声响起，记忆便如潮水般涌来。父亲的笑容、教诲、身影，皆在文字间流淌。我常在深夜伏案写作时潸然泪下，那些曾以为已经愈合的伤口，在笔尖滑动时再度裂开。然而，这种疼痛并不苦涩，反倒给予我一种奇妙的慰藉——原来父亲从未远离我们。

在这一年的时光里，我仿佛回到了童年。那时的父亲，宛如天上的北极星，是我人生航程中最为明亮的坐标。他用宽厚的肩膀为我遮风挡雨，以睿智的目光为我指明方向。如今，虽阴阳两隔，但我依然能感知他的存在。

写作的过程亦是一种治愈。其间，我的思绪繁杂，身体也常感不适，只能写写停停。无数的思念与遗恨交织心头，令我喘不过气来，但信念支撑着我一次次拭去泪水，继续写作。我将对父亲的思念凝于文字，把他对我的影响融入每一个故事。每完成一篇文字，都仿佛完成了一次与父亲的倾心交谈。这些文字不再是冰冷的符号，而是跃动的生命，是我与父亲之间永恒的联结。

感恩：生命中最温暖的力量

我要衷心感谢父亲生前的挚友贺永强先生，感谢他对父亲生前的陪伴和父亲离去后送给我们全家的温暖。当听说我计划创作关于父亲的回忆散文时，他不仅给予了大力支持与专业指导，还担任了本书的总策划，为出版事宜四处奔忙。我要特别感谢父亲生前的好兄弟文大志先生和吴茂盛先生。他们为这本书的出版精心构思、用心设计，助力书籍又快又好地面世。他们是父亲生前众多好友的代表，其重情重义的品质，让我深切感受到人间的温暖与美好，也为我树立了努力学习的人生榜样。我还要向湖南云上雅集专业出版机构致以崇高的敬意，正是因为他们的精心运营，本书才得以在久负盛名、具有全国性重大影响力的团结出版社出版发行，还将有机会被全国数百家图书馆永久馆藏。我深知，如果没有他们的无私付出与鼎力相助，这些重大目标绝无可能实现。

此刻，我要感谢我的家人。感谢我坚强勇敢的母亲胡又专，还有我的丈夫朱海泉，在我创作期间，他们给予了我最大限度的理解与支持。他们是我坚强的后盾，在我最脆弱的时候给予我温暖，在我最迷茫的时候赋予我力量。他们的支持，是我坚持创作的动力。

为撰写父亲的故事，我穿梭于他生前的工作单位，逐页翻阅历年工作报告与新闻报道，又与他的同事、好友深入交谈。这些珍贵的素材，如同拼图般拼凑出一个立体、真实的父亲形象，为我的创作筑牢根基。在此，衷心感谢所有为我提供帮助、接受采访的同志，也感谢每一位关心这本书的朋友与读者。你们的关注与鼓励，是照亮我创作之路的温暖光芒。我深知，这不仅仅是一本书的诞生，更是一次心灵的共鸣。

生命的祝福：如日月星辰般永恒闪耀

父亲虽已离我们而去，但他留给我的精神财富永远不会消散。他的一生，如同璀璨的日月星辰，在黑暗中绽放出耀眼的光芒。他教会我如何做一个正直、有责任感、懂得感恩的人。这些品质，如同点点星光，在我人生的道路上永恒闪耀。

在写作过程中，我常常思索生命的意义。人生仿若一场旅程，无论曾经多么用力地爱过、痛过，最终都将迎来告别。是父亲让我明白，生命的意义在于照亮他人。他的生命照亮了我的成长之路，而我也要用自己的生命延续这份光芒。

这本书，不单单是一段回忆录，更是一份生命的传承。它承载着我对父亲的思念，也蕴含着我对生命的理解。生命如星辰般璀璨却短暂，然而，只要我们心中有爱、有责任、有信念，这份光芒便会永远延续下去。

仰望苍穹：永恒的精神指引

面对日月星辰，我常常忆起父亲最爱说的一句话："人啊，既要脚踏实地，更要仰望星空。"那时的我，不太理解其中深意，直至如今才恍然大悟：仰望星空，不仅是在探寻方向，更是在寻觅内心的平静与力量。

父亲的精神，如同天上的日月星辰般永恒。无论何时何地，只要我抬头仰望，便能感受到他的存在。这种感觉，让我不再孤单，使我在人生道路上始终怀揣勇气前行。

这本书的完成，并未终结我对父亲的思念。相反，它开启了一段全新的旅程——一段以文字为舟、以思念为帆的精神之旅。在这段旅程中，我将继续追寻父亲的精神足迹，用实际行动践行他对我的期望。

日月星辰：发射永远的生命之光

《你如日月星辰》，是我献给父亲的礼物，也是我与他之间永恒对话的开端。这本书承载着我对他的思念、感激与承诺。我深知，这份思念不会停歇，这份感恩不会消逝，这份对话亦不会终止。

这本书正式创作完成之时，已到了草长莺飞的三月。回首往昔，距离我人生中那场痛彻心扉的告别，已过去两年。当时，因爷爷奶奶年近九十，家人们决定瞒着他们，尽快处理父亲的后事，将追悼会定在第二天举行。

那天，父亲安静地躺在那里，面容祥和，仿若睡着了一般。周围长明灯环绕，神圣而肃穆，他深爱的家人们在旁陪伴守护。

身为资深的无党派正厅级干部，父亲多年来为药监事业兢兢业业，贡献卓著。湖南省委统战部领导到场悼念并慰问家属，省药监局连夜起草生平简介，报省委组织部、省纪委审核，全文对父亲高度评价，痛惜之情溢于言表。单位全体班子成员带领各处室代表前来吊唁，花圈布满大厅。省委组织部、省委统战部等单位及相关领导以个人名义敬献花圈，诉说着对父亲的情谊。后续的葬礼虽只小范围通知了亲友，但众多朋友自发前来。行业协会、医药界、食品界的龙头企业纷纷到场，深情缅怀父亲。在父亲二十多年的药监履职生涯中，业内对他的为人广泛认可，大家不仅将他当领导，更视他为挚友。

父亲的离去，给家庭带来沉重打击，成为我们心中永远无法抚平的伤痛。在这艰难时刻，亲人和朋友们给予了我们无尽的温暖与关怀。这些让我感到，父亲虽已离去，但大家对他的爱从未消散，心中满是安慰、感动与感激！

我深知父亲这一生为家庭倾尽全力，他定是希望我们能坚强地好好生活下去，这亦是他最后对我未说出口的郑重嘱托。作为女儿，我肩负着实现父亲未尽之愿的使命，怀着这样的心情，我决心写一本书，寄托对父亲的无尽思念并向他致敬，同时也计划孕育一个新生命，给家人们带来新的希望。

如今，这两件事终于得以实现。虽因素材有限，且我对药监工作生疏，这本书中对父亲工作和成绩的描述仅能展现其万一，又因文学造诣有限，存在诸多不足。但我想，父亲定不会嫌弃我为他亲手笨拙制作的这份礼物。同时，我的儿子也于上个月平安顺利地降生到了这个世界，给大家带来无尽的喜悦，也赋予这本书更深一层的意义。在我腹中陪伴我写作的过程，是他对外公的启蒙认识，此后，我们将一同仰望着那日月星辰。

父亲是夜空中最亮的那颗星，照亮我的前路；也是我心中最深沉的那份爱，将永远温暖我的生命。

李蕾

2025 年 3 月 27 日夜